我见红楼多妩媚

● 林梅朵 著

陕西师范大学出版总社

图书代号　WX17N1187

图书在版编目（CIP）数据

我见红楼多妩媚／林梅朵著. —西安：陕西师范大学出版总社有限公司，2017.12
　　ISBN 978-7-5613-9621-6

Ⅰ.①我… Ⅱ.①林… Ⅲ.①《红楼梦》研究 Ⅳ.①I207.411

中国版本图书馆 CIP 数据核字（2017）第 272070 号

我见红楼多妩媚
WOJIAN HONGLOU DUO WUMEI
林梅朵　著

责任编辑／	张建明　邰春英
责任校对／	关培佩
封面设计／	鼎新设计
出版发行／	陕西师范大学出版总社
	（西安市长安南路199号　邮编710062）
网　　址／	http：//www.snupg.com
经　　销／	新华书店
印　　刷／	西安市建明工贸有限责任公司
开　　本／	720mm×980mm　1/16
印　　张／	15
插　　页／	1
字　　数／	145千
版　　次／	2017年12月第1版
印　　次／	2017年12月第1次印刷
书　　号／	ISBN 978-7-5613-9621-6
定　　价／	42.00元

读者购书、书店添货或发现印装质量问题，请与本社营销部联系调换。
电话：（029）85307864　85303622（传真）

名家推荐
（按姓名笔画排序）

在"最令人读不下去的书"的目录中，红楼梦榜上有名。有人说，这世上有两种人，一种是读过红楼梦的，一种是没读过红楼梦的。

而读进去红楼梦的人，往往会把此书作为枕边书，觉得这部书值得用一生来阅读。

反复的阅读、反复的体会，当一本书的翻阅超过若干遍，当一本书的陪伴超过若干年，那么这位读者就不再是外人，他不是在书籍之外看书，而是把自己融入了书页里：所有的角色都如同家人，所有的悲欢都感同身受。

所以写下的评论文字，不是道理，不是说教，而是最近距离的体贴。

体贴着贾母繁华后面的寂寞；体贴着平儿忠心后面的凄凉；体贴着颦儿眼泪的温热，在这滴泪被手帕拭去之前。

我见红楼多妩媚，料红楼见我应如是。此生读尽红楼梦，改却流年未改痴。

——红迷会·上海分会会长　水溶

是从哪篇文章记得林梅朵的，已经记不清楚了。

记得清楚的是，自从发现了这个女子，她的红楼文字我是篇篇必看，而且，有些还要多次细看，慢慢咀嚼慢慢回味。

林梅朵最擅长的是写《红楼梦》的人物。写人物的人多了，林梅朵偏偏能在大家常见的人物身上挖出新意，文思细腻，让人拍案叫绝。

看林梅朵的文章，经常让我想起《老残游记》里的那段《明湖居听书》。

那段书里评论黑妞白妞姐妹俩，有句云："他（黑妞）的好处人说得出，白妞的好处人说不出；他的好处人学得到，白妞的好处人学不到。"

林梅朵，会给我白妞的感觉，经常有一种见了很多好文章，以为好文章尽于此处，林梅朵一出，却有别开生面之感。既然抄了刘鹗的白妞，不妨再抄几句："每次听他说书之后，总有好几天耳朵里无非都是他的书，无论做什么事，总不入神，反觉得'三日不绝'，这'三日'二字下得太少，还是孔子'三月不知肉味'，'三月'二字形容得透彻些！"

总之，林梅朵，让人回味无穷。

林梅朵的书名是《我见红楼多妩媚》，狗尾续个貂吧：我见红楼多妩媚，料红楼见梅朵应如是。

——河南省新乡市红楼梦学会副会长　王汇涓

互联网、自媒体迅捷发展的数字化时代，电脑控、手机控越来越多，对类似《红楼梦》这样阅读一两遍都不能读懂的经典名著，真正能静下心来阅读的人也越来越少。然而，我们依然能够看到有千万个红迷朋友对《红楼梦》的痴恋，他们建立QQ群、微信朋友圈，讨论并诠释着自己对这一伟大著作的阅读感受，传达着对这部著作的热爱。

诚如一千个人眼中有一千个哈姆雷特，不同的人眼中有着不同的《红楼梦》，对《红楼梦》有着各自不同的解读。林梅朵以独特的视角深情体味着《红楼梦》，或潜心红楼痴儿女，或醉心于事件剖析，或游离于红楼山水。

《我见红楼多妩媚》一书，让我们与林梅朵一起畅游红楼、品味红楼……

——红迷会·仪征分会会长　张桂琴

《我见红楼多妩媚》一书，以女性的触角探寻红楼的角角落落，从人性的视角体察贾府的恩恩怨怨，人物性格深藏于事件，人生脉络依傍着故事。作者行文旖旎细致，精密优美，是女作家中的红学家，红学家中的女作家。

——江苏省徐州市作家协会副主席　周淑娟

林梅朵的文字清婉从容，给人水到渠成之感。仿佛一幅斑斓的织锦被扬手展开，那些原本藏在幽深处的图案尽收眼底，曹公对笔下人物的悲悯之情历历在目。

——红迷会·合肥分会会长　郭亚妹

于细微处见真章。《红楼梦》是需要细品的，在文字的每个角落每个细节里，蕴藏着人性的幽微。梅朵的文字非常敏锐，常能捕捉作者力写读者却被不肯正视的细节，窥见人物的内心深处涌动的波涛。因为懂得，梅朵的文字少有尖锐，优美而温暖，恰似春风阳光在草原上飞舞。

————红迷会·广州分会会长 笙歌拂衣

《红楼梦》是中国乃至世界小说艺术的顶峰之作。它是一个开放性的文本，从它诞生的时候起，令读者常读常新。《我见红楼多妩媚》对《红楼梦》进行地阅读和阐释写得很好。作者以一个女性的细腻和敏锐，捕捉《红楼梦》人物和故事的闪光点，针对小说中一些看似司空见惯的人物和故事进行解读，融知识性、趣味性和思想性于一体，读了使人有所收获，得到启发。这是一本适合广大红迷阅读的书。

——作家、广西红楼梦读书会会长 潘学军

贴近文本，贴近心灵
——读林梅朵《我见红楼多妩媚》

朱　萍

文学是人学。对文学尤其小说作品的解读，尤其需要关注书中的人物形象。但对同一部文学作品，每个人的关注角度和领悟程度又都不同。"一千个人有一千个哈姆雷特"，同样，每个读者心中都有一部自己的《红楼梦》。所以，自从《红楼梦》诞生以来，各类解读、评析、研究文章层出不穷，甚至相互攻忤。

《红楼梦》是小说。从文体本源上说，小说的产生原为消遣。故在某种意义上，单纯的文本细读，以及由此引发的人生领悟，反倒更符合小说的本质和传播规律，也更符合小说作者的写作目的。自20世纪以来，《红楼梦》进入学术领域，成为被赋予微言大义的高文典册，但立足于文本细读的《红楼梦》赏析性文章，也一直不绝如缕。本书对《红楼梦》的解读贴近文本、贴近心灵、贴近事理，即使专业学者读来也不无裨益。

听梅朵说过她阅读《红楼梦》的经历和感受："第一本《红楼梦》是2007年买的，正好十年了，不知什么原因，就是喜欢。觉得红楼中的人物没有不可怜的，拿起红楼就有一种众生皆苦的滋味。"明代万历年间《金瓶梅词话》东吴弄珠客《序》中说："读《金瓶梅》而生怜悯心者，菩萨也。"田晓菲《秋水堂论金瓶梅》中更进一步说："慈悲不是怜悯；怜悯来自优越感，慈悲是看到了书中人物的人性，由此产生的广大的同情。"《金瓶梅》如此，《红楼梦》也如此。一部好书，作者将心中的慈悲凝聚在人物塑造中，敏感的读者充分领悟到这种慈悲。若还有读者尚未充分领略到，解读者的文笔就派上了用场。解读者心怀慈悲，对书中人，也对书外之人。

每个年龄阶段读《红楼梦》，都会有不同的关注点。成年后读红楼的优势便在于可透视其中的人生百味。梅朵立足于文本细读，下笔时胸中有读者，贴心耐心，娓娓道来，通过解读《红楼梦》中人和事，将自己体验与领会的世间百态与读者分享。故在某种程度上，此书对《红楼梦》而言有传播之功，对读者而言有接引之功，善莫大焉。

此书书名灵感应来自辛弃疾《贺新郎》词中的名句："我见青山多妩媚，料青山见我应如是。情与貌，略相似。"道尽了青山与辛郎之间的心灵共通。《我见红楼多妩媚》，也道出了梅朵对《红楼梦》文本的心灵感悟和以《红楼梦》知音自居的心思。

梅朵是河北省作家协会会员。书中文章有一些在《百家讲坛》杂志、《贵州红楼》等纸媒上发表过；在"红楼梦学刊""红楼梦研究"等微信公众号上也发过不少；有一些收入"红楼梦学刊"订阅号第一部结集《微语红楼》书中；在"历史大学堂"开"林梅朵读红楼"专栏，每周一篇文。书中文章不是成于一时一地，而是多年来的生命积淀。

此书中，梅朵的关注点在"梦中人"和"书中事"。细致熨帖地把握人物心理脉络，是全书的基调。"梦中人"从微观角度观照单个人物：《妙玉：清高的底色是自卑》，对人物的乖张言行进行精细的心理解析；《宝钗：她从不提修行》深入领略宝钗的内心；《尤三姐："情小妹"岂止死于情？》从整体人生道路选择的宏观角度看待尤三姐之死；《小红：逆境如尘，我将它踩在脚下》《贾芸：你吃的苦，会铺成脚下的路》这两篇，彰显底层之人成功逆袭必备的心理素质；《春燕：小丫头有大智慧》细细解说不起眼人物的大智慧和掌控人生的能力。"书中事"从中观角度观照群体人物；《那些黛玉的"影子"们》认为曹雪芹通过多写晴雯等影子人物，反复渲染、凸显林黛玉形象，可看出曹雪芹对黛玉形象的偏爱，言之成理；《三个"二木头"》将迎春、王夫人、尤二姐并论，读之醇醇有味。

梅朵的语言已有自己的特色。因为眼光独到，所以时有警句。如："她不提修行，更不出家，却早已'莲塘无主自开花'。"（《宝钗：她从不提修行》）又如："一场占花名恰似贾府微缩的命运，在热闹中恣意欢笑着，正是鲜花着锦烈火烹油，却忽然就散场了。叹息之中唯一慰藉的是，她们曾以最美好的姿态存在过。"（《那一场"占花名"》）体会深刻，悲天悯人。希望梅朵写出更多的解读经典的文字。

在曹雪芹的时代，写小说无助于科举，无益于谋生。曹雪芹倾注数十年的时间、精力、心血，乃因"有动于衷"，如鲠在喉，不得不奋笔书写对人生、对社会、对人性的认知、感悟、眷恋。同样，梅朵对《红楼梦》的赏析性解读文字也源自"有会于心"，不得不写。这样的文字，才能倾注写作者的生命体验，也才能打动阅读者的心灵。客观的世界中，有这样一些倾注作者主观深情的文字隔代相遇，代代传递，慰藉心灵，也是生命的幸运吧。是为记。

2017 年 11 月 10 日

（作者系中国传媒大学副教授，《红楼梦》研究专家）

上篇:"梦"中人

贾母:我的寂寞谁能懂? / 3
妙玉:清高的底色是自卑 / 8
湘云:寒塘鹤,只影向谁边? / 14
元春:担了繁华,吞了寂寞 / 19
探春:因为清醒,所以悲伤 / 24
邢岫烟:因芬芳而美丽 / 29
宝钗:她从不提修行 / 32
王熙凤:强势女人忽略了什么? / 38
尤二姐:豪门一梦醒来迟 / 43
尤三姐:"情小妹"岂止死于情? / 49
晴雯:一株恣意开花的野桃树 / 54
平儿:尽着忠心,待着凄凉 / 58
袭人:可当得起一个"贤"字? / 63
金钏:"金簪子"为何掉到井里头? / 70
芳官:轻狂尽头是凄凉 / 76
小红:逆境如尘,我将它踩在脚下 / 82
春燕:小丫头有大智慧 / 85
贾芸:你吃的苦,会铺成脚下的路 / 89

下篇：书中事

无价宝珠为何变成"鱼眼睛"？／97
如果贾珠还在／102
鸳鸯为何远着宝玉？／108
那些黛玉的"影子"们／113
四季美人图／119
绣春囊，大厦将倾的前兆／127
张道士为何给宝玉提亲？／132
"宝玉命中不该早娶"只是个幌子／136
宝钗愿做"宝二奶奶"吗？／142
"绣春囊"中的误会／148
钗黛相加，是互补的人生／154
当"横竖是在一处"落了空／159
"养小叔子的"究竟是谁？／164
石呆子的扇子是块"试金石"／169
贾雨村：那年路过智通寺／173
宝玉挨打，青春的分水岭／176
不显山不露水的管理人才／181
"俏平儿情掩虾须镯"的另一面／186
"好狠心的嫂子！"／190
宝二爷最喜欢哪个丫头／196
三个"二木头"／202
怡红院背人处那些故事／207
红楼梦中的"帮闲"／211
从细微处看贾府败落之源／218
那一场"占花名"／223

上篇

「梦」中人

贾母： 我的寂寞谁能懂？

一向把富贵看得云淡风轻的老太太忽然在第四十回里问了刘姥姥一句："这园子好不好？"刘姥姥赶紧念佛："我们乡下人到了年下，都上城来买画儿贴。时常闲了，大家都说，怎么得也到画儿上去逛逛。想着那个画儿也不过是假的，那里有这个真地方呢。谁知我今儿进这园一瞧，竟比那画儿还强十倍。"这些话贾母听着非常受用。受用什么呢？一个富贵了一辈子的老年妇人向乡下贫婆子显摆吗？贾母还不至于这么浅薄。

她生在大家族，长在大家族，又嫁在大家族，富贵伴随了她几乎一生，绝不是外表穿金戴银，骨子里什么都不懂的土豪。有钱人都可以称为富人，但贵这个字却不是人人撑得起来的。人人说王熙凤没有不经过不见过的。可凤姐那一回提到自己稀罕的什么似的纱罗："颜色又鲜，纱又轻软，我竟没见过这样的。拿了两匹出来，作两床棉纱被，想来一定是好的。"想不到的是，老太太是准备拿这"软烟罗"给黛玉糊窗户的。一旁的刘姥姥心疼得直咂舌："我们想它做衣裳也不能，拿着糊窗子，岂不可惜？"贾母轻轻一笑，分派得干净利落：都取出来，把天青色的做一个帐子自己挂，用银红的给外孙女糊窗纱，再送刘姥姥两匹，剩下的做些背心子给丫头们穿。这正是大家族风范。东西再好也是给人用的，尽其所用方不辜负好物，"白收着霉坏了"才真正是可惜。

见宝钗住的蘅芜苑"雪洞一般，一色玩器全无"，老太太的生活情趣不答应了，说："我最会收拾屋子的……如今让我替你收拾，包管又大方又素净。"接着送了宝钗三件古董：石头盆景儿、纱桌屏和墨烟冻石鼎。大气中透着雅致，绝不喧嚣媚俗，如大师的山水画。这种不凡的品位可不是有钱就能买得来的。

家族中数贾母辈分最高，地位最尊，她是一大家子的老寿星、老祖宗。有时都不用亲自出场，"老太太"三个字就如尚方宝剑。宝玉被政老爹打，王夫人在边儿上看着半句也不敢劝，怎么办呢？木头一样的王夫人也知道哪张王牌效力大："打死宝玉事小，倘或老太太一时不自在了，岂不事大！"果然，一搬出"老太太"的名号来，棍棒消于无形。

过年时，两个孙子媳妇斗嘴。尤氏说："每年都不肯赏些体面用过晚饭过去，果然我们就不及凤丫头不成？"凤姐觉得面上甚是有光，拉着老太太得意扬扬地回敬她："老祖宗快走，咱们家去吃饭，别理她。"虽是妯娌间的玩笑，也能看出老祖宗"家神菩萨"一样的地位。

就这么被人哄着捧着敬着的老寿星，满脸散发的都是天伦之乐的神色，为什么张道士的一句话她就 hold 不住了呢？

那日在清虚观，荣国公的替身张道士奉承得有些过了，他指着宝玉说："我看见哥儿的这个形容身段，言谈举动，怎么就同当日国公爷一个稿子！"贾母听了"由不得满面泪痕"。其时荣国公早已过世多年，她也早习惯了眼前儿孙满堂的日子，可是有些时候，触动人心的不是对哪一个人的怀念，而是对那些时光的眷恋。所以她会指着湘云说："我像她这么大的时节，也有一班小戏……"偶尔也对着亲戚回忆："我先小时，家里也有这么一个亭子，叫作什么'枕霞阁'。"那些斑驳零散的记忆中，存着她不曾残缺的生活。那时候的她日日欢乐，从不知寂寞为何种滋味。更不用夏月里非要拉着宝钗姐妹去看戏，不许人家嫌热："你也去，连你母亲也去。长天老日的，在家里也是睡觉。"冬日里又瞒着众人偷偷跑去芦雪庵追年轻人们的脚印，赏那枝"好俊的红梅"。

王熙凤曾开玩笑说要陪着老祖宗活到一千岁，贾母笑了："众人都死了，单剩下咱们两个老妖精，有什么意思。"说的是实话。老一辈人中，贾母无疑是长寿的。连侄子贾敬都走在了她的前面。虽然还有几个老妯娌未曾过世，可生活环境不同，心态就难免不同。她们怎能和老祖宗聊到一块儿呢？

凤姐一辈中，妯娌也不少，却只有一个尤氏能勉强入她的眼，就这一个入眼的还得时不时无条件接受她的调笑。茗烟在大闹学堂时曾提到一个"璜大奶奶"，这人也是凤姐、尤氏一辈的妯娌。可这位璜大奶奶经奴才嘴里说出来的却十分不堪："只会打旋磨子，给我们琏二奶奶跪着借当头。"这样的人除了有目的地阿谀奉承，怎会有知心话对你说？贾母尚存的那些妯娌中，未必没几个"璜大奶奶"，除了接受她们那仰视的目光，有什么可聊的？她和这些老妯娌的交集只存在于过年时一起祭祭祖，陪着她们吃一杯茶，再闲话两三句，"便命看轿"——这种应酬式的聚会，实在是一年一次也嫌多。还不如和赖嬷嬷之类的老仆人聊两句来得痛快。

老太太在这样"高处不胜寒"的岁月里待久了，没想到能遇见一个偶然进府里来的同龄人刘姥姥。可喜这刘姥姥"虽是村野人，却生来的有些见识"，也是个不凡的老太太，正是投缘人。她拉着人家不放，兴致勃勃地领着刘姥姥逛园子，吃饭时命人"把那一张小楠木桌子抬过来，让刘亲家近我这边坐着"。分外亲热！刘姥姥的待遇几乎是全部来荣国府串门子的人里面最高的。除了皇亲国戚来了老太太必须陪着，一般的亲戚她早就不会了。只说和刘姥姥性质相似的邢岫烟一家吧，来到这里也是指望着"治房舍，帮盘缠"的，贾母见了，只和邢夫人说了句："你侄女儿也不必家去了，园里住几天，逛逛再去。"神情淡淡的，态度懒懒的，完全看不出丝毫热情。连江南甄家来了人，也不过闲聊两句是那么个意思就得了，却唯独对一个乡屯里的贫穷老太婆亲热得不得了，只是"惜老怜贫"吗？不全是。她实在是太想找一个年岁相当，又可以畅意闲聊的人和她一起欣赏这日日重复的"良辰美景"了。

　　说起来，刘姥姥算不得是贾府的什么"亲家"。不过因刘姥姥的女婿王家"祖上曾做过一个小小的官儿，昔年曾与凤姐之祖——王夫人之父认识。因贪王家势力便连了宗，认作侄儿。"实则一点亲戚关系也没有。也恰恰因为如此，可以让贾母和刘姥姥这两个贫富相差悬殊的老婆婆相处起来皆毫无压力。刘姥姥可以恣意扮丑，说个"老刘老刘，食量大如牛"，也丝毫丢不到王夫人和凤姐的人，贾母更可以开怀大笑，不必考虑儿媳孙媳会尴尬。只有在她面前，老太太才能找到一种"老姊妹"的感觉，她一口一个"老亲家"地叫着，虽然明知这不是真正的亲家，也许她更想叫上一句"老姐姐"吧？却又担心会一不小心破坏了这好不容易得到的畅快氛围。

　　为了让"老亲家"玩儿好，荣国府至高无上的老祖宗甘愿当起导游的角色，领着她在园子里看花看水，行酒令抹骨牌，像个忘了回家的孩子那样高兴。凤姐告诉刘姥姥："（老太太）从来没像昨儿高兴。往常也进园子逛去，不过到一二处坐坐就回来了。昨儿因为你在这里，要叫你逛逛，一个园子倒走了多半个。"刘姥姥千恩万谢："虽住了两三天，日子却不多，把古往今来没见过的，没吃过的，没听见过的，都经验了。"这两三日的相处，刘姥姥满怀感激，其实老太太又何尝不是？

　　可惜刘姥姥还是要回家去的，去过她粗茶淡饭面朝黄土背朝天的贫穷却丰满的日子。老太太呢，也一如往昔。"不过嚼得动的吃两口，睡一觉，闷了时和这些孙子孙女儿顽笑一回就完了。"不然又能如何呢？她的日子天天笑着过：抹骨牌、行酒令、赏月、听戏……样样少不了她。人人都说老太太好热闹，玩起来比年轻人兴致还高，其实，她无非是害怕寂寞的时光罢了。

宝钗曾说："我来了这么几年，留神看起来，凤丫头凭她怎么巧，再巧不过老太太去。"贾母笑道："我如今老了，那里还巧什么。当日我像凤哥儿这么大年纪，比她还来得呢。她如今虽说不如我们，也就算好了。"真是应了那句话：你懂的越多，懂你的人就越少。作为一个有才干有格调的老年人，她想要的真的不只是儿孙承欢膝下这么简单。她渴望有个旗鼓相当的人可以和她并肩欢乐，而不是总由她带领着一帮"话不敢多说一句，路也不敢多走一步"的后辈们去击鼓传花、池边赏月、树下闻笛……然后听他们高呼"老祖宗您是最棒的！"她看着满堂儿孙，就如武林高手风清扬面对令狐冲的顶礼膜拜"嘿嘿"轻笑两声时的神色一样，脸上笑着，心中却是无边的寂寞与无奈。

妙玉： 清高的底色是自卑

《红楼梦》中初次提到妙玉是大观园刚建成之时，贾府买了十个小尼姑、十个小道姑，林之孝家的向王夫人说，还有一个带发修行的，文墨好，经文也熟，原是官宦人家的小姐，是因为多病才出家的。这一番话说动了王夫人，多给了一个名额。妙玉却架子挺大："侯门公府，必以贵势压人，我再不去的。"直待贾府邀请的帖子送到，她才住进了栊翠庵。

这第一次出现的只有"妙玉"这个名字，和她那未见其人先闻其声的清高。直到第四十一回"栊翠庵品茶"时，妙玉才正式出来和大家见面。这个"文墨极通，模样又极好"的女孩究竟是何等样人，连宝玉也忍不住替读者留神观察。这一细看，才发现妙玉的清高已到了众人皆惊的地步。

得知贾母等人来了，"妙玉忙接了进去"，听见贾母要吃茶，又"忙去烹了茶来"，接着"亲自捧了一个海棠花式雕漆填金云龙献寿的小茶盘，里面放一个成窑五彩小盖钟，捧与贾母。"连着两个"忙"字，是妙玉对贾母的尊敬，也可见她在贾府中寄住是谨记着自己的身份的。此时的妙玉颇有点"人在屋檐下"的心理——这是栊翠庵东禅堂的一幕。在耳房里的妙玉,画风就大不同了:"只见道婆收了上面的茶盏来。妙玉忙命:'将那成窑的茶杯别收了,搁在外头去罢。'宝玉会意,知为刘姥姥吃了,她嫌脏不要了。"刘姥姥虽是个贫贱的、日子窘迫的乡下人,可是她究竟有多脏,以至于连她用过的茶碗都脏得要不得了?妙玉也因此为人诟病,说她待人分三六九等,"分别心"这么重,还谈什么修行。

岂止于此,你没见她烹的茶也有分别吗?

亲自为贾母奉上的,是用旧年蠲的雨水烹的老君眉,用的是成窑五彩盖钟,其他人"都是一色官窑脱胎填白盖碗"。贾母吃了几口,转手递给刘姥姥,刘姥姥一气喝干,说"再熬浓些就好了"。茶是妙玉烹的,她并不解释,而是悄悄"把宝钗和黛玉的衣襟一拉",将她俩请到耳房里吃"梯己茶"去了——看来若和刘姥姥说句话,连她自己都要"脏"了。

这耳房里吃的茶,和外面又大有不同。茶器皆是珍贵古玩,上面还有名人收藏时的镌刻,水也大有讲究,是"五年前收的梅花上的雪"。看这关键词:五年前、梅花雪。经过五年沉淀的水和只存了一年的雨水自然不同,梅花上的雪不仅听着就高洁清雅,还多少沾染着梅花的香气,当然是普通水没法儿比的——从器皿到用水,都比外面老太太、太太们吃的茶上了不止一个档次。这样好茶,她却只叫了宝钗和黛玉来品尝,连宝玉来了她都要故意声明一下:"你这遭吃的茶是托她两个福,独你来了,我是不给你吃的。"可是,茶都已经给他斟上了,说这些又何必呢?接着,妙玉又讥讽宝玉是"牛饮"。不少读者认为这是妙玉的假清高,借机和宝玉说话,且明明想用自己的绿玉斗给他喝茶,却故意撇得一清二楚,掩耳盗铃。殊不知,这也许正是她的真心话呢,这番吃茶,她真的就只愿意和钗黛分享。

可当黛玉无意间问了一句"这也是旧年的雨水?"她立即又冷笑,说黛玉是大俗人,还说"隔年蠲的雨水哪有这样轻浮,如何吃得"。隔年蠲的雨水吃不得？此刻在庵堂中坐着的老太太和太太们，她们喝的不正是"旧年蠲的雨水"泡的茶吗？

妙玉实在让人费思，她到底要表达什么？

只不过吃个茶，她讥宝玉，讽黛玉，说外面贾府主子们喝的茶是"喝不得"的，刘姥姥用过的杯子幸而自己没用过，要不然"就砸碎了也不能给她"。仿佛全世界都没有她妙玉高贵，这清高简直要高过天了。一个出家人，她是怎么修行的？

其实，妙玉何曾在心里承认过自己是出家人呢？出家只是不得已，所以她不愿剃度，顶着三千"烦恼丝"住进了庵堂，还跟进去两个老嬷嬷、一个小丫头服侍着。她从一开始就不是来清修的，妙玉愿意做的仍然是那个官宦小姐。

可无奈的是，别人眼里的自己和她眼里的自己根本不是同一个人，妙玉愿意承认的身份和她实际的身份相隔太远。

当初贾府要她来，她说"我再不去的"，后来贾府下了帖子请她，她还是去了。原来去与不去只隔着一张请帖。虽然是被帖子请进来的，可栊翠庵怎么说也是人家的地方，花木修剪得再繁茂也是在为人家打理。当初黛玉进贾府时"步步留心，时时在意，不肯轻易多说一句话，多行一步路，惟恐被人耻笑了去"。作为贾府亲戚的黛玉尚且如此，非亲非故的寄居者妙玉又何尝能够不这样呢？何况，她是和那些买的小道士、小尼姑们前后脚进门的，她太想和他们区分清楚了。

所以妙玉揣着一份极易受伤的自尊，在众人面前费尽心思地端着架子，生怕被人看轻了。给贾母奉上的茶被刘姥姥喝了，这样的细节别人可以毫不在意，妙玉却不能——难道我一个官宦小姐，已经沦为给这样人沏茶的境地了吗？

是她就那么看不起贫苦人吗？不是。只是此时的刘姥姥和她的曾经有那么几分相似。刘姥姥是日子过不下去了才来贾府打秋风的，妙玉当日嘴上虽说着"我再不去的"，其时她父母已故，师父圆寂，一个远离家乡无亲无故的女孩子，在"西门外牟尼院住着",那种走投无路的慌乱只有自己知道罢了。眼前这个刘姥姥的出现,让她想到了自己,升级了心中那份敏感。

她请来吃梯己茶的两个人:宝钗和黛玉,皆不是贾府的人,也是和她一样是客居。给她俩吃的"梅雪茶",在妙玉看来是高于给贾府人吃的"雨水茶"的。妙玉正是想用一杯茶来划清她和刘姥姥这样贾府"客人"的区别,她渴望把自己划入钗黛这样有着客居小姐身份的等级之中。

烹好梅花雪水茶,她又如"临潼斗宝"一般拿出自己珍藏的古董珍玩做茶杯,随后赶来的宝玉没心没肺说了句绿玉斗是"俗器",妙玉几乎急了,反驳道:你家里未必找得出这样一个俗器呢!又说"这茶不是给你吃的"——烹好茶给宝玉,她怕担了讨好贾府的名儿。

在栊翠庵中借居,妙玉算什么呢?非亲非故又非奴,这是个让她十分尴尬又时时在意的身份。所以她极力地表演着:给客居小姐们喝更好的茶,向贾府少主人展示她珍贵的茶杯,还把刘姥姥用过的成窑杯子扔掉,这一切都为了安抚自己那颗脆弱的心,向众人,也是向自己说:我虽也是寄居于此,身份却是高贵的,是和那些人不同的!疑心、敏感、自尊受伤、极力辩白……这错综复杂的心情交织在一起,就有了"妙玉式的怪诞"。

相比于黛玉,妙玉的处境更加可怜和无奈。芦雪庵在热热闹闹地联诗,空有诗才的妙玉只能守着青灯默默打坐,所有人都觉得念经才是她的本分,诗社不便邀,妙玉更不便去。她只能神往着,从前来乞红梅的宝玉那里得到一点点"红尘"中的消息,这消息又让她的心更加寂寞难耐。有趣的是,宝玉被罚作《访妙玉乞红梅》一诗之后,和宝琴再访栊翠庵时,妙玉竟一改往日的清高,赠给芦雪庵"诗人"们每人一枝胭脂一般的红梅。宝玉因何再访栊翠庵,妙玉又为何广赠梅花?岂知不是因那首"不求大士瓶中露,为乞嫦娥槛外梅"的诗呢?宝玉将她比作观音和嫦娥,像一缕阳光驱散了自卑的乌云,让她一直紧张戒备的、生怕被人看轻的心如同雪中红梅一般忽然舒展开来。她欢快地折梅相送,丝毫不见了往日的"拧巴"。可惜,这种舒展是极短暂的,随时会凋谢。

心中藏着女儿家的姹紫嫣红,生活里的妙玉却只能枯寂地对着青灯。才貌双全正当最好年华的女孩儿,得有多大定力才能不起半点波澜?她的同龄人饮酒赋诗,青春欢笑,她远远看着,心中是"爱别离"和"求不得"纠缠在一起的苦。

妙玉终于有忍不住的时候。怡红公子寿诞,她遣人送来写着"遥叩芳辰"的笺子。春花一样的粉红色信笺,落款却是高冷的"槛外人"三个字,这真是如岫烟所说"僧不僧,俗不俗,女不女,男不男",可这也正是妙玉的苦心之处。

槛外人一诗出自于范成大的《重九行营寿藏之地》:

> 家山随处可行楸,荷锸携壶似醉刘。
> 纵有千年铁门限,终须一个土馒头。
> 三轮世界犹灰劫,四大形骸强首丘。
> 蝼蚁乌鸢何厚薄,临风拊掌菊花秋。

这是一首讽人看不开的诗,谁家的铁门槛能够千年不坏?宝玉身处钟鼎之家,天生喜聚不喜散,好像他能和姊妹们永远窝在一处,做一辈子的富贵闲人。小丫头佳蕙曾说他谋划着"明儿怎么样收拾房子,怎么样做衣裳,倒像有几百年的熬煎"。这正是宝玉天真之处,纵然铁门槛不坏,人还能千年不死吗?一切不过都是过眼云烟。就像她妙玉,能用"点犀乔""绿玉斗"喝茶的,也曾既富且贵根基不浅,如今不也要寄居在人家的庵堂之中度日吗?

粉红笺子是对红尘的渴望,"槛外人"又保持着现实中的冷静,妙玉是如此地纠结。她愿意自己真正"蹈于铁槛之外",

却忍不住时时窥探着身边的繁华热闹场。看看眼前的荣国府，想想自己也曾经金尊玉贵，她不能不生出许多感慨。除此之外，"槛外人"三个字也有故意表白的意味：我早已看淡一切，你们贾府泼天的富贵我从没放在眼里，万不可小看了我。可惜越是想要极力证明的，往往越是内心最在意、最自卑的地方。

对贾府是如此，在黛玉和湘云面前，妙玉又换了一个样子。中秋节联诗，黛玉和湘云吟出了"寒塘渡鹤影""冷月葬花魂"这样精彩又凄美的句子。妙玉大大方方地走出来，一口气续了十三联，语气大气磅礴："振林千树鸟，啼谷一声猿"，一洗之前黛湘之凄清颓丧。在她二人面前，妙玉是那样地温婉和气，自然真诚，她又找到了同是客居不会遭人看轻的安全感。直到此时黛玉和湘云才得知，妙玉不是只有怪诞的一面，还有这样的诗才，这样的赤诚。殊不知，这才是真实的妙玉，不扭捏，不端着，不自卑。

一直以来，妙玉均以怪诞清高示人，人人说她不易接触，其实她身上所有的"刺"都不是有意要伤人，只是为了保护自己那颗敏感又脆弱的心。

湘云：寒塘鹤，只影向谁边？

那年中秋的凹晶馆，天上一轮皓月，池中一轮水月，皎皎冰轮，上下争辉，微风一过，池水粼粼，两个女孩子坐在湘妃竹墩上联诗。多愁善感的黛玉说出"冷月葬花魂"并不意外，意外的是一向豁达乐观的湘云也吟出了"寒塘渡鹤影"这样悲凉的句子。

中秋时节已有些凉意，加之夜深露重，周遭寂寂，更容易觉出"凉"来，可毕竟只是中秋，月明风清，菊桂正盛，有满眼的好景致可供惬意抒怀，怎么看，离"寒"字也还有一段距离，更何况又加一"鹤影"，孤单只影的意味竟将人一下子带入凄凉。湘云，若吟诗，何不吟一句"清池醉鹤影"，让黛玉接一句"水月迷花魂"，姊妹二人沉醉于中秋美景之中岂不好吗？可是，不能。虽然湘云那晚还是如常劝着黛玉："你是个明白人，何必作此形象自苦？我也和你一样，我就不似你这样心窄。"黛玉的心事人人知道，时常有人劝她，可今晚湘云的心事有谁察觉了呢？

湘云：寒塘鹤，只影向谁边？

一

早先，她大说大笑着，和姊妹们在红香圃中给宝哥哥过生日，吃酒猜拳行令。数她的酒面酒底最啰唆："酒面要一句古文，一句旧诗，一句骨牌名，一句曲牌名，还要一句时宪书上的话，总共凑成一句话。酒底要关人事的果菜名。"大家却都说有趣。率性而为，乘兴而乐，她拿着半个鸭头啃着，指着晴雯几个丫鬟说了酒底："这鸭头不是那丫头，头上那讨桂花油。"真真诙谐得有趣！醉了，用鲛帕包着芍药花瓣当枕，倒在石凳子上睡它个香梦沉酣，满头满脸是花瓣，人也半被落花埋了，多好！她一定不会梦到在家里的日子，那些油灯底下做活儿到三更天的情形，打着哈欠，呵着手，已经困得睁不开眼了，累得抬不动手了，可是婶子还没有说"歇着吧"，她就只有接着拿起那根绣花针；她也不会梦到好闺蜜们央她打几根结子，她偷空做着时却被婶子瞧见了，冷冰冰甩给她一脸的不满意。

"人生得意须尽欢"，醉了多好，醉在这芍药花丛中更好。彼时的湘云，就像这些芍药花，开得恣意，开得舒畅，纵然乘着初夏的微风落了，也是爱落到哪里就落到哪里，无拘无束。

"自然者天地，主持者人"，苦恼和快乐这些东西没有一定之分，全在你怎么想。相比于每夜苦熬着做针线的湘云，"旧年好一年的工夫，做了个香袋儿，今年半年，还没拿针线呢"的黛玉就有着相对的自由和幸福了。可中秋之夜，还是湘云在劝抚栏垂泪的黛玉"别这么心窄"——从小没有父母的她已养成了天生乐观的性格。自哀自怨有什么用呢？哪里暖，就朝着哪个方向生长好了。所以她喜欢住在荣国府里，跟着老祖宗，在这里可以和姐妹们说笑，写诗，吃酒……办个海棠诗社忘了请她她也不恼，还说"容我入社，扫地焚香也情愿"——与其敏感得愁云惨淡，不如想办法让日子亮起来。

真不愿意回家啊！何况她又认识了一个可亲可近的宝姐姐。可是家里人却偏偏不容她多住些日子——怎么可以显得叔叔婶婶把这个无父无母的孩子扔在亲戚家不管不问呢？再说，她不回去，家里要做那些活计人手怎么够呢？湘云眼泪汪汪地悄悄嘱咐着宝玉："便是老太太想不起我来，你时常提着打发人接我去。"

二

"我天天在家里想着，这些姐姐们再没一个比宝姐姐好的。可惜我们不是一个娘养的。我但凡有这么个亲姐姐，就是没了父母，也是没妨碍的。"湘云曾经这样说。宝姐姐真是待人亲热，她帮着湘云作诗社的东道，摆了螃蟹宴，帮着她想了十二个菊花诗题，还曾知疼知热地告诉袭人"云丫头在家里做不得主，以后别烦她做鞋打结子了，不如我帮你做些吧。"可是，湘云没曾察觉，暖心的宝姐姐对谁都是这样呀！哥哥薛蟠从南方带回来的那些土物，连不得意的赵姨娘都收到了她的馈赠呢。

果然，今年的中秋竟完全不同了。前一日，凤姐带领众人抄检了大观园，宝钗寻思着，不如搬出去避嫌。于是，第二天她就搬走了，一家人团团圆圆地赏月——到底是有母亲有哥哥的人，可进可退。可是湘云呢？那时老太太曾吩咐凤姐"要另设一处给云丫头住"，是她自己非愿意和宝姐姐亲亲热热地在一处，才谢绝老太太和凤姐的好意执意住进蘅芜苑的，谁料到，如今宝姐姐却搬走了。

宝钗临走，话说得漂亮，事也办得爽利，她让李纨"把云丫头请了来，你和她住一两日，岂不省事。"和一个寡居嫂子做伴儿省了谁的事？云丫头究竟愿不愿意呢？宝姐姐没有问，湘云也没有说。有什么可说的？蘅芜苑是宝钗的，她愿意锁起来还是让其他姊妹继续住着，只由得她，还能由得谁呢？"湘云和宝钗回房打点衣衫"，一个搬去和母亲哥哥团圆，一个去稻香村和寡嫂做伴。一个是主动搬离，一个是从一个寄居处转到了另一个寄居处。

这一日的午饭，老太太的餐桌上坐着探春和宝琴，老太太吃完，尤氏等上了桌子，没在这里吃饭的也一一得到了照应。慈祥的老祖宗"吩咐将这粥送给凤哥儿吃去，又指着这一碗笋和这一盘风腌果子狸给颦儿和宝玉两个吃去，那一碗肉给兰小子吃去。"却独独没见到湘云，她在哪里？同谁一起吃饭呢？还是搁不住心里别扭连饭也吃不下了？老祖宗身边晚辈众多，少照顾到一两个也是有的。若在平日，也不十分显，只是今时今日不同，越发显得湘云孤单可怜。

三

晚上老太太要领着大家赏月的。击鼓传花，说着笑话，听着笛声。黛玉却一人躲到僻静处去伤心，只有湘云跟过来了，劝慰她一回，终于忍不住说道："可恨宝姐姐姊妹天天说亲道热，早已说今年中秋要大家一处赏月，必要起社，大家联句，到今日便弃了咱们，自己赏月去了。社也散了，诗也不作了。"心比比干多一窍的黛玉如何听不出来，只不过同病相怜的人，谁也不说破罢了。此时，两个无父无母旅居客寄的人才真正成了姐妹。不说扫兴的话了，联诗吧！吟什么"撒天箕斗灿""传花鼓滥喧"，谁不知你满腔心事不肯对人言？

夜深了，凹晶馆周围静悄悄的，看园子的人们都睡了，窗户上的灯光昏昏欲灭。忽然，湖面上一只白鹤击着水花飞起，撩动了湘云心里那根深藏的弦，她脱口说出"寒塘渡鹤影"，黛玉轻轻接住："冷月葬花魂"——此时一切尽在不言中。

后来妙玉续了诗，录出后写上"右中秋夜大观园即景联句三十五韵"。这三十五韵中，妙玉诗句再多再新奇，也终敌不过

那两句发自肺腑的感叹。

这一晚湘云没有回到大嫂子的稻香村,而是随黛玉去了潇湘馆。二人在床上均睡不着,各自说了各自的原因。"走了困"是其中之一,黛玉的多思多感也是根由。湘云却说自己"有择席的病",究竟是择席呢,还是心乱呢?

早在第二十回中,湘云第一次出现,那时的她还是个娇憨的小姑娘,舌头也不灵光,将"二哥哥"叫成"爱哥哥",晚上也是和黛玉一处睡,"次日天明时……只见她姊妹两个尚卧在衾内。那林黛玉严严密密裹着一幅杏子红绫被,安稳合目而睡。那史湘云却一把青丝拖于枕畔,被只齐胸,一弯雪白的膀子撂于被外"。那时,不见湘云有丝毫择席的病,还是宝玉见她睡得太实,怕风吹了肩窝,把被子轻轻替她盖上了。怎么就在今夜,一下子就择席难以入睡了?

这个中秋过后,晴雯死了,司琪死了,入画去了,芳官蕊官等各自出家了。宝玉看着那园中埭下之水,仍是溶溶脉脉地流去,心中恨道:"天地间竟有这样无情的事!"一个园子说冷清就冷清了,犹如夏天那一场花事,热热闹闹的人们一下子就散了。同样冷清的,还有人心,湘云自此也极少再"大说大笑"——她长大了。

荣府里的岁月是湘云成长中最温馨的一个桥段,是向日葵一般的她一直昂着脸追寻的太阳。可惜,她还在乐土中留恋不已,人们却走的走了,散的散了,变的变了。老祖宗年纪越来越大,也经常忘了她,越往后,她的世界越像是一泓寒塘,水面上有一只无奈的孤独的白鹤飞来飞去,飞到后来,不知所踪。

元春： 担了繁华， 吞了寂寞

　　有人说，妙玉是《红楼梦》中最寂寞之人，正青春年少，却只能独居于青灯佛案之下。的确，比起大观园中公子小姐们的热闹场，妙玉是孤凄的。栊翠庵的花木是最繁盛的，老太太说：到底是他们修行的人，没事常常修理，比别处越发好看。旁人眼里的"没事"，正是她的空寂啊。

　　可寂寞如妙玉，仍可以中秋夜半，悄悄走出去，听一听借着水音的笛声，赏一赏朗秋的清池皓月，将正在联诗的黛玉湘云请进庵堂，给她们未曾结尾的五言诗一口气续上十三联。也可以在老太太带着众人前来时，独将宝钗黛玉请进耳房里，与她们同品那沉淀了五年的梅花雪水烹出的好茶，在黛玉不妨头问一句"这也是旧年的雨水"时，立即回敬她一句"你是个大俗人！"这等直抒胸臆，谁能够？她可以高傲怪诞，守着自己的小世界毫不妥协，在这层意义上，妙玉是自由的。

　　谁说十二钗中妙卿最为寂寞？君不见尚有一人，不及妙玉？

　　她金尊玉贵，却羡慕着小门小户的骨肉团聚，她高高在上，却一个人体味着"高处不胜寒"的凄清。

她就是元春。

元春被选入宫去，不知是何年月的事。只听冷子兴说"现因贤孝才德，选入宫作女史去了"。不知元春进宫，和哥哥贾珠早亡有没有什么关系。若论家族兴衰的责任，自然是落到长子肩上，可珠虽早慧，十四岁进学，却不到二十岁就死了。本是娇滴滴妹妹的元春一下子成了这个家里的老大。她在宫中是如何小心勤勉才从女史升至贵妃地位的，自是一言难尽。她这样积极努力是负有家族的使命吗？只可推测，不知其情。

我们只知道，元春是个好女儿，未入宫时，她念及母亲将近年迈才又得一子，所以对弟弟万分怜爱，亲自为宝玉启蒙。三四岁的宝玉，已有姐姐教的几本书、数千字在胸中了。那时姐弟俩的感情多深哪！可惜，时间是最无情的。元春入宫时，宝玉还是个孩子，姐姐在宫中虽"眷念切爱之心，刻未能忘"，可孩子家的宝玉却逐渐模糊了这份情了。

"才选凤藻宫"是元春一生中的大事，人人忍不住激动和兴奋，"宁荣两处上下里外，莫不欣然踊跃，个个面上皆有得意之状，言笑鼎沸不绝。"而她最牵挂的弟弟宝玉此刻心里只装着两件事：眼前秦钟的病，和远方黛玉的平安。

贾琏听闻贵妃的喜讯，带着从苏州奔丧回来的黛玉日夜兼程往回赶，宝玉"只问得黛玉'平安'二字，余者也就不在意了"。不怪宝玉薄情，姐姐进宫时他才多大呢，要一个孩子将儿时的事情牢记不忘，亦不许被哗哗的时光流水所冲淡，也太难为他了。

省亲时，荣府如鲜花着锦，烈火烹油般热闹。为着她回一次娘家，家里盖了神仙幻境般的大观园。她来了，却哭了："当日既送我到那不得见人的去处，好容易今日回家娘儿们一会，不说说笑笑，反倒哭起来。一会子我去了，又不知多早晚才来！"其实，这不过是作者要这样写罢了，真正选入宫中的女子，何曾有省亲一说？她们想这样真情一哭都是无处可去的。

即便是省亲了，元春回来了，又如何呢？她想在家里放开怀抱说说笑笑一回，可以吗？一套皇家礼仪就将她和亲人隔山隔水，咫尺天涯。

祖母、母亲等人均要给她行礼，父亲连面也不能见，只能隔着帘子请安，开口称臣，说上一套"臣草莽寒门，鸠群鸦属之中，岂意得征凤鸾之瑞……虽肝脑涂地，臣子岂能得报于万一！"这样的颂上之语。

什么爹爹女儿骨肉相聚？彼此的思念之苦，别离之痛，斟酌了再斟酌，说出来的只能是那冷冰冰的官场套话。

纵然亲情如海深，抵不过皇家的规矩比天大。

元春那句"田舍之家，虽齑盐布帛，终能聚天伦之乐，今虽富贵已极，骨肉各方，然终无意趣"，是漫长的宫中岁月日日心中所念之词，若非面对亲人面，敢对何人说？宫中事体错综复杂，稍不留神即获大罪。你身被荣恩，不思感恩戴德却抱怨不如田舍之家粗食布帛有意趣？踌躇欲说心中事，鹦鹉前头不敢言。

身为贵妃娘娘，元春和娘家之间的联络全凭太监来往传话，这来往之间，可以赏赐礼物，可以猜谜作诗，唯独不能略诉衷肠。

就是在短暂相聚中邀嫂子妹妹们一起作些诗，也不会有海棠诗社中那种欢快的雅趣。不过是些"园成景备特精奇""楼台高起五云里""华日祥云笼罩奇"这样的歌颂体，夹杂些"奉命何惭学浅微""自惭何敢再为辞"式的自谦。这样作诗，才真正是"终无意趣"呢！

宝钗对宝玉说：那上头穿黄袍的才是你姐姐呢。在众姊妹心中，"黄袍"一词代替了"姐姐"两个字，让姊妹们诚惶诚恐，在她面前只有放不开的生疏。

元春说自己"素乏捷才，且不长于吟咏"，可你看她将"红香绿玉"改为"怡红快绿"，将"有凤来仪"赐名"潇湘馆"的才情，寥寥几个字就意境大增，若要写些风流别致诗句料也不难，她为何不写？

海棠诗社中，你一句"月窟仙人缝缟袂，秋闺怨女拭啼痕"，她一联"晓风不散愁千点，宿雨还添泪一痕"，这样的诗句细腻动人，却万不能出自贵妃之手。身为高贵的皇妃，你能"缝缟袂""拭啼痕"吗？你能"愁千点""泪一痕"吗？连王熙凤在老太太寿辰时受了委屈还说"便受了气，老太太好日子，我也不敢哭的。"在最讲究吉利祥和的皇宫里，天天都是"好日子"，谁敢有愁有泪？纵使回家一趟，也不敢说错一句话，她的笔，只能写下"天地启宏慈，赤子苍头同感戴，古今垂旷典，九州万国被恩荣"这种句式。

若元春未进宫去，是否也会偶尔回娘家和嫂子妹妹们一起起个诗社呢？海棠社初成之时，黛玉打趣探春的别号"蕉下客"："你们快牵了她去，炖了脯子吃酒。"宝钗讽宝玉是"无事忙"。冬日的芦雪庵里，作诗不及格的宝玉被李纨罚去栊翠庵乞红梅，湘云更热闹，联诗中逞才，一个人大战宝钗、宝琴、黛玉三个人……这些热乎乎的戏谑亲昵，蒸腾腾的欢快恣意，元春从离家的那一日起，就注定再也没机会感受到了。

逢年过节，她也惦着家里的热闹。

元宵节那天，小太监送出了一个四角平头白纱灯，上有贵妃做的灯谜一首，让众人猜了写在纸上，再每人作一个进去——出嫁的女儿是多想参与到娘家的灯节中热闹一番啊！虽然隔着高高的宫墙，虽然彼此不能见面，她仍有着深深的渴望。

可是如愿了吗？

"宝钗等近前一看，是一首七言绝句，并无甚新奇，口中少不得称赞，只说难猜，故意寻思，其实一见就猜着了。宝玉，黛玉，湘云，探春四个人也都解了，各自暗暗的写了半日。"

"只说难猜，故意寻思"又"各自暗暗的写了半日"，他们心中的元春早已不是能够亲热的大姐姐，而是那位高高在上的贵妃娘娘，在一个灯谜面前也不肯露出本心本意。众人所作的灯谜皆恭恭敬敬用楷书写了送进宫去请娘娘猜。无论猜得对与不对，"都胡乱说猜着了"——她一片亲热之心，只换来亲人们不温不凉的尊敬恭顺，这种玩法有什么意思？

宫门一入深如海，从此家人似路人。

"喜荣华正好，恨无常又到。眼睁睁，把万事全抛。荡悠悠，把芳魂消耗。望家乡，路远山高。故向爹娘梦里相寻告：儿命已入黄泉，天伦呵，须要退步抽身早！"

元春至死，最不放心的仍是家中事。她薨逝时，合家俱痛哭不已。这些眼泪中，有几人是对亲人的哀痛，又有多少是对富贵靠山倒下的惋惜呢？

当亲情中掺杂了企望的水分，任是神仙也难再分辨得清。

二十年来辨是非，榴花开处照宫闱。

三春争及初春景，虎兕相逢大梦归。

元春的判词是正钗第二首，仅在宝黛合一那首之后，可见她虽出场不多，却是极其重要的一个。贾家姊妹中，她飞得最高，可有谁能明白这最高处的累，和那裹紧七情六欲不能露，藏起思乡之泪不能流的苦？

皇帝庞大的后宫中，美丽女子从不稀缺，她也不过是姹紫嫣红开遍的皇家园林中的一朵，得一时之宠已属万幸，何敢奢望"山无棱、天地合"式的爱情？日日过着伴君如伴虎的日子，她只有小心翼翼一条路可走。荣宁两府人人以贵妃为荣，只有元春自己知道，她身上一边系着贾家赫赫扬扬的荣华富贵，另一边系着的，却是无可奈何的殚精竭虑，和逃不开扯不断的终生寂寥。

探春：因为清醒，所以悲伤

　　黛玉初次见着贾府三姐妹，就看出探春的与众不同，这位三姑娘站在"温柔沉默，观之可亲"的二姐和"身量未足，形容尚小"四妹中间，越发显得"顾盼神飞，文采精华，见之忘俗"。

　　和一般心思细腻的女儿家不一样，探春胸怀宽广，她住的秋爽斋屋子都不曾隔断，三间相通，就是敞敞亮亮的一个大厅堂：当地放着一张花梨大理石大案，案上磊着各种名人法帖，并数十方宝砚，各色笔筒，笔海内插的笔如树林一般。又有米襄阳的《烟雨图》，又是颜鲁公的墨联：烟霞闲骨格，泉石野生涯。唯一有些女子气的是那个汝窑花囊，插的还不是姹紫嫣红的玫瑰或月季，而是满满的一囊水晶球儿的白菊。这哪里是小姐闺房？分明是大气磅礴的少爷书斋啊！难道她姑娘家的香闺，不应该是"吟成豆蔻才尤艳，睡足荼蘼梦也香"的调子吗？

　　不，那种调子是她的二哥哥宝玉的。三姑娘向来大气，家中连男子也多不及她。琏二爷虽说有些小才干，可他心里今儿是多姑娘儿，明儿鲍二家的，又是尤二姐又是秋桐，又得想法儿瞒着凤姐干点其他偷偷摸摸的事，一肚子私情，哪里还有别的心思。贾珠早亡、贾兰尚小，环儿是个草包，还有一个整日黑眉乌嘴活猴子样的贾琮，更是别想指望。那个别人眼里无限耀眼的宝玉呢，一门心思地和黛玉缠绵折腾，气得老太太都说："我这老冤家是那世里的孽障，偏生遇见了这么两个不省事的小冤家，没有一天不叫我操心。"你见探丫头用谁操心了，她全处理得了，还能护着姐姐二木头，帮她摆平累丝金凤被偷的事。

　　贾家的财务入不敷出，外人冷子兴也知道"内囊渐渐上来了"，侄媳妇秦可卿死时都放不下心来，要特地嘱咐当家人王熙凤一番，可你看荣国府正经继承人宝玉脑袋里装的是些什么？春天淘漉胭脂膏子，夏天吃井水里湃着的果子，秋天喝点合欢花浸的酒，冬天到芦雪庵烤鹿肉，他的正经事也有：鲜荔枝须得放在缠丝白玛瑙盘子里才好看，冬天栊翠庵的红梅寻一枝来插瓶很不错，更有刘姥姥嘴里那个雪地抽柴的夭夭姑娘，得让茗烟找着了重新塑个像……这，这，唉！可宝二爷是老太太的心头肉，谁能说什么。眼看着老爷一年年上了岁数，少爷却仍然只想当个少爷，如何是好呢？

　　更兼家大业大，人多口杂，那些刁奴才没事儿在太太跟前下个蛆，豁腾得鸡飞狗跳。连平儿都知道"大事化为小事，小事化为没事，方是兴旺之家"，王夫人被妯娌送来的绣春囊一激，竟连这个道理也忘了，生生导演出抄检大观园的闹剧。那些羡慕这钟鼎之家的平头百姓，若知道这深宅大院里不光是锦衣玉食、雕梁画栋，偶尔还自家人组个检查团，对小姐的丫头们展开拉网式地毯式全面搜查，弄不好还会闹出人命，不知还会不会羡慕？

　　三姑娘听说此事，气恼至极，打开门户迎接这个匪夷所思的亲友检查团。可笑的是，这里伤心愤怒，那里竟然还有人开玩笑，王善保家的仗着自己是邢夫人陪房，嬉皮笑脸上前拉扯着探春的衣裳搜身，换做迎春也许不好说什么，若是惜春，可

探春：因为清醒，所以悲伤

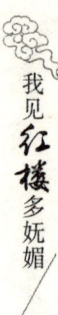

能又要吓傻了。只这位三姑娘做得出来:"啪"的一声脆响先给这婆子一巴掌,接着把心里的话一股脑儿倒了出来:"可知这样大族人家,若从外头杀来,一时是杀不死的,这是古人曾说的'百足之虫,死而不僵',必须先从家里自杀自灭起来,才能一败涂地!"说着流下泪来。

她这一番话不是对凤姐这一行人说的,她这一巴掌也不是单甩给王善保家的。探春知道,凤姐虽有治家之才,却无力转变家族的命运,王善保家的一个小人奴才更是什么也不懂。换作平时,她也不见得要打那一巴掌,可此时她满腔愤慨,发出的是箕子微子之叹。小的不长进,老的又糊涂,难道赫赫巍巍的荣国府就要毁于一旦吗?

不,正如她所说"百足之虫,死而不僵"。早在这件事之前,三小姐也曾落泪。

凤姐小产后,王夫人委托李纨、宝钗、探春三个帮着理家。众人议论纷纷地抱怨:"刚刚倒了一个'巡海夜叉',又添了三个'镇山太岁',越性连夜里偷着吃酒玩儿的工夫都没了。"——府里这都用着些什么人哪!

三个"镇山太岁"中,李纨是没才干的,更没主见,宝钗"一问摇头三不知""不干己事不开口",只有探春竭心尽力,一心想把家业理顺管好。她心里早有打算,当初去赖嬷嬷家赴宴,别人吃着玩儿着,她却在抓住机会学习打听:"我因和他家女儿说闲话儿,谁知那么个园子,除她们带的花,吃的笋菜鱼虾之外,一年还有人包了去,年终足有二百两银子剩。从那日我才知道,一个破荷叶,一根枯草根子,都是值钱的。"

如今有机会当家理纪,她一通大刀阔斧地整治:"擒贼先擒王",先拿两位红人宝玉和凤姐扎筏子给众人看,别人就不敢说什么了。又把园里各项活计分派下去,不但免了官中开支,还给了众人额外收入的机会,婆子们再不想"偷着吃酒玩儿"了,个个点头诺诺,为三小姐的善政感恩戴德——责任制调动起了积极性,府里暂时呈现出一片欣欣向荣的气象。有能力、讲方法,连王熙凤都背地里称赞她。表小姐黛玉也说:"要这样才好……我虽不管事,心里每常闲了,替你们一算计,出的多进的少,如今若不省俭,必致后手不接。"看着妹妹操心理家,不知当哥哥的宝玉心里是怎么想的,竟没心没肺地对黛玉说:"凭他怎么后手不接,也短不了咱们两个人的。"——有兄如此,急煞活人哪!

探春的举措虽扭转不了大局面,但这样节流开源下去,至少也能推迟衰败的到来,虽说世事难料,但转机就在慢慢下滑的路上等来了也说不定吧?谁知刚刚看到点起色,一个不按牌理出牌的人就披挂上阵了。

她的生母赵姨娘为了兄弟赵国基的丧葬费之事,一把鼻涕一把泪地在议事厅里搅闹起来。探春给出的费用错了吗?没有。那赵姨娘为什么要闹呢?因为如今是自己的女儿三小姐当家了,为什么不能破个例呢?赵姨娘为几两银子就差撒泼打滚儿了,这让刚刚扎完筏子的三小姐情何以堪?探春面对这个莫名其妙的赵姨娘,不知从何说起,她又寒心又担心:"倘或太太知道了,怕我为难不叫我管,那才正经没脸,连姨娘也真没脸!"真那样的话自己的一番整治全部付诸东流水,败絮其内的贾府也会加快树倒猢狲散的速度,那时你们还争什么呢?眼见着赵姨娘无理取闹,同为管事人员的大嫂子李纨心思也完全没在状态上,明明有旧例摆着可以以理服人,大嫂子却乐得做个好人,顺嘴儿说出"姑娘满心要拉扯你们,口里怎么说得出来"的话。真真可气又可笑!

探春满眼里看看,这个大家族里,玩乐的玩乐,自保的自保,敛财的敛财,较劲的较劲……每个人看到的都是自己的小世界,只有她眼睁睁看着全局却无能为力,她想过力挽狂澜,却原来家业大事远没一个女孩儿家想得那么简单。这一次她是真的认怂了服输了心灰意冷了:"我但凡是个男人,可以出得去，我必早走了，立一番事业，那时自有我一番道理。偏我是女孩儿家，一句多话也没有我多说的。"一面说，一面不禁滚下泪来。

探春"可以出得去"时，是在出嫁之时——清明涕送江边望，千里东风一梦遥。那泪水中有离别不舍，更有无奈和心忧。她知道这一去千山万水再也回不来了，彼时大姐元春已死，宫中的靠山没了，这个让她暗中焦心的家族最后能落到什么结局，她是连看也不能看到的了。三姑娘临别时泪眼蒙胧中，仿佛又出现了正在调制胭脂膏子的二哥哥，出现了撒泼打滚儿的亲娘，还有那些在老爷太太们耳边下蛆使绊子的奴才们……一切的一切，只能随它去了。

"才自精明志自高，生于末世运偏消。"贾探春赶上了家族末路，又没能托生为男儿以振兴家业。这个闺中女儿的三次落泪，没有一次是为自己而流，她是贾家众儿女中唯一的清醒者，因为清醒，所以悲伤。

邢岫烟: 因芬芳而美丽

红楼大观园是座大花园,芙蓉般脱俗的黛玉,牡丹般富丽的宝钗……连丫头们都个个如杏如桃,艳丽得不得了。原来园中的小桥流水、亭榭楼阁都算不得景致,只有灿烂的青春之花才衬得起"大观"二字。热热闹闹的"百花"之中,却有一朵花开在边缘之处、缝隙之间,她就是邢岫烟。

岫烟从一出场就带着淡淡的忧伤与无奈。她是邢夫人的侄女,家贫,随父母来投奔姑妈邢夫人,指望着"置房产、帮盘缠"的。说白了,这种投奔,其实是和打秋风的刘姥姥一样的。连乡下的刘姥姥在家筹划着要来时,也知道自己女儿"是年轻媳妇子,难卖头卖脚的"。而岫烟一个未出阁的姑娘,却不得不跟随父母一路风尘仆仆地走进荣国府,不知道这里面有多少女孩儿家的心酸无奈。

岫烟来的那天格外热闹,一下子来了四个姑娘,连晴雯都跟着兴奋:"大太太的一个侄女儿,宝姑娘一个妹妹,大奶奶两个妹妹,倒像一把子四根水葱儿。"贾母最喜欢的是宝琴,逼着王夫人认了干女儿,又让她晚上跟着自己一起住,李纨的两个妹子也有着落，跟着李纨住在稻香村，只有岫烟，投奔的是人气最差的邢夫人，贾母瞧不上这个大儿媳，又如何能喜欢她的亲戚？可人家来都来了，总不能尴尴尬尬地晾在那里，所以只淡淡给了一句："你侄女儿也不必家去了，园里住几天，逛逛再去。"人家这么一让，家道艰难的邢家立马"听如此说，岂不愿意"。唉唉，可怜岫烟生在一个什么样的家庭？物质精神双贫穷啊！

林黛玉虽父母双亡，可父亲是探花老爷，母亲是荣国府的千金大小姐，虎亡威风在，何况她这外甥女还是老太太的心头肉，就这黛玉还不免要"处处留意、事事小心"呢！再看岫烟，虽有爹娘，却"本是酒糟透之人"，不能增色反而丢人。而她一家投奔的邢夫人，不但是贾母跟前第一个不得赏识之人，还是以悭吝出名的，对自己的丈夫还常以俭省为名进行克扣，何况对她这个侄女。所以，从岫烟一出场，就由不得别人替她捏着一把汗。

听了老太太这句"逛逛再去"，负责安排住处的凤姐立马知道该如何安排了，她心头盘算着：让邢岫烟住进迎春的缀锦楼最合适，她俩一个是邢夫人名义上的女儿，一个是侄女，即便日后岫烟有什么不如意处，也与自己无干。对这种安排书中还说了一个原因，那就是"又不便另设一处"。何谓不便呢？宝琴自不必说，贾母早揽过去了，再看随后而到的湘云——老太太"原命凤姐另设一处与她住，史湘云执意不肯，只要与宝钗一处住，因此就罢了"。所以岫烟这里的"不便"，其实就是不值得。

那个"人人一个富贵心，两只体面眼"的荣国府，个个都是人精，听话听音儿，谁不会见人下菜碟？果然老太太的红人宝琴立马就有人赶着送礼——宝玉在潇湘馆赞水仙花开得好，黛玉说："这是大总管赖大婶子送薛二姑娘的，两盆腊梅，两盆水仙，她送了我一盆水仙，送了蕉丫头一盆腊梅。"

邢岫烟：因芬芳而美丽

　　李家姊妹虽没人殷勤献好，倒也没人欺负她们，岫烟却是越来越艰难，借住在迎春处，"二木头"平素连自己屋里丫头媳妇吵架都制裁不了，又怎会照管得了她？而岫烟的姑妈邢夫人，不但不见照管，反而为了节省自己对兄嫂的周济，让寄人篱下的侄女每月省出一半的月钱给爹娘。无奈岫烟这位客居的主子小姐，只能在春寒料峭时节把棉衣当掉，拿出钱来给迎春的婆子丫头打酒买点心吃。就这样还被迎春的乳嫂编排一顿歪账，说什么使了奴才们的钱，"算到今日，少说也有三十两了。"

　　一样是客居贾府，黛玉娇柔敏感，被人捧在手心里还时常委屈得掉泪，湘云憨直豪爽，一时不顺劲了就"收拾包袱回家去，不在这里看人家鼻子眼睛"，只岫烟相处得超然若素、柔中带刚。试想，即使迎春不能制裁下人，岫烟随便和凤姐探春等哪个人说一声不行吗？可她只愿说一句"不必麻烦"。这"不必麻烦"中，有亲戚情分上的礼让，也有对下人们的同情怜悯，更有自己清高的气节：我即便当了棉衣，也不愿白使唤她们。

　　柔和隐忍，可亲可敬，这姑娘让人越接触久了越喜欢。到后来，平儿自作主张拿出凤姐的大红羽纱雪褂子就要送给她。平儿既是凤姐的丫头，也算得上是知己和闺蜜，她敢擅自拿出雪褂子给岫烟，说明凤姐也已喜欢上这个亲和又有骨气的姑娘了。宝钗见岫烟当了棉衣，"悄悄地替她赎回来"。湘云听说此事，愤怒地要"骂婆子们一顿出气"。再后来，连薛姨妈也喜爱这个钗荆裙布的好女儿，给自己的侄子薛蝌求了婚。

　　"群芳开夜宴"众人占花名那次没有岫烟，如果有她，我想必得有一支茉莉签才相配。面对大观园中众多绚丽灿烂之花，她既不欣羡，亦不赧然，如一朵洁白芬芳的茉莉花儿一般恬淡素雅，从骨子里散发着香气。

宝钗：她从不提修行

《红楼梦》以茫茫大士和渺渺真人这一僧一道开篇大有深意，作者自云：用"梦""幻"等字，是提醒阅者眼目，亦是此书立意本旨。整本书中，一僧一道就如同"人间指南"一般，时不时就出场一回，为世人指点迷津。

甄士隐是听了《好了歌》出家的，香菱的命运是一僧一道说出来的，宝钗的冷香丸、宝玉的通灵玉、黛玉病中"不许见哭声"的忌讳……无一不是和尚道士透出的消息。可惜，除了这几位仙师真人，滚滚红尘中另有一些出家人，却是形形色色，各显神通。

清虚观中的张道士，是当日荣国公的替身，被皇上封为"终了真人"。这老道一见到贾母，先是一顿奉承，接着就送礼，金的玉的都有，"皆是珠穿宝贯，玉琢金镂，共有三五十件"。这还不算完，他还想做"月下老人"给宝玉提亲，这位"终了真人"对红尘中事如此热心，真不知道他"终了"了些什么。

王一贴也是道士，他自己就说自己是个糊弄人卖假膏药的——倒是直率。最离谱的是水月庵那个老尼姑，为了贪图银子和面子,"智激"王熙凤,活生生拆散一对鸳鸯,害死两条人命!真是罪过!修行这两个字,竟遭荼毒了。说到修行,大观园中也有两个人颇值得一说:宝钗和妙玉。

那一回贾母带着刘姥姥游览大观园时,来到宝钗的屋子,没料到外面奇草仙藤异香扑鼻的蘅芜苑,里面竟然"雪洞一般,一色玩器全无,案上只有一个土定瓶中供着数枝菊花,并两部书,茶奁茶杯而已。床上只吊着青纱帐幔,衾褥也十分朴素"。这让人乍一看,还以为到了什么寺什么庵,哪里像是"丰年好大雪"皇商薛家千金的闺房?像宝钗这样一个"冠压群芳"金尊玉贵的小姐,喝杯茶就是用个"晋王恺珍玩、宋元丰五年四月眉山苏轼见于秘府"的古董珍玩也不过分吧?或者用个绿玉斗也配得起身份,最不济也得是"海棠花式雕漆填金云龙献寿的小茶盘,里面放一个成窑五彩小盖钟"啊?可偏偏这些物件全部出现在妙玉修行的栊翠庵,真是有趣!

"你的屋子里有着你的气质",这句话果然不错。妙玉出家并非自愿,有人说她"云空未必空",其实她何时说自己"空"了?中秋夜联诗,她嫌湘云和黛玉那联"寒塘渡鹤影,冷月葬花魂"太颓丧了,说道"若……且去搜奇捡怪,失了咱们的闺阁面目",一个"闺阁面目"就把心里的底子露出来了。她出家是出于无奈,至于"修"这个字就不必较真了。虽然也打坐,虽然也念经,那只不过是形式。

栊翠庵品茶一回里,妙玉提前打听到贾母不喜欢六安茶,笑意盈盈地亲自奉上了老君眉。这种茶白毫银针,香馥味浓,又名"仙茶",冲这名字,贾府的老祖宗就会喜欢,而且还能消食解腻,对于"才都吃了酒肉"的老太太来说真是太相宜了。可是一转眼,她就动了气:"将那成窑的茶杯别收了,搁在外头去罢。"为何?因为这珍贵的茶杯被乡下贫婆子刘姥姥给"玷污"了!刘姥姥就那么让人讨厌吗?她不过就是出身贫苦,言语粗陋。连怡红公子都心生怜悯代其求情,妙玉这才吐口把杯

宝钗:她从不提修行

子给了刘姥姥，还说："幸而那杯子是我没吃过的，若我使过，我就砸碎了也不能给她。"这几句话，怎么竟有些"爱自己尊若菩萨，窥他人秽如粪土"的夏金桂的腔调？出家人何来这等分别心？

"真正的修行，是让每个靠近你的人都感觉到舒服"，可惜妙玉不知。李纨喜欢栊翠庵的红梅，却让宝玉去讨，因为"可厌妙玉为人，我不理她"。做嫂子的又不放心宝玉一个人去，想派个人跟着，下面的情节就很有意思了。黛玉忙拦说：不必，有了人反不得了。李纨点头说：是。看来妙玉的心性大家都明白，就如岫烟所说的"僧不僧，俗不俗"，她却自己掩耳盗铃，自称"槛外人"给宝玉写生日贺卡，用的是一张粉红色信笺。一个顶着三千烦恼丝躲在寺庙中的女孩儿家，寂寞得够够的了，总会忍不住透出些"和羞走，倚门回首，却把青梅嗅"式的欲说还休。

再看宝钗。

湘云说过"我天天在家里想着，这些姐姐们再没一个比宝姐姐好的。可惜我们不是一个娘养的。我但凡有这么个亲姐姐，就是没了父母，也是没妨碍的"。湘云是贾府的常客，她来了，贾母是让凤姐另安排一处给她住的，可她却执意要和宝姐姐住在一起，宝钗哪来的这么大魅力？

宝姐姐的学识在众人之上，香菱都说："我们姑娘的学问连我们姨老爷时常还夸呢。"能让贾政夸奖可不是件容易的事，宝钗却从不自矜。她虽"罕言寡语，自云守拙"，可不经意间露出来的那些才学就已让人叹服了。

"听曲文宝玉悟禅机"了，宝钗轻轻一笑，说出了六祖慧能的典故：菩提本无树，明镜亦非台。本来无一物，何处惹尘埃。委婉地告诉他，你离了悟还早呢，快快收了心吧。老太太要惜春画园子图，惜春愁得不要不要的，宝钗给列出了几十样画笔颜料粗碟子细碟子的"采买单"，在这之前，谁见过宝钗谈起过作画？如若不懂，又何来这些指点呢？见黛玉痼疾不愈，宝钗说："昨儿我看你那药方上，人参肉桂觉得太多了。虽说益气补神，也不宜太热。依我说，先以平肝健胃为要，肝火一平，不能克土，胃气无病，饮食就可以养人了。每日早起拿上等燕窝一两，冰糖五钱，用银铫子熬出粥来，若吃惯了，比药还强，最是滋阴补气的。"这一套医学理论，比那个给晴雯的感冒药里加了枳实、麻黄的孟浪大夫高明多了。可谁又听宝钗说过自己通药理？

探春的秋爽斋"案上磊着各种名人法帖，并数十方宝砚，各色笔筒，笔海内插的笔如树林一般。"黛玉的潇湘馆，让刘姥姥误以为是哪位哥儿的书房——各人的喜好无不在生活中夹带出来。只有宝钗，她那"雪洞"一般的屋子里，谁也看不出什么来，却是深不可测。

黛玉在老太太、太太面前无意中说出"良辰美景奈何天"的酒令，宝钗听出这句话出自禁书却不动声色，等大家散了后，背地里才委婉地提醒劝诫黛玉。黛玉铭感五内，自此视宝钗为知己，忍不住对她吐露心声："比如若是你说了那个，我再不轻放过你的，你竟不介意，反劝我那些话。"这一次让才情极高的黛玉心服口服的并非宝钗的博学，而是她的大度和体谅。

湘云要做诗社的东道，宝钗看着这个顾头不顾尾的傻丫头兴致勃勃地高谈阔论，心里却暗暗替她盘算："你家里你又作不得主，一个月通共那几串钱……你就都拿出来，做这个东道也是不够。难道为这个家去要不成？还是往这里要呢？"一番话说得湘云醒过腔来，傻眼了。宝钗有心替她办个螃蟹宴圆了这场事，话却说得十分谨慎，生怕伤了她的自尊："你千万别多心，想着我小看了你，咱们两个就白好了。你若不多心，我就好叫他们办去的。"——人情练达即文章，得当周全才是最好的气质。

相比于妙玉自己喝过的茶杯砸碎了也不能给人，宝钗情愿拿出自己新做的衣服来给投井自杀的金钏做装裹——心底无欲，哪那么多忌讳。金钏之死王夫人脱不了干系，宝钗劝解姨娘的一段话成了"抑钗派"一直以来的诟病，可是斯人已逝，何苦再让活着的人心结难解？"世间人皆苦"，宝钗无非想帮心怀内疚的姨娘抽去一丝心中的苦味而已。

　　除了人情练达，还需世事洞明。王夫人要买人参给凤姐配药，宝钗深知参行的"把戏"，劝姨娘且住，她亲自跑一趟和哥哥说，找参行兑二两不掺假的原枝好参来。一个深宅大院里的姑娘，怎么会如此清楚外面的行情？只因为爹爹早亡，母亲年迈，哥哥又不成气候，她不得不放下诗书，"只留心针黹家计等事"——原来打点好眼前的生活，比不切实际的向往诗和远方更加重要。虽然有宝钗帮忙，王夫人还是不能释怀，长叹道："卖油的娘子水梳头，自来家里有好的，不知给了人多少。这会子轮到自己用，反倒各处求人去了。"宝钗一句话让时常念经的王夫人心门大开："这东西虽然值钱，究竟不过是药，原该济众散人才是。"谁说她"任是无情也动人"？宝钗的动人处并非无情，而是爱众人的大情。

　　所以在刘姥姥吃饭时故意卖乖逗笑，鼓着腮帮子说"老刘老刘食量大如牛"时，众人都笑得抬不起头来，宝钗却未见失态。眼前的滑稽源于生活的窘迫，她"因为懂得，所以慈悲"。

　　牡丹花一般的宝姐姐"从不爱花儿粉儿的"，哥哥要给她做衣裳，她也拒绝了：那些还没穿遍，又做什么。她对自己的事无任何欲望，心里却总不忘周全他人。薛蟠到南方去了一趟，带回来的土物她挨门送到，连不招人待见的赵姨娘也得了馈赠。贾环是众人眼中的"小冻猫子"，人人不拿他当一回事儿，只有在宝钗眼里，环儿才和宝玉并无分别。

　　宝钗曾对黛玉说："我虽有个哥哥，你也是知道的，只有个母亲比你略强些。"这是实话，她有母亲需要陪伴，有家事需要料理，她清楚最应该做的就是勤勤恳恳做好眼前这些事，在做事中成长，在成长中前行。

京戏《追鱼》的结尾有这么一段对话，观世音问鲤鱼："不知你愿大隐还是小隐？"鲤鱼回问："大隐怎的，小隐何来？"观世音回道："大隐拔鱼鳞三片，打入凡间受苦，小隐随吾南海修炼，五百年后，得道登仙。"我们都以为随菩萨修行是修行，原来比之级别更高的修行却是在人间的修行。

释祖说过：佛在灵山莫远求，灵山只在尔心头，人人有个灵山塔，好向灵山塔下修——修行只在心头，哪里在于任何形式中？宝玉动不动就喊着要"做和尚去"，妙玉虽然身在佛门，却心在红尘。清虚观、水月庵里那几个道士尼姑就更是离谱儿。只有宝钗，将"众人皆重我独轻"的态度贯穿于生活之中，她不提修行，更不出家，却早已"莲塘无主自开花"。

王熙凤：强势女人忽略了什么？

王熙凤的才干是众人皆赞的。连周瑞家的对八竿子打不着的刘姥姥提起她来也忍不住说：这位凤姑娘年纪虽小，行事却比世人都大呢。如今出挑得美人一样的模样儿，少说些有一万个心眼子。再要赌口齿，十个会说话的男人也说他不过。

什么叫作"会说话"？

黛玉到贾府时，从她眼里看去"这些人个个皆敛声屏气，恭肃严整如此"，唯有凤姐来时让人觉得气氛轻松活跃起来了。黛玉还在心里忖度：这来者是谁，这样放诞无礼？

众人敛声屏气不只是出于大家主的规矩，还因为黛玉当时的情况让人实在难以应对，悲喜皆不宜。林姑娘初来乍到，表示欢迎自然应该喜的，可人家又刚刚丧母，一群人围着欢声笑语的似乎也不合适，所以谁都不敢多言，只是介绍相认而已。凤姐放诞那是因为"艺高人胆大"，你看她还没进屋先给了一串笑声，接着就拉着黛玉的手赞叹："天下真有这样标致的人物，我今儿才算见了！"一语未完，忽又转喜为悲，拿着手帕子擦眼泪，叹着："可怜我这妹妹这样命苦，怎么姑妈偏就去世了！"这一喜一悲，把劲都使匀了，真是滴水不漏。

接待刘姥姥时更是"满面春风地问好"，把话说得那叫一个漂亮！先告难再给钱，给了刘姥姥一个喜出望外。

这都是些日常小事，当家理纪就更是一把好手。李纨宝钗探春三个加起来也没她那样本事。没两把刷子，怎么能把一群荣国府的那些"坐山观虎斗、借剑杀人、引风吹火、站干岸儿、推倒油瓶不扶，都是全挂子的武艺"的管家奶奶们使得服服帖帖？

不光如此，凤姐还有一样本事：得老太太的欢心。贾母身边少不得两个人，一个是事事周全妥帖的鸳鸯，另一个就是打趣逗笑的凤丫头了。有了老祖宗这个靠山，凤姐在贾府又多了一层风光。

这样一个人，怎么甘心只在家里围着贾琏转呢？连下人都知道，自从娶了二奶奶，琏二爷倒退了一射之地。贾琏的小厮们也忍不住背后嚼舌头：奶奶的心腹我们不敢惹，爷的心腹奶奶的就敢惹。看来小厮们投主子也凭个运气。

即便是这样，琏二爷和凤奶奶的感情也好着呢，基础好啊！贾家和王家是旧亲，孩子们从小就相识，凤姐自己说过，她和珍大爷从小一处淘气了这么大。听听，既然和贾珍是从小一处的，和年岁相貌相当的贾琏岂不更是青梅竹马？后来结了亲，凤姐又是个美人胚子，琏二爷不喜得无可不可才怪呢！对这个爱妻，贾琏是甘愿退一射之地的。

多少童话故事的结尾都是"公主和王子结婚了，从此过上幸福的日子"，可惜现实并非如此，结婚从来就不是故事的结尾，而是开头。贾琏慢慢从丰满的梦想中醒过来看到了现实的骨感。

贾府的上一辈夫妻里，邢夫人对贾赦那叫一个百依百顺，可能和她是填房有些关系，可王夫人是原配正房娘家又有权有势吧，宝玉快被贾政打死了她都"不敢深劝"，只得抬出老太太来做挡箭牌。可见贾府的太太们是很讲究"三从四德"的，唯独到了琏二爷这儿，连自己的奴才都被媳妇儿的奴才欺负，不被人笑话才怪呢。

不过贾琏最在意的还并非此事，他并不是那种大男子主义的人，性子还算温和，胸怀也不远大。他和宝玉一样，从小在富贵场温柔乡中长大，心性早被膏粱锦绣的生活麻木得毫无斗志了。可即便不把下人们暗地里对"妻管严"的嘲笑放在心上，贾琏还是有点事情十分不开心的。

"饱暖思淫欲"的公子哥，谁受得了一个日夜筹划的工作狂媳妇？连宝玉这十几岁的小孩子，做个春梦醒了还把身边的袭人给"初试"了呢，何况独寝两夜就十分难熬，把清俊小厮选出来"出火"的贾琏？

刚接管家事时，凤姐还不十分顾不上丈夫。周瑞家的送宫花时就听闻琏二爷凤奶奶大中午的在得巫山之趣，稍后还有丫头舀水进去。可见凤姐还是很体贴琏二爷这年轻公子哥的需求的。可越往后，凤姐的志向本事越大，尤其是接下来的三件事更助长了凤姐的气焰。一是不知死的贾瑞被"毒设相思局"，让她初尝自己的心机可以轻轻松松就捏死一个人；二是"协理荣国府"，使她管家的才干发挥得淋漓尽致，更加服了众；三是"弄权铁槛寺"，拆散了张金哥和守备公子一对鸳鸯，坐收了三千两。泄私愤、长威风、敛银子，凤姐刷新了对自己能力的认知，以后越发"恣意的作为起来"，连众人的月钱都扣着不发放利钱去了。

一心扑在名利场上的她，除了老太太和王夫人，连自己婆婆都没太在意，哪里还顾得上别的？一身疲惫的她回到屋里，是不是还有心思温存体贴就十分难说了。可怜的贾琏，日子愈发不好过。当初屋里原有两个妾室的，凤姐一来，三下五除二都给打发了，她自己脸上也觉得不好意思，硬把个平儿拖进来，却是许看不许吃的。平儿自己也知道这种处境，对贾琏说："难道图你受用一回，让她知道了又不待见我。"

第二十一回里，贾琏趁着巧姐出花在书房独寝，饥不择食的寻了个"多姑娘"，幸而被平儿遮掩住了，没让凤姐知道。可是越往后，凤姐越逞强好胜，也就越忙到不可开交。到第四十四回，贾琏竟然把鲍二家的直接弄到卧房里去了，难怪王熙凤"泼醋"。对她来说，这已经不仅仅是醋不醋的事，一个下人奴才登堂入室上了她这威风八面的主子的床，这是在"啪啪"打脸！她不气疯了才怪。

老太太和着稀泥说："小孩子们年轻，馋嘴猫儿似的，那里保得住不这么着。"年轻是真，可为何"馋嘴猫"似的？这其中原委，只有琏二爷自己知道吧。侍妾没了，平儿又只能喂喂眼，有个如花似玉的媳妇吧，却天天忙得脚不点地，揣着一颗"会当凌绝顶，一览众山小"的雄心，哪里理会琏二爷"剪不断，理还乱，别是一般滋味在心头"的愁闷。

遇见尤二姐，让贾琏心花怒放。当然啊，从多姑娘到鲍二家的，贾琏连这样货色都饥不择食了，何况是貌美温柔的尤二姐呢？小花枝巷里的日子是贾琏最舒心的时光，可惜好景不长。凤姐的精细远非贾琏可比，日常小事上就可见端倪。宝钗生日，凤姐是想比林妹妹往年的生日多增些东西的，她却问贾琏如何安排。问得贾琏十分纳闷："你连多少大生日都料理过了，这会子倒没了主意了？"人家哪里是没了主意呢，不过是套你这傻爷的话罢了。轮亲戚关系，宝钗和凤姐近，黛玉和贾琏近，凤姐给自己表妹多加了东西怕惹人议论，所以讨琏二爷的口气。这样机警缜密的心思，哪是贾琏可比的。

果然，小花枝巷里的日子保不住了。王熙凤一番入情入理的"肺腑之言"，尤二姐就跟着她进了贾府，从此由桃源进入魔域，终被折磨得吞金而死。贾琏抱着二姐的尸体大哭时，这个爷此时才算开了一点窍，咬牙切齿地发着誓："你死得不明，都是我坑了你！……终久对出来，我替你报仇。"

平淡是真，低调是宝，可惜凤姐不懂。她和贾琏的人生追求也相差太远。一个喜欢"若无闲事挂心头，便是人间好时节"的闲散，一个向往"横刀立马所向披靡"的威风。这对青梅竹马的夫妻，从两情相悦，到如胶似漆，终于走到了貌合神离。

王熙凤强势半生机关算尽，最后得到的却是"一从二令三人木，哭向金陵事更衰"的结局。一心沉迷在权利钱财之中不能自拔的她，完全忽略了生活除了这些，还有很多值得珍惜的内容。

尤二姐： 豪门一梦醒来迟

宝玉说尤二、尤三"真真一对尤物，可巧她又姓尤"。其实二姐三姐本不姓尤，只是母亲再嫁的这家姓尤，既然她姊妹往后也要靠尤家养活，只得改了也姓尤，自此就做了一对"尤物"。

倘或母亲未曾改嫁呢？尤二姐之前的家应该也不十分贫寒，不然怎能和给皇帝管理私人田产的"皇粮庄头"张家交好，又指腹为婚？可惜，荣华富贵转眼成空。尤老娘只说张家没落了，她自己家如果没有没落，只怕也不会带着两个女儿再嫁尤家吧？本该是大户人家当家奶奶的尤二姐，几经辗转，最后成了要靠贾珍接济的小情妇。她有选择吗？有。

如果有一个三观颇正的母亲，即便再嫁尤家之后丈夫亡故，家道再次没落，娘女三个也可以做些针黹女红，一心一计过起小门小户的日子啊。姑苏书香宦门之家的慧娘都可以绣些绣品，她们为什么不能？何况尤家大姑娘是宁府大奶奶，也不会一点儿不肯照管她们。这样的日子虽辛苦些，也不会太富足，倒也不至无法度日。

可是，尤老娘并不想要这样的生活。你看她打得那些主意：当初把尤二姐许给张家，是因为皇粮庄头是富贵大户。张家一没落，立马天天抱怨着"要与他家退婚"。对于尤老娘来说，过有钱的快活日子才是第一位的，其他的都可忽略不计。有这样一个嫌贫爱富的亲娘，是尤二姐姊妹们人生中的第一道坎儿。

说起被父母悔婚，《红楼梦》里一共出现了两处。另一处的主角叫张金哥，这场孽是水月庵里老尼姑作的。张金哥原本许配给了守备府公子，偏偏李衙内又看上了她。父母觉得李衙内比守备公子家境好，于是打着"为女儿终身考虑"的绑架思想提出了悔婚。守备府当然不依，出家了却热衷于俗家事物的老尼姑就来求王熙凤。凤姐为了显手段，当然也看在那三千两银子的份儿上，给了了这件事：逼着守备府忍气吞声同意了退婚。岂知张金哥"得知父母退了前夫，她便一条麻绳悄悄地自缢了。那守备之子闻得金哥自缢，他也是个极多情的，遂也投河而死，不负妻义。"一个"举身赴清池"一个"自挂东南枝"，用《孔雀东南飞》的形式上演了一场惨烈的《梁祝》故事。

同样是长辈要退婚，尤二姐却和张金哥完全不同，她在母亲的影响下，也"常怨恨当初错许张家"，如果张家还是那个赫赫巍巍的皇粮庄头，二姐还会觉得是错许吗？

贾蓉替贾琏做说客时，将琏二爷夸了个天花乱坠，说他"做人如何好"云云，只怕这些都不是重点，最能打动尤老娘和二姐的是这一句："目今凤姐身子有病，已是不能好的了……过个一年半载，只等凤姐一死，便接了二姨进去做正室。"自此后，尤家母女就做起了豪门梦。

尤二姐出嫁那天，"尤老一看，虽不似贾蓉口内之言，也十分齐备，母女二人已称了心。"和过去的日子相比，眼前的二十余间房子，两个使唤丫头，又有鲍二家的"一盆火"一样热情的家人媳妇上赶着叫"老太太"，让尤老娘笑得满脸都是花儿。

"贾琏一月出五两银子做天天的供给。若不来时，她母女三人一处吃饭，若贾琏来了，他夫妻二人一处吃，她母女便回房自吃。贾琏又将自己积年所有的梯已，一并搬了与二姐收着，又将凤姐素日之为人行事，枕边衾内尽情告诉了她，只等一死，便接她进去。二姐听了，自是愿意。当下十来个人，倒也过起日子来，十分丰足。"

　　小花枝巷里的日子应该是尤二姐这辈子最快活的一段时光——有爱情（和贾琏如胶似漆），有固定收入（每月五两银子），有未来憧憬（凤姐死后就升级为正室）。而且不必和大多数女人一样，嫁人后离开母亲和家庭，这是多少女人梦寐以求的两全结果。就这样在小花枝巷里住下去不也挺好吗？可尤二姐一句话就暴露了本心。

　　那天，贾琏的小厮兴儿说："如今跟爷的这几个人，谁不背前背后称扬奶奶圣德怜下。我们商量着叫二爷要出来，情愿来答应奶奶呢。"原来奴才们常在背地里商量这件事，这情节还不让人心惊吗，纸里包不住火啊！可尤二姐却丝毫无感，而是自顾自表达着一片憧憬："你们作什么来，我还要找了你奶奶去呢。"是啊，总在外头住着算怎么回事呢？听说荣国府雕梁画栋，威武气派，亭台楼榭，无不精致——她眼里藏不住的艳羡之色。

　　尤二姐出嫁后，姐姐尤氏没来，倒是姐夫贾珍悄悄地来了。真是有意思！接下来小花枝巷里的气氛就更加有意思："当下四人一同吃酒。尤二姐知局，便邀她母亲说：'我怪怕的，妈同我到那边走走来。'尤老也会意，便真个同她出来只剩小丫头们。贾珍便和三姐挨肩擦脸，百般轻薄起来。小丫头子们看不过，也都躲了出去，凭他两个自在取乐。"怎么这母女俩就那么默契呢，一个知局，一个会意——原来，尤老娘不过是带着女儿们换了一个地方"讨生活"而已，一切还是老样子。

　　西院里，贾珍和尤三姐在喝酒，东院里，贾琏和尤二姐宽衣上床，还真是如贾珍所说"我们兄弟，不比别人。"果然，弟弟过去拜会哥哥了，贾琏对贾珍的一番话，很明显有让贾珍把三姐也当作外室养起来的意思。他兄弟二人，把尤二姐、尤三姐一同"包占"了岂不快哉？这番话让尤三姐火冒三丈："你别油蒙了心，打量我们不知道你府上的事。这会子花了几个臭钱，你们哥儿俩拿着我们姐儿两个权当粉头来取乐儿，你们就打错了算盘了！"——三姐看得明白，过这样的日子早晚要遭殃！她一顿夹七夹八的怒骂，将珍琏二人"花枝巷春深锁二尤"的美梦"啪啪"打个稀烂。

尤三姐知道眼前非长久之计，"偷来的锣儿敲不得。"可二姐始终拎不清，她盼望着偷来的锣儿有一天能光明正大地接替"旧锣儿"，且天真地认为跟了贾琏就找到了终身之靠。于是，我们就看到了反差极大的一幕。三姐已经摆出了火拼的架势准备破釜沉舟，二姐仍沉浸在她自以为的希望和幸福中不能自拔。三姐"天天挑拣穿吃，打了银的，又要金的，有了珠子，又要宝石，吃的肥鹅，又宰肥鸭。或不称心，连桌一推，衣裳不如意，不论绫缎新整，便用剪刀剪碎，撕一条，骂一句"，二姐却不明所以，见妹子如此胡闹，要和贾琏商量着找个人嫁了她。

尤三姐思嫁柳湘莲不成，"耻情归地府"，宝玉还做了一回推手。柳湘莲定了亲之后觉出不妥，向好友宝二爷打听，宝玉说出了那句略带轻薄的话："真真一对尤物"，未过门的妻子是别人嘴里的尤物，又得知她是在"除了两个石狮子干净，连猫儿狗儿都不干净"的宁国府里混过的，清高的柳湘莲跌足悔恨："我不做这剩王八！"再深问，宝玉也恼了："你既深知，又来问我做什么！"宝玉若是帮着解释遮掩一下，三姐已经悔过改正，柳湘莲又是个豁达洒脱之人，未必这段姻缘不能成就。可事情就是这样，枝头风起，不知哪片叶子会落。三姐死了，为二姐的死做好了铺垫。

凤姐在小花枝巷的言行和迎接黛玉进府时如出一辙：一会

儿哭一会儿笑，好听的话说了一火车。明眼人一看就知道这是表演。可怜尤二姐却只看到了荣国府这座豪门的大门终于向她敞开了。竟然"倾心吐胆，叙了一回，把凤姐认作知己"。可不是吗，她一直想入豪门，凤姐就"好心好意"来接她了，除了认作知己，只怕还认作是恩人了吧？如果尤三姐还在世，怎么也不可能让她傻呵呵地跟着凤姐去什么豪门。二姐若能看到三姐是死于虽改过守分，却仍得不到世人的原谅这一层，也就早该料到自己被逼死的明天。可是，安逸富足的生活是障眼法，尤二姐非但没看见，反而向对手怀里扑过去，认为这个怀抱里有她心心念念想得到的通向豪门的钥匙。

等进了大观园，听凤姐的那番话："妹妹的声名很不好听，连老太太，太太们都知道了，说妹妹在家做女孩儿就不干净，又和姐夫有些首尾，'没人要的了你拣了来，还不休了再寻好的。'"她这才明白，原来纸里真的包不住火。可是一切都晚了。

看凤姐对付贾瑞的手段就知道，尤二姐毫无悬念是死路一条。先是换了她的丫头，二姐仍然没察觉凤姐剑拔弩张的架势，没几天，丫头不服使唤了，她仍然忍着，还帮着遮掩，倘若这时知觉了，不过是闹一场，被赶出贾府去，也还有一线生机，凤姐最初并不是非要借剑杀人。她暗暗调唆二姐的未婚夫张华来闹，"只叫他要原妻"。贾母得知张家告了状，也说让尤二姐回家去，二姐万般不愿意，向贾母解释着，自己是真的和张家退了婚的，"他因穷急了告，又翻了口。"贾母这才收回主意。又有心存私念的贾蓉在里面搅和着，遣人向张华说："你如今既有许多银子，何必定要原人。若只管执定主意，岂不怕爷们一怒，寻出个由头，你死无葬身之地。"张华那时"约共得了有百金"，已经心满意足，听了这话也就不再闹了。凤姐见赶走尤二姐的计谋难成，这才动了杀念。

等贾琏从平安州回来，先到小花枝巷，见这个曾经的"世外桃源"已经悄悄封锁，问明情况，"贾琏只在蹬中跌足"——知妻

莫若夫,琏二爷知道:大事不妙了!

果然,二姐进府没多长时间就被折磨死了,梯己也全被凤姐没收。贾琏连二姐的丧葬费都拿不出来,还是平儿偷了一包银子给了他——这就是尤二姐认为"终身有靠"的男人!

如果时光能够倒流,尤二姐可以重新选择,不知她是会安安稳稳过自己的小日子,还是继续追求这看似美好实则要命的"豪门梦"?

尤三姐："情小妹"岂止死于情？

柳湘莲悔婚索要定礼的那天，尤三姐不仅将鸳鸯剑给了他，连命也一并交给了这个男人——揉碎桃花红满地，玉山倾倒再难扶。多少人为之扼腕：何至于此呢？不过是五年前见过一面的一个男人，连熟知都谈不上，竟为他连性命也不要了？

其实，这性命，尤三姐早就不想要了。

看看她的环境，就知道她为何将性命看得如此轻率了。从小跟着母亲再嫁到尤家，改了自己的本姓，和姐姐一起都姓了继父之姓"尤"，从此做了一对"尤物"。

尤老娘说过："自从先夫去世，家计也着实艰难了，全亏了这里姑爷帮助。"这话说得多轻巧，这"帮助"里面的真实内容谁不知道呢？帮助她们的那对父子是什么货色？贾敬死了，贾珍和蓉哥儿一个做儿子的一个做孙子的，日夜兼程往回赶，路上听说二姐和三姐来了，父子两个竟然"相视一笑"。这一笑心照不宣，既甜蜜又得意，完全忘了家里还停着先人的灵柩。这样的人做出些什么事来不稀松平常？

应酬着这种货色，尤老娘和尤二姐竟习惯成自然。蓉哥儿嘻嘻呵呵调笑着，尤二姐嘴里嚼着一嘴的砂仁渣子，吐贾蓉一脸，贾蓉全用舌头舔着吃了。贾蓉这样的行为固然让人恶心，但尤二姐吐他一脸的举动显然也没把自己当作长辈吧。贾尤之间，除了贾珍的妻子尤氏，其他人的身份从来就是含混不清的。不清不楚，就是一个大写的尴尬，好在有人看在富贵的面子上已经认下了。

贾琏偷娶尤二姐时，那尤老娘看见二姐身上头上焕然一新，不似在家模样，十分得意，做母亲的完全不想想女儿被藏着掖着过日子何时是个了局。尤三姐心里清楚"偷来的锣敲不得，到时候会有一场大闹，不知谁生谁死"，尤老娘却只见了小花枝巷的二十余间房子，两个使唤丫头，和一房"一盆火"一样上赶着叫"老太太"的家人媳妇，就觉得自己着实体面起来了。头脑简单的人最容易获得无忧无虑的状态。尤老娘和尤二姐完全不想想对手是"四大家族"王家的千金，心里歹毒手段阴辣的王熙凤，更不觉得小花枝巷里平静美好的日子实则是在"刀尖上起舞"。

何况这里的日子还另有"文章"，贾琏和贾珍兄弟两个轮换着来，二姐和三姐也是交替着接待。二姐虽是偷娶的，可毕竟是拜过堂，三姐算什么呢？可怕的是贾珍一来，尤老娘和二姐竟然那么知局，一齐找个借口都离开了。看到此处，真有些怀疑三姐的母亲和姐姐是不是亲的，有这样"疼"女儿妹子的吗？

连跟来的小厮们碰巧在小花枝巷偶遇都觉得脸上过不去，珍大爷的小厮撒着慌："我们是来借宿的。"琏二爷的小厮也是慌："我是来送月银的。"谁也不肯说是跟主子来此幽会的。可笑的是小厮们的话音刚落，二位爷那两匹同槽的马就互相踢蹶起来——牲口来揭谎了。

既荒唐又尴尬，这就是尤老爹死后，尤家"受接济"后一直延续着的家庭气氛。尤三姐那时能有多大呢？也许连她自己也不记得了。如一个跟在大人身后赤裸着身子玩耍的孩子一样，到知觉羞耻的那一刻，拼命想遮挡却已来不及，所以她怒，她骂，她耍。她把前来"挑破窗户纸"的贾琏一顿整治：咱们两个亲香亲香！无耻老辣的程度让珍琏这两位风月老手都目瞪口呆。

她怎么突然这么疯狂？是因为一旦这窗纸被捅破，她将再无退路，比不得这样含混着还能寻个机会退回到"非礼勿言非礼勿动"的闺中女儿状态。这样的想法虽是她的一厢情愿，可人活着，到底要存个念想。尤三姐也知道这念想很渺茫，绝望起来，她把绫罗绸缎撕成一条一条的，要了珠子要宝石，宰完肥鸭宰肥鹅……人生已心灰意冷，不如趁此时拼命折腾。

或许她累了，或许是心里忽然转了个弯，燃起了一丝希望——如果嫁了人，是不是这一切就结束了呢？她想到了柳湘莲。

其实，对于一个五年前有过一面之缘的人，他们之间能谈得上什么情意？他只是串了一折戏文，三姐何以竟非他不嫁？贾琏向柳湘莲提亲时，柳湘莲对尤三姐全无印象——正是这样"全无印象"的才好。虽然失节，可尤家姐妹所见到的男人也不过那么几个，和贾珍、贾琏、宝玉这些或淫荡或风流或暖心的富家公子哥儿相比，冷面冷心的湘莲倒像一股清流，让早已厌倦了富家子弟那套嘴脸的尤三姐心头一颤。

贾琏说尤三姐心里的人定是宝玉，她啐道："我们有姊妹十个，也嫁你弟兄十个不成。难道除了你家，天下就没了好男子了不成！"不管好与不好，贾家的人已经不能嫁，这里发生过太多不堪回首的往事，能瞒得住谁呢？柳湘莲是她在老娘家拜寿时见到的，他不是贾家的人，又常年在外浪迹不归，或许他什么都不知道吧。

抱着如萤火般微弱的希望，三姐发下愿心："从今日起，我吃斋念佛，只服侍母亲，等他来了，嫁了他去，他一百年不来，我自己修行去了。"这番话说得可怜，颇有些"若得山花插满头，莫问奴归处"的意味。此时的尤三姐正是揣着一颗"不是爱风尘，似被前缘误"的悔恨之心的。相比二姐不愿嫁败落的张华，尤三姐却宁可挑一个"一贫如洗，纵有几个钱也是随手就光了的"柳湘莲，去过一世清贫平静的日子。

见尤三姐心意决绝，琏二爷倒是一副赤肠想成全她。可巧就在平安州偶遇了柳湘莲。琏二爷这个"月老"当的既聪明又笨拙。聪明的是事情办得漂亮，三言两语就说定了亲事，笨拙的是太过于着急，事后让柳湘莲心生疑窦。

湘莲对宝玉说："路上工夫忙忙的就那样再三要定，难道女家反赶着男家不成？"宝玉一番解释，更是越说越糟。听到尤三姐和宁府有瓜葛，柳湘莲越发下定决心要退亲了。三姐万万想不到，她一心要躲着贾家的人，最后还是被贾家人坏了事，谁知道在老娘家串过戏的柳公子竟和贾府的宝玉是好友呢？

说到这里，柳湘莲的心胸和琏二爷真真不在一个层面。贾琏能对尤二姐以前之事既往不咎，"不提已往之淫，只取现今之善"，和二姐一心一计，誓同生死。柳湘莲自己也赌博吃酒、眠花卧柳，无所不为，心里却容不下已经改过自新的尤三姐。

对于他俩的结局，宝钗说"这也是他们前生命定"，细想不无道理。倘或贾琏不着急，湘莲不生疑，宝玉没多话，待柳二尤三结成夫妻之后，以三姐之多情美貌，聪慧灵透，未必不使柳湘莲真的爱上她。有了爱情，纵是日后再知道了前情，"不拘细事"的柳湘莲选择原谅也不是没有可能的事。可惜，缘分这件东西编织的情节都是丝丝入扣的。尤三姐像一本美丽的书，柳湘莲连封面都没看一眼就弃之一边了。

比失望更可怕的是希望之后的绝望。尤三姐被贾琏带回来的鸳鸯剑点亮了生活的憧憬，又被柳湘莲的索剑重新打回现实。连常年漂泊在外的柳湘莲都能得知自己那些不耻之事，世上还剩几人不知？

尤三姐选择自刎于湘莲面前，纵也有"非他不嫁"的情丝,却更多是对人生的绝望,不但注定得不到爱情,她看到了自己这一生连尊重都不配得到了。嫌贫爱富的母亲,单纯水性的姐姐,和那个与畜生无异的姐夫,以及曾经懵懂无知的自己,已将一个原本纯白的人生涂写得面目全非。

《红楼梦》第六十六回的题目是"情小妹耻情归地府　柳二郎一冷入空门"。尤三姐有颗冰清玉洁的心,却也有一段乌烟瘴气的经历,心头的黑与白剧烈地相撞,她已无力招架,只能横剑一挥:半生怨恨同谁诉,一缕芳魂向苍天——刚烈的三姐是死于情,更是死于耻。

晴雯：一株恣意开花的野桃树

　　直到晴雯死时，书中才把她的出身给补上了一笔。在这之前，袭人曾在过年时被家里接回去吃年茶，檀云回家给母亲过过生日，麝月生病时也回家养过病，晴雯始终没出过怡红院。

　　和宝玉闹了别扭，她说："我就是一头碰死也不出这个门儿！"

　　"病补孔雀裘"那一回，平儿来怡红院对麝月说坠儿偷了虾须镯，晴雯却疑心她俩针对自己："两人鬼鬼祟祟的，不知说什么。必是说我病了不出去。"色色比人强的晴雯，她怎么就那么心里没底呢？

　　因为她无家可归，没有退路。"晴雯当日系赖大家用银子买的，那时晴雯才得十岁，尚未留头。因常跟赖嬷嬷进来，贾母见他生得伶俐标致，十分喜爱。故此赖嬷嬷就孝敬了贾母使唤，后来所以到了宝玉房里。这晴雯进来时，也不记得家乡父母。只知有个姑舅哥哥，专能庖宰，也沦落在外，故又求了赖家的收买进来吃工食。"

　　十岁的小丫头，是谁卖的她？她不记得家乡父母，却知道有个姑舅哥哥。难道也是一个自幼父母双亡，寄居在亲戚家的可怜人？被赖嬷嬷买了来，使了不长时间，她就被当作一件礼物赠给了贾母，除了小心做事少挨打骂这样的自我摸索之路，她不曾得到过一点儿教导，长到十七岁，全凭自悟。

"至善至贤"的袭人过年家去吃茶时，有母亲哥哥迎接着，有精心准备的一大桌子茶点饭菜，多温馨！吃饭间，母亲定然少不了唠叨几句：

"在府里做事要仔细，凡事想周全些，别顾头不顾尾的。少得罪人，你比不得人家一家子在那里当差的，互相都有照应。你一个人在里头，自己小心着，别让妈不放心……"

做哥哥的也免不了嘱咐一番："妹子，凡事别要强出头，实在过不去了，大不了赎你回来，家里眼下这几两银子还有，别委屈了你……"

虽然袭人哭着表明心迹，说"全当我死了，再不必起赎我的念头"。可她的心里是暖的，是从容的宽松的。她断不会像晴雯那样毫无退路地哭喊"死也不出这个门"。

可是，有退路的袭人成了明日姨娘，抱着门框哭喊的晴雯终究还是被撵了，有时事物就如同手里的沙，攥得越紧的越容易失去。

晴雯的罪名是典型的莫须有，"生得太好了"，就必然是狐狸精吗？她知道自己生得好，却不知道"木秀于林风必摧之"的道理，还那么千娇百媚地打扮起来，还那么牙尖嘴利地叫嚷起来，"藏愚""守拙"全都不会。

她敢在小丫头坠儿偷了金子时用簪子戳她的手，敢毫不留情面地得罪园子里任何一个婆子，包括邢夫人的陪房王善保家的，更敢公开和二爷吵架，再娇俏地撕了扇子接受道歉，算是给公子爷留个面子。这些行为，在别人看来都是扎眼的。

宝玉夜读书时，小丫头们困得前仰后合，袭人尚不言语，倒是晴雯先骂起来了："什么蹄子们，一个个黑日白夜挺尸挺不够，偶然一次睡迟了些，就装出这腔调来了。再这样，我拿针戳给你们两下子！"连小丫头自己打盹撞到壁上了，都以为是晴雯打了她——这是给自己树了些什么形象？谁都知道宝玉今夜背不下书，明天定要挨批评，可人家都只默默陪着就是了，偏她顾头不顾尾地出主意，让宝玉装病。此事若传扬出去，只怕等不到抄检大观园晴雯就被请出去了。

大家都知道园子里的人处处有关联，时时要生事，人人躲着是非走，也只有她骂了馋的骂懒的，骂完懒的又骂不长眼的，整日没心没肺地喊着"都撵出去，不要这些中看不中吃的"。到头来她被撵的时候，婆子们个个趁恨："今日天睁了眼，把这一个祸害妖精退送了，大家清净些。"没人肯为她说一句好话，眼睁睁看着一盆"才抽出嫩箭来的兰花送到猪窝里"。晴雯！晴雯！这么直白地活着，你可知道后果吗？晴雯不知道，没人告诉过她，单纯的她也从来没替自己打算过。

当初，从贾母屋里派出来两个丫头给宝玉：袭人和晴雯。晴雯是老太太明确拨给宝玉的，连月钱银子都转到怡红院的丫头份例上支领，袭人却只是借调。王熙凤说过："袭人原是老太太的人，不过给了宝兄弟使。她这一两银子还在老太太的丫头分例上领。"可见两人的身份并不一样。

贾府里的规矩是"凡爷们大了，未娶亲之先都先放两个人服侍的"，老太太将模样爽利言谈针线都出众的晴雯指派过来，说是"将来只她还可以给宝玉使唤得"。袭人呢，不过是因她有些痴处，又小心谨慎，老太太派她过来把心尖子宝玉伺候得妥妥帖帖的而已。可惜晴雯虽千伶百俐，却看不透大宅门的水有多深。袭人和宝二爷"初试云雨"了；碧痕打发二爷洗澡，席子上汪着水洗了两三个时辰；晴雯都知道，她"痴心傻意，只说大家横竖是在一处"，是不屑于此的。

要说袭人有些痴处，不如说晴雯痴得更加彻底。自从到了怡红院，她心里眼里只有宝玉，为他病中缝衣，为他编造谎言，谁不尽心服侍二爷她上来就骂。她做了怡红院中的一块"爆碳",用微薄的火苗暖着二爷,从不想想自己会被烈焰焚了身。

鸳鸯曾对平儿说过几句衷肠话:"这是咱们好,比如袭人,琥珀,素云,紫鹃,彩霞,玉钏儿,麝月,翠墨,跟了史姑娘去的翠缕,死了的可人和金钏,去了的茜雪,连上你我,这十来个人,从小儿什么话儿不说?"这里面没有晴雯。是因为她是后到的没能融入这个团队,还是她心比天高和黛玉一样目无下尘?

都不是,她只是太单纯。没有家人,没有朋友,更没一个肯真心实意教导她的人。不曾读过书,也不知"人情练达即文章"这番道理,她是一株恣意开花的野桃树,一树缤纷一树灿烂,花谢了却注定要结出酸苦的果子。她和园子里有人修剪的花木们无法相同。

黛玉也孤傲,寄于钟鼎之家,表小姐得到的都是客客气气,虽有人疼,却无人教,以至于豪门绣户未出阁的姑娘,当着众人面说出了"良辰美景奈何天"、"纱窗也没有红娘报"这些禁书中的话。大家或装听不懂,或者心里偷笑,谁肯提醒她去?只宝钗能体谅她没父没母的缺憾,将黛玉叫至蘅芜苑中,端出姐姐的款儿说:"你跪下,我要审你。"奇怪的是,小性儿又敏感的林妹妹这次却并不觉得受了委屈,反而铭感五内,从此对宝姐姐掏心掏肺:"我母亲去世的早,又无姊妹兄弟,我长了今年十五岁,竟没一个人像你前日的话教导我。"原来没人管束的孩子见着一点儿"我是为你好"的规劝就会感动到不行。

黛玉命薄,晴雯命更薄,她在墙角里自顾自生长着,开了一树张扬的花朵,却不知暴风雨说来就能来,需抓紧时间扎稳根系。刚刚"风透湘帘花满庭",一转眼就成了"庭前春色倍伤情"。随着王夫人一声断喝:"谁许你打扮的花红柳绿的!"晴雯所有的一切都只能化作一抔净土,掩尽风流。她临死时,直着脖子叫了一夜,叫的是"娘"。这声声呼唤中,是悔是怨,还是潜意识里对母亲和无从记忆的亲情的渴望?

平儿：尽着忠心，待着凄凉

宝玉曾对宝钗的丫鬟莺儿说："宝姐姐也算疼你了。明儿宝姐姐出阁，少不得是你跟去了。"莺儿抿嘴一笑。若莺儿跟随宝钗出嫁，就是陪嫁丫头了，就如凤姐的陪嫁丫头平儿一样。不过平儿和其他的陪嫁丫头又不同，她是被贾琏收用了，成了"屋里人"的。

莺儿若跟随宝钗出嫁，宝钗会不会让她也成为"屋里人"呢？估计不会。这样的安排对于丫头来说并不是什么好事。屋里人连妾室都不是，只是个"通房大丫鬟"，连"半个主子"都算不上。

平儿如果有选择，也绝不会走这条路的。年轻貌美时不显什么，过个十年八年，劣势就出来了。陪嫁丫头一般和主子小姐的年岁相差不多，在年龄上并无半点优势。邢夫人、王夫人一把年纪之后，都没听说过她们的陪嫁丫头去了哪里，估计是嫁给小厮们早就提不着了。和主子最近的倒是周瑞家的和王善保家的这类陪房家人。陪嫁丫头和陪房稍有不同，陪嫁丫头是未婚婢女，陪房多指以家庭为单位的陪嫁奴婢，是已婚的。邢王二位夫人的陪嫁丫头若也被老爷们收房了，此时是个什么情况呢？

贾政屋里，得宠的有赵姨娘，不得宠的有周姨娘，这些都是比主子年轻的侍妾，倘或再有个和王夫人年岁相当的陪嫁丫头，一把年纪了连个侍妾的位置都熬不上，会是个多尴尬的地位？贾赦就更不得了，一把年纪了一会儿看上这个，一会儿想着那个，"略是个平头正脸的就不放过了"，要鸳鸯不成，花了八百两银子买了一个十七岁的女孩子嫣红，这样一个男主子，若当初收个随邢夫人嫁过来的丫头在屋里，此时年纪比王善保家的小不了多少了，除了苦挨日子她还能怎样？这明显是个坑的事情，平儿就那么跳下去了。

她不得不跳。

贾家的风俗，少爷们长大了，屋里先要放两个人伺候的，如宝玉屋里的袭人和晴雯，身份都是不明说的备选姨娘。可王熙凤是谁？卧榻之侧岂容他人鼾睡？别说两个，一个她也不能容啊！嫁过来没多长时间，贾琏的侍妾都被凤姐找个理由打发出去了。别人不说，她自己心虚。里子舒服了，面子也要捡回来，于是硬逼着平儿给贾琏做了屋里人。平儿哭诉过："又不是我自己寻来的，你又浪着劝我，我原不依，你反说我反了，这会子又这样。"

女孩儿家的最佳鉴赏者莫过于神瑛侍者宝玉，他曾说过"平儿是个极聪明极清俊的上等女孩儿"，将这样一个女孩儿收为屋里人，那个连多姑娘都觉得好的贾琏岂不乐出花儿来？只可惜了平儿，牛不吃水强按头，为了凤姐一张面子，她就这么被"按"成贾琏的屋里人了。

平儿表面上说是被收了房，实则是个许看不许摸的花瓶。相比周瑞家的那种嫁为人妻自己当家做主的日子，平儿是熬不出头来的。面对贾琏的求欢，她只能夺手就跑，凤姐是个醋坛子，她宁可得罪男主也不能得罪女主。急得贾琏弯着腰恨骂，

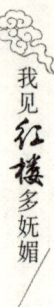

平儿说出自己的理由："难道图你受用一回，叫她知道了，又不待见我。"她根本没有——也不能把这件事放在心上，她只能牺牲幸福圆着凤姐的脸面。

凤姐的为人算不上好的，和李纨、尤氏都是面合心不合，对下人也过于严厉，唯独和平儿，从始至终相处融洽。不是凤姐独爱平儿，全因平儿忠于凤姐。

凤姐生日时，贾琏把鲍二家的引入房里偷腥，凤姐醋性大发，却碍于那时女子"三从四德"的规矩不能抓打贾琏，转身就打平儿。贾琏也上来对平儿又踢又打——男主偷老婆，女主吃醋，原来全是屋里人平儿的错！怨不得贾宝玉也为之委屈落泪，心下暗想：平儿并无父母兄弟姊妹，独自一人，供应贾琏夫妇二人。贾琏之俗，凤姐之威，她竟能周全妥帖，今儿还遭荼毒，想来此人薄命，比黛玉尤甚。

按说这等委屈，谁也不能心里毫无痕迹的过去吧？平儿能。在万般无奈之时，"忍"就成了唯一的办法。她挨了打，还得主动给凤姐赔礼：奶奶的千秋，我惹了奶奶生气，是我该死。不知平儿心中可有苦味？当把委屈的苦水咽过一千遍以后，也就不觉得苦了吧？

得知尤二姐在小花枝巷里，平儿思来想去还是觉得应该告诉凤姐。不告诉，她的忠心不答应，告诉了，眼看二姐被王熙凤折磨将死，她的良心又过不去。平儿哭着对尤二姐悔恨："想来都是我坑了你。我原是一片痴心，从没瞒她的话。既听见你在外头，岂有不告诉她的。谁知生出这些个事来。"

她用自己的梯己背地里给病重的尤二姐送点吃食，凤姐知道了又一顿好骂："人家养猫拿耗子，我的猫只倒咬鸡！"在主子眼里，奴才可不就是和得用的猫儿狗儿一般吗。

就这样，平儿仍旧一片忠心不见丝毫改变。她有选择吗？没有。

本是王家的丫头，跟随凤大小姐嫁入贾家，她不忠于凤姐，又能选择谁呢？她那个琏二爷，耳不聪目不明，头脑简单心机为零。连自己心爱的女人尤二姐都保不住，还能顾了谁？何况，平儿本身就对贾琏只远不近，避嫌还来不及呢。

再者，王熙凤虽泼辣严厉，毕竟平儿是她从小儿一起的贴身丫头，就如探春之绣橘、宝钗之莺儿，彼此相知，日久情深。凤姐也深知自己一人难以应付庞大复杂的贾府内务，既要仰仗平儿，少不得也有些恩惠于她。衣服首饰自然也没少赏她，被坠儿偷去的虾须镯不就是凤姐赏给平儿的吗？这些东西的价值还是小事，做奴才的最看重的是主子赏赐的脸面。秋纹跟随宝二爷送一次桂花，老太太、太太一时高兴分别赏了她几百钱和两件衣裳，她就高兴地炫耀："几百钱是小事，难得这个脸面……衣裳也是小事，年年横竖也得，却不像这个彩头。"

平儿自然不是这般浅薄，但主子的恩典总是做奴才的绕不过去的一道彩虹桥。众人吃螃蟹时，凤姐骂平儿："死娼妇！吃离了眼了，混抹你娘的。"这种亲昵笑骂正是下人难得的脸面。

除了和主子的情谊、身为陪嫁的无奈，平儿死心塌地忠于凤姐还有一个原因，也正是她拎得清之处。且看《金瓶梅》中的一个故事：

潘金莲有两个丫头，大丫头春梅，很得潘金莲器重，小丫头秋菊，却是个倒霉鬼。潘金莲对她不是打就是骂，不解气了还让秋菊双手举着石头罚跪，有一点儿松懈春梅上来就给她一下子。做错了事挨罚也不委屈，可恨这潘金莲自己丢了鞋也打秋菊，被李瓶儿夺了风头也打秋菊，顶没事儿了，就为了弄出声响让隔壁李瓶儿的孩子不得安生，就把秋菊打得鬼哭狼嚎的。摊上这样的主子，秋菊的运气也是没谁了。后来潘金莲和女婿偷欢被秋菊发现，她赶紧跑去告诉大娘吴月娘，第一次被潘金莲遮掩过去了，第二次又没成功，秋菊拿出"卞和献玉"的精神一连告了几次，终于让吴月娘捉了潘金莲的奸。按说秋菊算是有功之臣吧？可恰恰相反，吴月娘吩咐下人"赶紧把这张眼

露晴葬送主子的奴才卖了"。为何？作为一个奴才，对主子不忠是大忌。变节的奴才谁敢要？

平儿既然是凤姐的奴才，又是从王家过来的陪嫁丫头，她根本没有投靠贾府任何一个主子的选择。否则在当时的社会中，就是人格不保，节操不在。袭人在怡红院若是不得志，可以让母亲哥哥把她赎回家去，小红这种"家生子"奴才一家人都在贾府为奴，彼此也有照应。而像平儿这样的陪嫁丫头，除了自家主子她本就别无选择，又被委委屈屈地指给贾琏做名义上的"屋里人"，她能有个什么结局？

服侍过老太太的赖嬷嬷也曾是奴才，如今却是老封君似的，家去一般也是楼房厦厅，花木园林，有人伺候着，还有了一个做了官的孙子赖尚荣。周瑞家的也不差，有房有地，家里使着小丫头，连女婿都做起了古董生意。平儿呢，若干年后，青春不在，红颜枯槁，她依旧没有自己的家，即便封了姨娘，无儿无女的姨娘也不过和贾政的侍妾周姨娘似的，主子出行她要跟着服侍，给主子打帘子、立靠背，带着小丫头们摆茶果……从一个小丫鬟变成凤奶奶的老奴才。可除了忍，除了聪明巧妙地周全琏凤二人，她又能如何呢？

别人命薄，不过是爱和物质的缺乏，平儿命薄，却是如履薄冰之薄！

袭人，可当得起一个"贤"字？

　　袭人是个颇有争议的人物，喜欢的人说她温柔妥帖，细致周全，不喜欢的人说她心机重，善谋算，爱告密，甚至把晴雯之死加在她身上的，不一而足。

　　袭人究竟是个怎样的女子呢？她原是老太太屋里的，老太太看她妥帖，先后把她拨给过两个人使，一个是史湘云，另一个是贾宝玉。可见在黛玉未来之前，史湘云在老太太心里的位置是仅次于宝玉的。老人家不放心谁，就让自己得力的丫头去服侍谁。

　　其实，在宝玉身边，袭人怎么数也算不上是个出类拔萃的。论相貌，她不如晴雯，论心灵手巧，更是比晴雯差了不是一点儿半点儿。那雀金裘烧了窟窿，唯有晴雯能修补得好，香囊、荷包这类精致又含着情谊的物件，宝玉是烦黛玉去做，袭人手里的针线不过是绣个肚兜、打个扇套、做双鞋这类平常活计。

　　麝月虽平常不言不语，老实巴交的，可她也有一样能耐：会说理。

　　芳官和干娘干仗那一回，袭人见乱成一团无法制止了，赶紧叫麝月：我不会和人拌嘴，晴雯性太急，你快过去震吓她两句。果然麝月一出马，几句话说得婆子不敢放肆了。袭人呢？怨不得贾母说她是个"锯了嘴的葫芦"，从来不擅长这样事。

宝玉是贾府的"凤凰"，他身边的人自然都是选拔的优质资源，分小戏子时，给宝玉的是正旦芳官，定是戏班子里最水灵伶俐的。果然芳官来了就和宝玉打成了一片，宠得她快上天了，想吃小灶就吃小灶，想喝酒就直接跟主子说"我要开斋了，不许管着我"，连柳五儿的工作安排她都大包大揽地应下来了。短短时间她就混得如鱼得水，谁能比？

连上不去前儿的小红也不简单，琏二奶奶这样办事风行电掣的主子，能跟得上她的节奏的人可不多，就这样一个王熙凤，竟亲自来挖小红了，可见这丫头能力确实不差吧。

混在这样个个有绝活儿的一群丫头中间，袭人似乎无出色之处。在怡红院里，她又要伺候好宝二爷，又要管理着小丫头们，还得平衡大丫鬟之间的关系，凭的什么呢？

其实，袭人也有几样是谁都比不了的。

曹雪芹给有分量的大丫鬟每人一个字，如同封号一般：勇晴雯、慧紫鹃、俏平儿、贤袭人……"贤"这个字当是评价最高的一个字了，袭人有多优秀能当得起一个"贤"字？

先是忠心，她服侍哪一位主子，心里眼里就只这位主子，这也是贾母最放心她，派她来服侍宝玉的原因。可作为怡红院的第一大丫鬟，只有忠心还远远不够，还要有头脑，会调停。袭人头一样：能压事。这就不仅需要胸怀，更需要智慧了。先看小事：

宝玉给袭人留着的"糖蒸酥酪"被奶母李嬷嬷吃了，还是赌气吃的。这事要搁在别人，指不定又是一场"热闹"。袭人却轻描淡写地说："原来是留的这个，多谢费心。前儿我吃的时候好吃，吃过了好肚子疼，足闹得吐了才好。他吃了倒好，搁在这里倒白糟蹋了。我只想风干栗子吃，你替我剥栗子，我去铺床。"

袭人真的不爱吃酥酪只想吃栗子吗？当然不是。她是怕为一碗酥酪又惹的宝玉大发脾气。当日"枫露茶"被李嬷嬷吃了，宝玉一生气把沏茶的茜雪撵出去了，发了一顿疯，连茶杯也摔了，还惊动了贾母遣人过来问。枫露茶的事跟袭人一点儿关系都没有，她完全可以不参与进去，可面对贾母的询问，袭人自己把事情揽下来了："我才倒茶来，被雪滑倒了，失手砸了钟子。"事情就这样过去了。倘或不是袭人，这事至少不会这么快就消停了。

李嬷嬷是宝玉的乳母，仗着年纪大了，奶过二爷，完全不把自己当外人。一进了怡红院就把自己想象成老封君，丫头们应该上赶着献献殷勤才对，宝玉应该时不时请个安送点子吃的给她才对。可惜，一切不如她所想。李嬷嬷的一腔怨气时时要发作，时不时就得来宝玉房里抖抖威风。看见有酥酪，就自说自话：这盖碗里是酥酪，怎不送与我去？我就吃了罢。

丫头们说那是给袭人留着的，更是捅了肺管子。原来宝玉的饮食起居一应是李嬷嬷照管着，宝玉大了她告老出去才轮到袭人接手。这才几天，就被这个毛丫头夺了地位！李嬷嬷气得骂道：你们看袭人不知怎样，那是我手里调理出来的毛丫头，什么阿物儿！

瞧瞧，袭人的酥酪还没吃着，无缘无故先挨一顿骂。可袭人并不和她计较，只说想吃栗子岔开宝玉就完了。宝玉亲自剥好的栗子，她叫小丫头拿去吃了。

要是袭人没这样胸襟，和晴雯似的："快别提。一送了来（豆腐皮包子），我知道是我的，偏我才吃了饭，就放在那里。后来李奶奶来了看见，说：'宝玉未必吃了，拿了给我孙子吃去罢。'她就叫人拿了家去了。"不惹得宝玉发火儿才怪。

倘若袭人没这样智慧，只说"其实我不爱吃"，宝玉也未必信。再反问一回，小丫头子们若带出李嬷嬷所言之语，倒更生了事端。脂砚斋在"酥酪"一事旁有一句评语:"贤而多智术之人",可谓深知袭人。

后来晴雯摔了扇子和宝玉拌嘴,也是袭人从中调停,宝玉一时之气说撵晴雯,袭人带着怡红院的丫头们都跪下了。若论晴雯,和袭人性格大相径庭,且"满屋里属她最磨牙",让她去了岂不省事?但这就是袭人,只在大处着想,不以私情处事。晴雯有错,错不至撵出去,宝二爷一时怒起,总要有个台阶下——她一下跪,满屋里丫头都跟着跪下了,大家哭一会儿丢开手此事就过去了。

小事如此,大事亦然。

宝玉挨打是荣府闹翻天的事。事后王夫人问袭人:"我恍惚听见宝玉今儿挨打,是环儿在老爷跟前说了什么话。你可听见这个了?你要听见,告诉我听听,我也不吵出来教人知道是你说的。"

袭人听见了吗?当然。茗烟早就告诉她了:"那金钏儿的事是三爷说的,我也是听见老爷的人说的。"

可她却说:"我倒没听见这话,为二爷霸占着戏子,人家来和老爷要,为这个打的。"王夫人摇头:"也为这个,也有别的缘故。"袭人只说"别的缘故实在不知道了"。她为何不说实情?这是多好的机会,可以邀功请赏,又投靠了太太,难道有什么顾虑不成?

若说她怕赵姨娘,连芳官儿这样的都敢和赵姨娘对骂,怕她作甚?何况王夫人已说了不告诉别人知道,难道袭人竟不相信?若不相信太太,又怎肯将自己的忧虑和盘托出?

袭人不是怕,也非不信任,她只是一直延续这种息事宁人的处事方法而已。既要"大事化小,小事化了",又要防患于未然,这才是妥当的袭人。

她为一个宝二爷日夜悬心不是假话:"如今二爷也大了,里头姑娘们也大了……日夜一处起坐不方便,由不得叫人悬心,便是外人看着也不像。"这是袭人又一样好处：虑事周全。

就是此时不说，也不过一年半年，宝二爷还是要搬出去的。毕竟少爷小姐们在一天天长大，比不得小时候。总不能大姑娘大小伙子总在一处混着住下去，别说是荣府这样的大家族，就是寒门小户，家里有几间房的还要讲究避嫌呢。

况且袭人鼓起勇气说出这番话，自有她的道理。就在二爷挨打的这日，雨村来要见宝玉，宝玉匆忙间忘了带扇子，袭人给他送出来时，正赶上宝黛二人言语缠绵，彼时黛玉已经走了，宝玉还回不过神来，把前来送扇子的袭人当作了林妹妹，说出那句让人心惊的话："好妹妹，我的这心事，从来也不敢说，今儿我大胆说出来，死也甘心！……睡里梦里也忘不了你！"

袭人怎不胆寒？他表兄妹之间如果真出点"不才之事"，下人们都难逃其责：难道是死人，要你们作什么！

自然，冰清玉洁的黛玉和不同俗流的宝玉，一个是天上神瑛侍者下凡，一个是灵河岸绛珠仙草转世，他们今生的缘分只限于"还泪"一事，怎么会做出那种让人耻笑之事呢？可这些袭人如何知道？她眼里看见的只是一对情窦初开的表兄妹。宝玉的性格又是个出奇的，"倘或不妨，前后错了一点半点，不论真假，人多口杂，那起小人的嘴有什么避讳……若要叫人说出一个不好字来，后来二爷一生的声名品行岂不完了。"袭人既服侍宝玉，心里装着二爷，为他的名声着想，正是分内之事。

王夫人撵了怡红院的晴雯、芳官儿、四儿，不少人都疑心到袭人头上，连宝玉都在猜："怎么人人的不是太太都知道，单不挑出你和麝月秋纹来？"

四儿和宝玉是同一天生日，她自己说的"同日生日就是夫妻"，这话虽只是小孩子的虚荣心在作怪，能和宝二爷一天生日让她沾沾自喜，可说出这样话的丫头，脸也够大的。日后人大心大，保不住没有麻烦。芳官更不用说，宝玉已经把她宠上天了，她自己又不知收敛，袭人也不好禁约。这样下去，整个怡红院风气难免被带坏。这二人被撵无疑是袭人在太太跟前说过什么的，她这样做既是为了怡红院的风气，也是怕真闹出什么事来难以交代。若说晴雯的事也是袭人暗中作梗，真是错疑了她了。晴雯之"罪"完全是王善保家的挑唆，加之晴雯平日树敌太多，惹人抱怨，跟袭人一点儿关系都没有。而袭人也没有过多解释，只故意说了一番"海棠花该先比我，轮不到晴雯"的醋话来止住宝玉，再暗中叫人把晴雯的铺盖衣服等送出去，把攒的钱给她拿出去养病用。

不计较，不抱屈，凡事以平常心处之，只做自己该做的事。这亦是常人不易做到的。后来连薛姨妈也称赞："她的那一种行事大方，说话见人和气里头带着刚硬要强，这个实在难得。"王夫人更是眼含热泪感慨着："你们哪里知道袭人那孩子的好处？比我的宝玉强十倍！宝玉果然是有造化的，能够得她长长远远的服侍他一辈子，也就罢了。"

看看怡红院的日常场景就明白王夫人为何说这话了：麝月，秋纹，碧痕，紫绡等都在抓子儿赢瓜子做耍，晴雯追着芳官要打，这时袭人在做什么呢？原来正在里屋打一根灰色的结子，这是夏天有丧事方用得着的素色扇套子上用的。平时二爷自然是锦衣绣服的，但那时贾敬刚归天，宝玉日日去宁府，穿戴要一身素净。袭人看见他带着的扇套还是秦可卿死那年做的，赶忙做个新的给他换下那旧了的。

这样细微小事，除了祖母和母亲，也只有袭人看在眼里想在心上了。

可惜，王夫人想要袭人服侍她的宝玉一辈子，宝玉却偏是个没造化的。从宝二爷和蒋玉菡结交之时，就无意中注定了袭人的姻缘：宝玉和蒋玉菡互换礼物，无意中把袭人的松花汗巾子给了蒋玉菡，把蒋玉菡的大红汗巾带回来给了袭人。正是：堪羡优伶有福，谁知公子无缘。红楼女儿多薄命，一条汗巾把线牵。

若说袭人老实,她有她的小心机,骗宝玉不爱吃酥酪,用赎身规劝二爷要听老爷的话……还曾因担心去告过密。可她的为人处事,处处周全大局,时时为宝玉打算,又确能当得起一个"贤"字。

《红楼梦》中没有完美的人,正是这样的人物刻画,才造就了一群可怜可叹真实可爱的红楼女子们。世界本无法非黑即白,何况人呢?

金钏："金簪子"为何掉到井里头？

《红楼梦》中多谶语，最可怕的莫过于"金簪子掉到井里头"这句——应验得太快了！

这句话是王夫人的贴身大丫头金钏对宝二爷说的。端午节的前一天，宝玉信步来到王夫人房内，夏日午间，正是人易困倦之时。供人使唤的丫头们没有午休，却抵不了这长天暑热的困倦，一个个手里拿着针线，眼睛都睁不开了。金钏给主子王夫人捶着腿，也乜斜着眼乱晃。

宝玉悄悄进来，把金钏耳朵上戴的坠子一拨，又掏出香雪润津丹给她送到嘴里。接着又是拉手，又是满嘴抹了蜜似的"咱们在一处吧"。金钏困得朦朦胧胧，随口说了一句"金簪子掉在井里头，有你的只是有你的"，又说让他"往东小院子里拿环哥儿同彩云去"。王夫人翻身起来，照金钏儿脸上就打了个嘴巴子，把她撵出去了。过了一天，"金簪子"就"掉"到井里头死了。

接着引起全书的重头戏：宝玉挨打。政老爹打他，原因有三：一是嫌他在接待贾雨村时"全无一点慷慨挥洒谈吐"；第二是忠顺王府来人说他将王府的戏子蒋玉菡勾引出来。其实这两个罪名加起来顶多占一半儿，最主要的是贾环乘机告了一状："宝玉哥哥前日在太太屋里，拉着太太的丫头金钏儿强奸不遂，打了一顿。那金钏儿便赌气投井死了。"话未说完，把个贾政气得面如金纸，喘吁吁直挺挺坐在椅子上，满面泪痕。一迭声要把宝玉打死。

挨打后，宝玉迷迷糊糊睡着了，梦见金钏儿进来哭说为他投井之情——这么看来，金钏跳井是为了宝玉了？其实，未必。

宝玉对万事万物皆有情，把女孩儿看得更是无比珍贵，他认为女孩子们对自己自然也是极其看重的，颇有些"我见青山多妩媚，料青山见我应如是"的味道。可惜，龄官见了他满脸嫌弃，鸳鸯也说自己不把"宝金宝银宝天王宝皇帝"瞧在眼里，他梦见金钏"哭诉"不过是心有所思睡有所梦，一点儿也算不得数儿，金钏为他而死，只是他的一厢情愿。

可是，金钏不是为了二爷而死是为了什么呢？而且早在前几回中，金钏还有一事看起来也颇有挑逗宝玉之嫌啊。

那时元春刚幸过大观园，因想到那么好的景致封锁起来实在可惜，遂下了一道谕，命家里姊妹们和宝玉一起住到里面，"不使佳人落魄，花柳无颜"。所以贾政叫过宝玉来要嘱咐他几句。且看那回情形：

"贾政在王夫人房中商议事情，金钏儿，彩云，彩霞，绣鸾，绣凤等众丫鬟都在廊檐底下站着呢，一见宝玉来，都抿着嘴笑。金钏一把拉住宝玉，悄悄地笑道：我这嘴上是才擦的香浸胭脂，你这会子可吃不吃了？彩云一把推开金钏，笑道：人家正心里不自在，你还奚落他。趁这会子喜欢，快进去罢。"

若说王夫人午休时金钏和宝玉玩笑是背人之处，那么这次是当着彩云、彩霞等众多丫鬟（光点出名字来的就有五个，后面还有个"等"字，可见比五个还多）。且主子正在屋里议事，金钏就敢公然勾引公子爷，她脑子里是哪根筋搭错了？又是哪

金钏："金簪子"为何掉到井里头？

里借来的胆子？

其实，那根本不算事儿。

宝玉爱红的毛病人尽皆知，那是小孩儿家的异食癖。湘云给他梳头，他拿起胭脂要吃，被湘云一把打落。鸳鸯来找袭人，他又猴在人家身上"扭股糖似的"，涎皮赖脸要吃人嘴上的胭脂，鸳鸯也没多想。

可见她们不过是把宝玉当作个有怪癖的孩子而已。金钏问他"我这嘴上刚擦的胭脂你吃不吃啊"，就如一个大些的姐姐手里举着一支棒棒糖逗逗比她小些的孩子。所以旁边那些丫鬟才会毫不在意，彩云笑着一把推开金钏就罢了。若金钏真是在大胆挑逗，彩云等人怎么会是如此态度？

既然这样，贾政打他就主要因为贾环的挑唆了？也不是，还源于这对父子对年龄理解的落差。政老爹眼里的宝玉已经是大人了，所以要求他接人待物要"谈吐慷慨"，可娇生惯养的公子哥儿却还喜滋滋当自己是孩子，不但不愿学习应酬，连最起码的避嫌也没往脑子里放。金钏作为王夫人的贴身丫鬟，和二爷玩笑惯了的，一时也没转过来。

就在宝玉挨打之前，湘云来了就找"宝玉哥哥"，老太太提醒她："如今你们大了，别提小名儿了。"听听，"如今大了"，该做出相应的调整了。

可是，逆境才是成长的最佳催动剂。所以处于弱势力的贾环正在使劲"成长"（长了些歪心眼，会踩得人了），宝玉还甘甜地做着一名少年。正是有人捧着，有人哄着，他才不愿长大，还天真地认为和姐姐妹妹厮守着就死了，再让她们的眼泪流成大河漂去幽僻之处，才是死得其所。这样的孩子也难怪家长着急。

再看王夫人。她自己也说"金钏儿虽然是个丫头，素日在我跟前比我的女儿也差不多"，可怎么就突然狠下心来撵她出去呢？除了恨宝玉那跟不上节奏的成长速度以外，也是恼金钏明知那小爷幼稚还要招惹他。贾珠早亡，只剩了宝玉一个，王夫人本没盼望他为官做宰，只盼他能长大，不让老爷太失望，使自己老来有靠就好。

可是，"长大"是宝玉一直都在拒绝的事。他只想最大限度地保存着天真，让姐姐妹妹们守着过一辈子，什么事也不愿多想。就像和金钏的言语："咱们在一处吧，等太太醒了我就讨"，他无非是喜欢多个姐姐守着他。金钏不规劝二爷，还添油加醋地说笑，又让他去东院里"拿环哥儿同彩云去"——你们幼稚，可保不齐别人不拿成人的眼光看待。角度不同，画风绝不一样。王夫人一怒，不光撵了金钏，又借"绣春囊"事件抄检大观园，把晴雯、司棋、四儿和芳官儿等小戏子这些"狐狸精"统统撵了出去。

晴雯是连气带病死了的，司棋在家过了很长一段日子才为表弟自杀，除了这两个，别人都活得好好的。金钏何必非要投井呢，难道撵出去就不能活了？

看看贾府下人们的阶层就明白了。

王熙凤协理宁国府时说过"管不得谁是有脸的，谁是没脸的，一例现清白处理。"可见同为下人，地位却并不相同。小丫鬟佳蕙也曾和小红说："仗着老子娘的脸面，众人倒捧着他去。你说可气不可气？"

第五十九回就更明显。彼时有个老太妃薨了，老太太、王夫人等诰命皆入朝随班按爵守制。主子不在家，园子里可就热闹了，个个自由自在。虽然没人管束，她们却有自己的一套潜在"规章制度"。

先是芳官儿和她干娘打起来。丫鬟队对婆子队，最后以婆子队全盘皆败告终。芳官儿的干娘领教了这些"有脸的"丫头们的厉害，害怕了，生恐不令芳官认她做干娘，那就不能支领芳官的月钱，于利益有损，所以又上赶着巴结她们。

正赶上宝玉让芳官儿学着服侍，芳官就先从给主子吹汤学起。她干娘看见了，便忙跑进来笑道："她不老成，仔细打了碗，让我吹罢。"一面说，一面就接。晴雯忙喊："出去！你让她砸了碗，也轮不到你吹。"一面又骂小丫头们："瞎了心的，她不知道，你们也不说给她！"小丫头们都说："我们撵她，她不出去，说她，她又不信。如今带累我们受气，你可信了？我们到的地方儿，有你到的一半，还有你一半到不去的呢。何况又跑到我们到不去的地方还不算，又去伸手动嘴的了。"一面说，一面推她出去。

　　一个好心给主子吹汤的下人就这么被挖苦着推出来了。听小丫头们的话"我们到的地方儿，有你到的一半，还有你一半到不去的呢"，这个阶层分得多明白！

　　为何当初小红在怡红院寻着机会给宝玉倒了一碗茶，就被秋纹等啐到脸上奚落了一顿——你的地位还没那个资格。

　　小厨房的柳嫂子为给自己孩子柳五儿安排个工作，那是怎么求着哄着奉承着芳官儿的。地位这个事，在大家族尤为明显。这些人之中，不管是"有脸的"还是"没脸的"，她们一辈子都不敢想象能当上某一主子身边的第一得力之人。

　　凤姐身边的平儿、宝玉屋里的袭人，老太太身边的鸳鸯更不用说，连主子都得敬着她。金钏早些年时运不错，在王夫人身边熬成了首席大丫鬟。

　　湘云端午节时带来的绛纹石戒指只有四个："袭人姐姐一个，鸳鸯姐姐一个，金钏儿姐姐一个，平儿姐姐一个"。湘云不是个有心机笼络人的人，可让主子小姐想着给带礼物的下人，她们的身份自然是不一般的。老太太、王夫人、凤姐，这三个人不只是辈分之分，还有着贾家"内务府"的职位之分，她们身边的丫鬟对于其他下人们来说就是"钦差"。宝玉屋里的袭人虽然没在核心领导人身边，但她的主子是府里的"活龙"，太子爷一般的人物。袭人家里要赎她时，她就说过"幸而卖到这个地方，吃穿和主子一样，也不朝打暮骂……权当我死了，

金钏："金簪子"为何掉到井里头？

再不必起赎我的念头！"可是，"吃穿和主子一样，也不朝打暮骂"只是袭人这种级别的待遇。没见晴雯骂那些粗使丫头们是怎样的吗："哪里钻沙去了！瞅我病了，都大胆子走了。明儿我好了，一个一个的才揭你们的皮呢！"唬的小丫头子篆儿忙进来问："姑娘作什么。"晴雯道："别人都死绝了，就剩了你不成？"可不要以为所有丫头都可以"吃穿和主子一样，又不朝打暮骂"，有脸丫头打骂起没脸丫头来那叫一个不留情面！

像"鸳袭金平"这种，可以说是贾府的四大丫鬟，她们的地位是别人做梦都不敢梦到的。可惜，湘云带来的戒指金钏没能收到，她刚进了大观园就听说金钏投井死了。

金钏被撵了出去，既羞愧，又看出主子的冷漠无情。

"世界那么大，出去就出去"，可作为家生子奴才的她没有这样的胸怀。相比渴望出去的龄官等人，金钏只看见了贾府的轩昂威武，看到首席丫鬟的地位让人艳羡，从没想到要过自己的日子。"金簪子掉到井里头"——这个坐在贾府这口井里的丫鬟，她把这口"井"看得太重了。

何况，她是"家生子"奴才，一家都在府里为奴。她知道自己从"第一大丫鬟"的职位上跌落下来，从此再不可能复得了，就算如王夫人所说"我只说气她两天，还叫她上来"，这不过是说说罢了。即使真"叫她上来"了，也不可能再贴身使用，顶多是个粗使丫头，像小红那样连给主子倒茶的资格都没有，还谈什么众人捧着的风光？贾府的人个个"一个富贵心，两只体面眼"，到那时谁不"墙倒众人推"？被有脸奴才们打骂的日子还少得了吗？曾经"高处"的金钏还有何颜面在府里混下去？她太清楚这些了。自己辛苦得来的一切瞬间成空，就如同一个多年打拼赚得盆满钵满的企业家突然破产一样，她受不了这样的打击。

金钏的死，是因宝玉却不是为了宝玉。被撵导致这可怜的丫头从云端跌到了泥潭——她是害怕下一段人生道路的冰冷，不敢前行。

芳官： 轻狂尽头是凄凉

宝二爷就是个地地道道的暖男，"天生成惯能作小服低、赔身下气，性情体贴，话语缠绵"，专爱做给女孩子们篦个头、剥个栗子，留点儿精致点心之类的暖心事。宠得身边丫头们一个个要上天的感觉。晴雯跌破扇子骨时自己就说过"原来玻璃缸、玛瑙碗不知弄坏了多少"，荣国府的东西是都上了账目的，中秋夜一个婆子为了找两个被黛玉、湘云拿走的茶碗，直找了大半夜，怡红院丫头们弄坏的这些珍贵器皿自然是宝二爷应起来了事，无怪丫头们这么不在意呢。

撕扇一节让晴雯背上了"轻狂"的名声，她跌坏了扇骨子别人连句大话儿都不能说，她堵了气，还要宝二爷赔了笑，又拿扇子来给她尽情撕——看美人在芭蕉树下撕碎一把把精致的扇子，想来那一番景象也是迷人的。说她狂，倒也没冤枉她，不过要说怡红院里属晴雯最狂，她可就又"枉担了虚名了"，还有一人，狂胜晴雯。

这就是后来者居上的芳官。

小戏子出身的芳官，在一些人眼里，不过是和当初建大观园时买来的那些花鸟一样的玩意儿。先是预备给贵妃娘娘唱戏的，小戏班子解散后分派给了各屋里做使唤丫鬟。正旦芳官分在怡红院和她容貌出众少不了关系，否则也到不了宝二爷房里。芳官在怡红院的时日不算长，第五十八回"杏子阴假凤泣虚凰，茜纱窗真情揆痴理"时她初来，到七十七回"俏丫鬟抱屈夭风流，美优伶斩情归水月"就已经离开了。这短短的时日里，她不仅迅速上位，还搅起了几次轩然大波，把一个"狂"字展现得淋漓尽致。

"沾我的光不算，反倒给我剩东剩西的！"

这是芳官和她干娘干仗时说的话。因小戏子们年纪小，组织上给她们各自分派了一位干娘，月钱都是干娘们支领后，再用这钱照管她们。自然了，宝玉那句经典的话也不无道理，"女孩儿未出嫁时是珍珠宝石，嫁了人就变成鱼眼睛了"，这起干娘们就是为了多得一份月钱才当这个挂名长辈的，"剩东剩西"的事自然常有，不只芳官这一处。但别人也就忍了，芳官不行，她是怡红院的新宠，那短短时日里迅速上涨的，除了地位还有心性。

回过头看看怡红院的小红，人家是最早进来的（一分房就在怡红院），可挨了秋纹和碧痕的骂一声都不敢言语。而这个刚分房的小丫头就这么牙尖嘴利不省事，荣国府除芳官之外，也找不出第二个了。你看她那话里的意思：你沾了我的光，不把我伺候好了都不行，何况给我剩东剩西的！她干娘被说破心里的主意，怎不恼羞成怒。婆子嘛，既然是鱼眼珠子，她懂得什么分寸，先是开骂，接着就打——芳官哪里受得了这个？于是娘两个就在怡红院的大庭广众之下闹成了一锅粥。

袭人道："一个巴掌拍不响，老的也太不公些，小的也太可恶些。"这句话说得十分中肯，老的不公平，小的不省事。替芳官骂了她干娘的麝月事后也说"提起淘气，芳官也该打几下。"她们都不如晴雯的反应大——"什么'如何是好'，都撵出去，不要这些中看不中吃的。"晴雯嘴里"中看不中吃"的是谁呢？婆子必定是个不中看的。后面书中有这么一段：宝玉喝汤时，袭人见芳官在侧，便递给她，笑道"你也学着些服侍，别一味呆憨呆睡。"原来小戏子只是个花瓶，什么活儿都不学，果然是个"中看不中吃"。虽然晴雯的话不是当真的，但最起码说明了一个问题，初来乍到的芳官已经惹起了大家的公愤了。

扔给你一包茉莉粉，外加一个轻蔑的眼神

春暖花开，最是个好时节，闺中女儿们有些人对花粉过敏，不少人都配制了蔷薇硝。蕊官托春燕给芳官也捎来一包。小戏子之间互赠个东西，也不见得有多好，不过是个情意。可眼皮子浅的环三爷看见了，伸着头瞧了一瞧，又闻得一股清香，便弯腰向靴筒内掏出一张纸来，对宝玉笑说："好哥哥，给我一半儿。"

说到这里先要说一个发生在稻香村的事：宁国府大奶奶尤氏在稻香村串门子时，趁便洗了洗脸。而稻香村主人李纨是个寡妇，她是不能用任何脂粉的。于是丫头素云就拿出自己的，笑道："我们奶奶就少这个，奶奶不嫌脏，这是我的，能着用些。"素云这孩子是好意，她这个举动得到的却是李纨的一顿教导："我虽没有，你就该往姑娘们那里取去。怎么公然拿出你的来。幸而是她，若是别人，岂不恼呢。"就因为素云是个下人，尤大奶奶是主子，这是个身份问题，而身份问题是个大问题。

可这个不长进的环三爷却不管这一套，要丫鬟们的东西也不怕低了身份。宝玉不好推辞，觉得也不是什么大事。但芳官不愿意了，不让动这些，要另拿些来。她找来找去没找到其他的蔷薇硝，就拿了些茉莉粉来糊弄贾环。这也罢了，最能表现

芳官"狂性"的地方是她接下来的举动：贾环见了，喜得伸手就来接。芳官便忙向炕上一掷，贾环只得向炕上拾了，揣在怀内。

作为宝玉的一个小丫头，芳官眼里是没有这个环三爷的。她连把东西递到这位爷的手里也不肯：往那里一扔，你自己捡去吧！

更狂的还在后头。当赵姨娘知道了芳官用茉莉粉代替蔷薇硝哄了贾环以后，怒气冲冲地找来了。指着芳官骂道："小淫妇……都是一样的主子，那里有你小看他的！"芳官冲口而出："梅香拜把子——都是奴几呢。"袭人听了都大惊失色，这句话实在太重了，她在说，我芳官如果是淫妇粉头，你赵姨娘也差不多，咱们都是奴才！气得赵姨娘上来打了她两个耳刮子。赵姨娘虽然平日里不受人待见，但怎么说也是半个主子，政老爷的妾室，连平儿见了她也恭恭敬敬地叫声"赵姨奶奶"，何况她还是三小姐探春的生母。王夫人屋里少了瓶玫瑰露，平儿知道是彩云偷去给贾环的，却不让彩云认罪，因为到时候会牵扯到赵姨娘，闹起来会"伤着一个好人（探春）的体面"，最后还是宝玉揽下了这桩罪名。宝二爷、平姑娘都在顾及着探春的小姐体面，而芳官竟然公然说她的生母"都是奴几"，根本没考虑三小姐的难堪，这个狂劲，主子都赶不上啊！

清蒸鸭子用来嫌弃，热糕用来打雀

经过了前两场"战事"，芳官的气焰更加嚣张，已经转换成主动挑事模式。

这天芳官来到大观园的小厨房给柳嫂子传话，正赶上探春的小丫头蝉姐拿着新买的热糕，芳官戏道："这是谁买的热糕，我先尝一块儿。"芳官喜欢吃这种糕吗？当然不是。柳嫂子炖的好茶，她只嗽一下就走，柳嫂子给她开的小灶：虾丸鸡皮汤、酒酿清蒸鸭子、胭脂鹅脯、奶油松瓤卷、绿畦香稻粳米饭,她只捡了两块鹅脯,嫌弃地说那鸭子"油腻腻的,谁吃这个?"这会儿她也是不屑于吃这个糕的。既然不想吃,为什么又要呢?因为她觉得在这个地方,没有人敢于不捧着她、不依着她的,她想要的是别人的奉迎。

可不凑巧的是,小蝉偏偏不肯奉迎她,柳嫂子为了缓解局面,拿出了自己买的糕给她。其实柳嫂子的举动已经给芳官解了围。我要吃,你不给,这不有人上赶着给吗。这件事到这里也就可以结束了。但芳官觉得这样还远远不够。

她接过糕,拿着问到小蝉脸上说:"稀罕吃你那糕!这个不是糕不成!我不过说着玩罢了,你给我磕个头我也不吃!"说着,便把糕一块一块掰碎了,掷着打雀玩儿。

小蝉只能忍气吞声,她不敢起冲突,大观园任何一个丫头都不敢。只有芳官这么处处高调,唯恐别人不嫉恨她。她饿了,就告诉柳嫂子先给她做饭——在主子宝二爷还没吃饭的时候。别的丫头谁敢?她可以向宝玉要求喝酒,一醉才罢。她还包揽了柳五儿的工作安排……

晴雯在她和干娘闹矛盾时就说芳官"不知狂的什么。也不过是会两出戏,倒像杀了贼王,擒了反叛的"。又在柳嫂子给她开小灶,宝玉和她一起吃了饭之后说"你就是个狐媚子,什么空儿跑去吃饭。两个人怎么就约下了!也不告诉我们一声。"虽是玩笑话,却带出了心中的顾虑和担忧。芳官在很短的时间内已经和宝玉走得太近了。

袭人虽然嘴上不说,其实心里和晴雯是一样的。洗头这个事件中,她虽然碍于宝玉的面子给芳官取了一瓶花露油并些头绳鸡蛋之类,可在宝玉说要她照管芳官时,她却说了这样一番话:"我要照管她那里不照管了,又要她那几个钱才照管她,没的讨人骂去了。"这话里带着多么大的不情愿啊!袭人作为怡红院的主要负责人,本来就有义务照管教导小丫头们。在她手里拿点头油头绳鸡蛋等物实在太平常，正如她说的"不用那几个钱也照管的了"，却直等到宝二爷把话说到这个份上，才拿些东西给芳官。

后来宝玉又托春燕照管芳官，说"袭人照顾不过这些人来"。哪里是袭人照管不过来，分明就是袭人觉得芳官太可厌，不想管她。芳官日后的下场，保不准正是袭人在王夫人面前告的密：这个对手太强大，太让人不放心。

为一碗蒸鸡蛋大闹厨房的司棋、和主子的奶嫂打嘴架的绣橘、撕扇子的晴雯，她们也狂，但谁也没有狂到这么"出类拔萃"的地步。芳官何以如此呢？因为她的出身不一样。贾府买小戏子们来本不是为了做下人的，她们在梨香院接受的教育全是戏文，并未学过做丫鬟的规矩。一旦分了房，再不用天天练功了，都如出了笼的鸟儿一般，以为自由了，殊不知做了下人规矩更多了呢！这群从小远离家乡父母的孩子，应该如何做人做事，谁曾教导过她们？心眼儿多些的，知道察言观色习学着怎么服侍，像芳官这种一到主子跟前就立即受宠了，小孩子心里一膨胀，哪里还顾得许多了？

因为不懂规矩和太张狂，芳官没多长时间就被逐出了怡红院。剩下的日子她在水月庵的青灯之下，会不会偶然想起怡红院的畅快淋漓，那茉莉粉里的轻蔑，小厨房中的轻狂……都被一声声木鱼敲成了碎片。

小红：逆境如尘，我将它踩在脚下

小红这个丫头很特别，她和贾芸前后脚出场，随后，小丫头佳蕙就对她说："你这一程子心里到底觉怎么样？依我说，你竟家去住两日，请一个大夫来瞧瞧，吃两剂药就好了。"小红说："哪里的话，好好的，家去作什么！"佳蕙还乱出主意："我想起来了，林姑娘生的弱，时常她吃药，你就和她要些来吃，也是一样。"见佳蕙总这么不着边际地劝，小红无奈地说了句："你哪里知道我心里的事！"

她心里有什么事呢？不少人认为她是为了贾芸害相思。的确，遇到贾芸后她就这么"懒懒的"了。可是，那天还发生了另一件事。怡红院的丫头们不知怎么了，集体不在岗。恰好这个时候，公子爷要吃茶，喊了几句只过来两三个老婆子，宝玉摆手不用，正要自己倒茶，小红来了："二爷仔细烫了手，让我们来吧。"

这小红本不是宝玉的丫头，只是当初建大观园时，把她分在怡红院看屋子的，后来宝玉占了这一处，服侍他的丫头们自然都跟了来。小红这个怡红院最早的人倒成了外人，工作上插不下手去，好事情全都与她无关。今儿刚瞅准机会给主子倒了杯茶，就被随后赶来的秋纹碧痕一顿好骂，让她"拿镜子照照，配递茶递水的不配"。在宝玉眼里，这个丫头"十分俏丽干净"，人家怎么就不配干点体面活儿呢？无奈小小的怡红院也是职场，也会分帮结派的。小红这种强出头的丫头自然让其他人心惊，不防你防谁？

不能出头，受挤兑，这才是让心气高的小红心灰意冷"懒懒的"原因。所以佳蕙让她"家去住两日"时她说："家去作什么！"天天在岗还上不去前儿呢，哪里能够再休假？

不过，机会总是留给有准备的人的。

这不，凤姐在山坡上招手了？小红当时正和司琪等几个小伙伴说话，见琏二奶奶叫人，急忙跑过去。接着，帮凤姐传话拿荷包，把四五门子的话说得简明漂亮。旁边的李纨都听得直了眼睛。凤姐满心欢喜，这个办事爽利的小红正合了她追求效率的节拍：

"好孩子，难为你说的齐全，别像她们扭扭捏捏蚊子似的。"

为能力强大的领导办事，进步快，考验也大。王熙凤虽看中了她，想提拔到身边来使用，可还想再试一试这丫头：

"明儿你服侍我吧，我一调理你就出息了……可不知本人愿意不愿意？"

以凤姐的地位，她看中一个丫头要自己使，还用得着管你"本人愿意不愿意"？这是一道很有技术含量的考题。说不愿意很明显得罪凤姐，恐怕以后就更没好果子吃了，更何况也违背心愿，小红一直等待的不就是这么个可以"出息了"的机会吗？可是，直接说愿意也不行，潜台词就是说跟着宝玉不如跟着凤姐好。怎么回答都是褒着一个贬着一个。凤姐和宝玉可都是府里大红大紫的主子，谁也得罪不起啊！

面对这道难题，小红处理得非常巧妙："愿意不愿意，我们也不敢说……只是跟着奶奶，我们学些眉眼高低，出入大小事

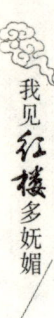

儿也得见识见识。"

"不敢说"表明小红很清楚自己的本分，对领导的安排不敢说三道四，接着又表明跟着凤姐和跟着宝玉所接触的事情不同，虽无从比较，但到底凤姐的事物多，能有机会长长见识，学些新东西，自己是渴望进步的。

凤姐听后更加欢喜：这丫头不仅办事爽利，还懂得分寸，有上进心。没几天，小红就从怡红院不受待见的小职员跳槽成为凤姐的贴身秘书之一了。

逆境如尘，是让它灰了你的人生，还是将它踩在脚下垫高自己，小红选择了后者。那些只当她害相思的读者还真是小看了这丫头。在受挫中暗自努力，只为了给曾经看不起自己的人们一个华丽丽的转身。

春燕： 小丫头有大智慧

　　春燕是怡红院里不起眼的小丫头，一出场就被姑妈骂了一顿，又被母亲何婆子追着打，让人为她捏着一把汗。可春燕却奇迹般的化险为夷了。她跑回怡红院，一把抱住袭人求救。袭人指责何婆子不知王法，麝月赶紧给春燕使眼色让她找宝玉去。这样一来，何婆子没打着她却受了众人一顿斥责，还差点被撵了出去。
　　可是就在春燕要挨打之前，芳官也刚被何婆子打了两巴掌，那时大家的态度可不是这样的，虽然也忙着劝解，晴雯却忍不住说："都是芳官不省事，不知狂的什么，也不过是会两出戏，倒像杀了贼王，擒了反叛来的。"袭人也说："一个巴掌拍不响，老的也太不公些，小的也太可恶些。"后来连老实的麝月也笑着说了句："提起淘气，芳官也该打几下。"可转眼要挨打的成了春燕，众人都像变了个人似的。她一个没背景的小丫头是如何做到这么有人缘的呢？
　　全在细节中。
　　宝玉生日那天，芳官说自己吃不惯面条，让小厨房另做了饭送过来。又是虾丸鸡皮汤，又是胭脂鹅脯、奶油松瓤卷酥，还有一大碗主子们才有资格享用的绿畦香稻粳米饭。事后晴雯知道了说她"是个狐媚子"，又说"要我们无用，明儿我们都走了，让芳官一个人就够使了"——这是带着多大的醋劲啊！其实不光是晴雯，连袭人几个都对芳官的持宠而娇怀着几分不满，才有她挨打时众人那些态度言语。

　　厨房的饭菜送来后，正好春燕在场，看着同为丫鬟身份的芳官这么摆谱儿，她一句话也没说，拿过碗来就给芳官盛饭。晴雯说过"同是这屋里的人，谁又比谁高贵些？"春燕可一点儿没这么想，顺手就把事情做了。宝二爷在旁看着，想必也觉得这丫头温厚妥帖，最起码不是个"磨牙"的。芳官吃完宝玉又吃，等他俩都吃饱了，春燕规规矩矩拾掇起来要将吃剩下的都交回去，宝玉说她"你吃了吧，不够时再要些"，她才"站在桌旁一顿吃了"。文中没交待芳官吃饭时是坐着站着，不过芳官既然可以让小厨房单给做一桌，未必会站着吃饭吧？春燕却时时牢记自己的身份，半点规矩也不肯错。

　　大观园里看似其乐融融，其实关系错综复杂，一不留神就是"故事"。何为灵透？在复杂的环境中始终站稳脚跟才是。要做到这一点，光是懂规矩就远远不够了，还要虑事周全。

　　春燕的娘何婆子得罪了宝钗的丫头莺儿，宝玉让春燕带她娘去给莺儿道歉。回来后正巧贾环和贾琮来问候宝玉——"春燕进来，宝玉知道回复，便先点头。春燕知意，便不再说一语，略站了一站，便转身出来，使眼色与芳官。芳官出来，春燕方悄悄地说与她蕊官之事，并与了她硝。"

　　多伶俐的丫头！倘若冒冒失失地一进门就回复宝二爷："我和我妈已给莺儿姐姐道了歉了"，贾环知道了必定暗中笑话怡红院的"嗔莺咤燕"事件，再传到赵姨娘耳中，更看热闹了。就连蕊官托她给芳官带来的蔷薇硝，虽然是小事，春燕也不含糊，没当着外人给芳官，而是使眼色让她出来再说，倒是芳官冒冒失失拿着往里走,被环三爷看见生出一场事来。

见春燕做事妥当,宝二爷索性把芳官托她照管,其实春燕能比芳官大了多少?不过是一个太天真一个有头脑罢了。芳官原是小戏子,在梨香院时被人伺候着,到了怡红院又有宝二爷宠着,压根儿就不知丫头应该怎么当。春燕生于小户人家,母亲是个三等下人,她从不知娇养是何物,在怡红院里也轻易数不着她。做不了温室的花朵,就必须长成柔韧的蒲苇了。眉眼高低,分寸尺度……这些内容总是没人宠爱的孩子先学会。

不止照看芳官一事,宝玉还单独把春燕一个叫出去过——"我去走走,四儿舀水去,小燕一个跟我来罢。"到了外面无人处,二爷悄问她柳五儿的事,又问"这事袭人知道不知道?"宝玉是在担心自己要了柳五儿服侍,会让袭人知道了不高兴,春燕早就领会了这些微妙心思,她怎么会在主人没授意的情况下去传舌呢:"我没告诉,不知芳官可说了不曾。"宝玉表示要亲自跟袭人说。两人商量完,宝玉"复走进来,故意洗手",这是装成刚解手回来的样子瞒众人的眼吧?

瞒着众人只和春燕一人商量,可见她已是宝二爷的心腹了,可你看她可有一点儿得意扬扬?这在丫头中间是极可贵的。没见秋纹跟着宝玉给老太太、太太送了一回桂花还自己故意表白表白,让大家知道老太太给了她几百钱,太太赏了两件衣裳,又说"难得这个脸面"。她自认为很得意,殊不知这样喜欢炫耀的丫头,主子怎么放心把机密事告诉你呢。

怡红院的四儿,也是个机灵的。因为比别人多了些聪明,心里就不那么安分了,她趁着宝玉和袭人闹别扭"变尽方法笼络宝玉",得到晋升之后,又忍不住心里的小窃喜,背后说什么"同日生日就是夫妻"的话,终于被人抓住了把柄。其实,四儿错的哪是这么一句话?丫头们背地里的话只怕比这个严重的还有呢,她是错在不该抢着表现自己坏了规矩。

而春燕踏踏实实做着自己的小丫头,不知不觉中就走到怡红院的排名表上了。第五十九回她才刚刚出场,到六十二回"群芳开夜宴"时,春燕已是凑份子给宝玉过生日的八个丫头中的一个了(四个大的是袭人晴雯等,四个小的有芳官、四儿、春燕),谁也没注意她是什么时候上来的。往前回想下,赵姨娘和芳官打架那次,是"晴雯遣春燕回了探春";到小厨房告诉柳嫂子"晴雯姐姐要吃炒芦蒿"的也是她;李纨丢在怡红院的手帕子,春燕不知是谁的也拾起来洗干净了。她不争不抢,只老老实实把自己分内的事做好,一件事不起眼,两件事不起眼,时间长了就绳锯木断水滴石穿了。

其实,她倒并无心往高处攀。在不耽误本职工作的情况下,她还要抽空帮着母亲和姑妈看"责任田"呢,吃着芳官的剩饭,她也不忘"留下两个卷酥给我妈吃"。和那些"死也不出怡红院的门"、"八抬大轿抬也不出去"的丫头们不同,春燕时刻想着的是自己的家。给莺儿道歉回来的路上,她对母亲说:"妈,你若安分守己,在这屋里长久了,自有许多的好处。我且告诉你句话:宝玉常说,将来这屋里的人,无论家里外头的,一应我们这些人,他都要回太太全放出去,与本人父母自便呢。你只说这一件可好不好?"心里向往着有朝一日"放出去"过自由的生活,也难怪她凡事不争了。

有时处事恰如手握流沙,抓得越紧失去越多。抄检大观园时,晴雯、芳官、四儿皆被逐出,却没有半点风波落到春燕头上。人的伶俐有的在言语上,有的在行动中,春燕则是不显山不露水,却事事妥帖处处周全,相比那些急功近利爱出风头的小聪明,这才叫作大智慧。

贾芸：你吃的苦，会铺成脚下的路

《红楼梦》里的赖嬷嬷是服侍过贾母的老奴才，她曾对着孙子唠叨过："你看那正根正苗的忍饥挨饿的要多少？你一个奴才秧子仔细折了福！"初听这句话，觉得赖嬷嬷太夸张了。贾家偌大家族，即便不能一水儿的富贵，哪能有忍饥挨饿的呢？若不是富贵无边，怎么连赖嬷嬷孙子赖尚荣这个"奴才秧子"都能捐个小官儿做做？

可细看之后，才发现赖嬷嬷此言不虚。人生际遇不同，看看贾芸就知道了。

舅舅卜世仁说他：你小人儿家很不知好歹，也到底立个主见，赚几个钱，弄得穿是穿吃是吃的……到你大房里，就是他们爷儿们见不着，便下个气，和他们的管家或者管事的人们嬉和嬉和，也弄个事儿管管。前日我出城去，撞见了你们三房里的老四，骑着大叫驴，带着五辆车，有四五十和尚道士，往家庙去了。他那不亏能干，这事就到他了！

舅舅这番话简直是雪上加霜，十八岁的贾芸一定心情郁闷到了极点。那管理小和尚小道士的事情，本该是他的。舅舅说贾芹"不亏能干，这事就到他了"，还真错了。本是贾芸求了琏二叔在先，而且贾琏也答应了，不想贾芹的母亲奉承得凤姐好，凤姐硬生生把这事夺去给了贾芹，芸哥儿只能有苦说不出。他父亲早逝，家境艰难，母亲心里没主意，一无所靠，全凭自己，可努力半天终究没有拼过靠母亲出马的贾芹，看来能干不能干有时真不是生活唯一的准则。像宝玉，含着通灵玉出生，每日里写诗看花，做个富贵闲人还有烦闷的时候，可贾芸朝思暮想一件极小的差事，却在贾琏和凤姐调笑着床笫之私之间，就轻轻巧巧变了挂又给别人了。想给凤姐送礼再求一个差事，舅舅连十几两银子的香料都不肯赊给，还教训揶揄了他一顿，连饭都没管就给撵出来了。"求人理短"，能说什么呢？

工作被抢，亲戚挖苦，回家时又差点挨了邻居倪二的拳头，还有比这更心塞的一天吗？即使心塞到这种地步，贾芸犹能控制住自己的情绪，见倪二喝醉了抬手要打，他彬彬有礼地说了一声："老二，是我冲撞了你。"

宝玉初见贾芸时，见他"容长脸，长挑身材，年纪只好十八九岁，生得着实斯文清秀"，非要认作儿子——宝玉说过的："女儿是水做的骨肉，男人是泥做的骨肉。我见了女儿，我便清爽，见了男子，便觉浊臭逼人。"这样一个重女轻男的公子哥儿，除女孩儿外，眼睛里能看得上的有谁？秦钟、蒋玉菡、柳湘莲。这三个皆是眉清目秀，举止风流、身材俊俏的美男。他一见贾芸就要认儿子，可见贾芸相貌不俗，不过能让他"认儿子"的，只有相貌怕是还不够，贾芸更出众的还有"斯文清秀"四个字。气质这东西最是做不得假。

比起富家子弟一言不合就要打人骂人的行为，清贫公子贾芸有着自己的处世风格。他不慌不急温文尔雅，面对醉汉的拳头也能客客气气地说话，不愧是世家子弟，"金盆虽破分量在"。也正是因此，连泼皮倪二都敬他三分，非要掏出银子来借给他。

倪二的银子让贾芸着实发了一会儿愁：虽是近邻，却从未和他相交，这人是有名的泼皮，若只是醉中慷慨，醒了酒有什么刁难又如何？这是优柔寡断也好，虑事周全也罢，全是逆境中的孩子积攒的心思，是一直以来在生活的忐忑中养成的习惯。犹犹豫豫中，贾芸还是接过了银子——辛苦奔忙一天，他确实已无门可投。

贾芸回到家已掌灯时分，连中饭都还没吃。为了不让母亲生气，他只字不提在舅舅家的冷遇，自然也就没人知道他"劳其筋骨，饿其体肤，空乏其身"的一天。这样的贾芸，堪敬堪怜。

礼物是有了，如何送出去呢？贾芸和凤姐那一番对话，看似平常，却是做足了功课：如果她问起母亲怎么说？不问又怎么说？她收下怎么说？不收又怎么说？不知贾芸这一晚可曾睡得几个时辰的觉，又不知他辗转在心里彩排过多少遍，第二天才能把话说得妥妥当当不着痕迹。

本是一家子，说自己买来冰片麝香求婶子给个差事不好听，虽然现实就是这样，你不奉承，到手的差事也能丢。既要去奉承，总不能白眉赤眼硬搭讪，总要找个话题的。比如，有个开香料铺的朋友做了官了货物要清仓，送给作为好朋友的自己一些细贵货，这样金贵东西除了金尊玉贵的婶子别人都不配使……既要说得好听，又要合情合理，真是难为他怎么编起来这一串子故事的。其实贾芸也知道，他这礼物凤姐根本不会放在眼里，这不过是个搭讪的借口而已。果然，贾芸毕恭毕敬的一番恭维正打到凤姐好排场喜奉承的心坎里，她高高兴兴地收下了。

纵然收了礼，谁知这次又有无变动呢？如果上次要认儿子的宝二叔能帮衬着说句话，此事岂不又多了几分把握了？贾芸忙着又到宝玉外书房"给二叔请安"，一进院门见众小厮下棋的、掏鸟的，除了茗烟说去给问问情况，别人都各自散了。下人们嘴里叫着"二爷",心里对"爷"这个字还是有自己的小算盘的。他们一哄而散,连个倒杯茶的都没有,这是拿你当爷?贫贱和冷落从来都是一对难兄难弟。谁都知道宝二爷、琏二爷、小蓉大爷是爷,他芸二爷算什么?不过芸哥儿也不在意了,"贫居闹市无人问,富在深山有远亲",连亲舅舅都那样待人,何况他们呢?

好在琏二奶奶真的给了个种树的职务,这回他可真是"爷"了,不光有了银子,手下的一班匠人也都得听他指挥。通过丫鬟小红的眼,我们看到了贾芸工作中的样子。既不是贾芹"登时雇了大叫驴骑上"那样志得意满,更不是贾环那奉命抄个《金刚咒》就拿腔作势的模样,他只安安静静地"坐在那山子石上",看着"一簇人在那里掘土"。

宝二爷眼光果然不错,此时的芸哥儿虽然好不容易熬到做了"爷",却未见他有丝毫指手画脚、气焰熏天的粗俗之举,仍是那副斯文安静的模样。争取时竭尽全力,得到时不狂不矜——相比动不动就拿刀弄棒的皇商薛蟠,找个机会就较劲生事的环哥,贾芸的举止才更具贵族气质。

在贫瘠中生长的树苗,有的越长越歪,有的却愈见挺拔,贾芸是后者。清贫困窘将他打磨得光润成熟、柔韧坚定、不急不恼,处事温和。

种完树,他又几经寻觅给宝二叔弄到了两棵白海棠花,写了一个字帖送进去。开口就称"父亲大人万福金安",生怕礼物遭到冷遇,又写道"大人若视男如亲男一般,便留下赏玩……男芸跪书。"

这样字眼确实过于谄媚了一些,宝玉不过随口一说,贾芸就认真起来,他真的是那么渴望亲情吗?自然不是,怎么可能在小他三四岁的叔叔身上得到父亲般的感觉呢?他完全就是想找一条可以投靠的门路而已。

无依无靠一路冷冷清清的走来,贾芸何曾有过一点儿踏实的感觉？族中人自然不能都像宝玉似的个个是"凤凰蛋"，可好歹都有个可以停靠一下、歇息一下的地方吧。贾芹有个能为他出头的母亲，贾瑞虽父母双亡，尚能跟着祖父混学堂，也算有所依靠。贾芸能指望谁呢？母亲不管事，舅舅"不是人"，原想跟定琏二叔的，可人家完全没把他放在心上，若能搭上宝叔这条船怎不让他欢喜？他尚未娶亲生子，还有老母要养，大事小事全堆在眼前，生活的艰辛让他早早学会了打算。

冰片、麝香，和白海棠，都是贾芸费尽心思得来，又费尽心思送出去的，这里面的"功课"，有依靠的孩子自然难以体会：苦心求觅、细心盘算、自然委婉，更要识人得法。试想若是把麝香冰片送给不理家事的宝玉，把白海棠这种珍贵奇花送给无暇赏玩的凤姐，岂不两处都不在意，东西都糟蹋了吗？贾芹和小尼姑们饮酒作乐时，宝二爷调制胭脂膏子时，环三爷计较丫头们看不起他时，芸哥正全心全意修炼一身辨人处事的本领。

其实，老天从不辜负努力的人，在"痴女儿遗帕惹相思"一回里，宝玉屋里颇有才干的丫头小红和贾芸已暗生情愫。他们一个在怡红院忍气吞声，凭本事另谋出路；一个面对困境努力打拼，失之不恼得之不骄，这样相似的积极和柔韧，定会让两人成为一对佳侣。

在贾府这座大厦倾倒之后，轻裘宝带美服华冠的公子们有几个能够自力更生？人人都失去荫庇之时，起跑线才会公平地重新划定。那时，如贾芸、小红这样的人也将更加明白：你曾经吃过的苦，都会铺成脚下的路。

下篇

书中事

无价宝珠为何变成"鱼眼睛"？

宝玉有个怪僻：喜欢亲近女孩儿家。堂堂荣国府的二爷，却甘愿为众丫鬟充役。喂袭人喝药，给麝月篦头，一次偶然伺候平儿梳妆了一回，又是献上玉簪花棒中的香粉，又是白玉盒子里玫瑰膏子一样的胭脂，还把人家的手帕子给洗了。宝玉不但不累，反而喜出望外，跟捡了宝贝似的。可是一遇见婆子们，宝二爷可就完全变了样儿。

你听他那套道理：女孩儿未出嫁，是颗无价之宝珠，出了嫁，不知怎么就变出许多的不好的毛病来，虽是颗珠子，却没有光彩宝色，是颗死珠了，再老了，更变的不是珠子，竟是鱼眼睛了。分明一个人，怎么变出三样来？

好像女孩儿一出嫁就金玉变瓦砾，真的是这样吗？

王熙凤嫁了贾琏，玩笑中就能杀伐决断，贾府里几百口人都对她又敬又怕，谁敢说她是颗死珠子？就是宝玉见了她也是一口一个"好姐姐"地叫着，撒起娇来"扭股儿糖"似的粘在身上；李纨也是嫁了人的，虽然青年丧偶，倒也衣食不愁，月月有工资，年年有分红，都是上上份儿，芦雪庵烧烤也有她，海棠社作诗也有她，宝玉才不会说大嫂子是死珠子呢。大姐姐元春更不必说，全因她"嫁与帝王家"，贾府才得以继续这烈火烹油、鲜花着锦之盛，提起贵妃娘娘来谁不恭恭敬敬，面上欣欣然？

老太太、太太难道不都是嫁了人的女人？她们金围玉绕，雍容华贵，和"鱼眼睛"完全不搭边儿啊！

难道宝玉眼中的"死珠子""鱼眼睛"只针对外人，自家人不算？也不是。像赵姨娘这样的，未必不是二爷眼里的死珠鱼眼，只不过碍于是父妾，明讲出来显得不尊重而已。

赵姨娘也确实不怎么让人喜欢，还天天负能量爆棚。找个鞋面子也抱怨："你瞧瞧这里头，哪一块是成样的？成了样的东西，也不能到我手里来！"一会儿又埋怨探春给宝玉做鞋："正经兄弟，鞋耷拉袜耷拉的没人看得见，且作这些东西！"或者看人家在大观园小厨房中点"小炒"，她也弄个小丫头，今儿要这个明儿要那个，惹得柳嫂子一肚子没好气——折腾来折腾去尽是些鸡毛蒜皮的小事，这格局确实太小。和那些为了一盆洗头水、几枝花儿几个果子就和女孩子们大喊大叫的婆子们真是相差无几。

同为女人，差距怎么就这么大呢？

刘姥姥对贾母说："我们生来是受苦的人，老太太生来是享福的。若我们也这样，那些庄稼活也没人作了。"婆子们应该套用这句话：若我们也大度起来，那世上也就没鱼眼睛了。

一粒沙落入贝壳内，贝壳会分泌一种物质来包裹沙粒，长年累月就形成了珍珠。可笑又可叹的是，二爷口中的"鱼眼睛"的形成和这个原理倒很相似。

抄检大观园时，"王善保家的请了凤姐一并入园，喝命将角门皆上锁，便从上夜的婆子处抄检起，不过抄检出些多余攒下蜡烛灯油等物。王善保家的道：'这也是赃，不许动，等明儿回过太太再动。'"

探春理家后，实行责任承包制，门口的小厮想吃杏子，柳嫂子骂他说："发了昏的，今年不比往年，把这些东西都分给了众奶奶了。一个个的不像抓破了脸的，人打树底下一过，两眼就像那鸒鸡似的，还动她的果子！"

蜡烛、灯油、果子……这些女孩儿们眼里不值一提的东西就那么动婆子们的心吗？

你看怡红院里那些丫头们多潇洒！动不动就把果子撤下来赏给小丫头们吃。喝杯茶是"三四次才出色"的枫露茶，吃个饭得要清淡的"蒌蒿炒面筋"，除了吃喝，东西也没人拿着当好的。晴雯自己就说"玻璃缸，玛瑙碗不知弄坏了多少"，说到银子钱，麝月干脆不识戥子，不知道一两的银子是多大的一块儿，随手拈出一块就要给出去，婆子在旁边看着直心疼，劝她："那是五两的锭子夹了半边，这一块至少还有二两呢！这会子又没夹剪，姑娘收了这块，再拣一块小些的罢。"麝月为了省事，随手掩了抽屉"谁又找去！多了些你拿了去罢。"真是大方！

蜡烛、灯油、果子、鞋面子，包括银子钱，谁把那些放在眼里？既然不屑，又怎会因此而生口角？所以女孩儿们生气了也是剪个香袋儿、撕个扇子，怎么看怎么可爱，绝不庸俗。婆子可就不行了，为点蝇头小利你争我抢，"乌眼鸡似的"。

至于吗？还真是难说。

她们之中，有些是"家生奴才"，世代在贾府为奴，像彩霞之类的丫头，主子让她嫁给王熙凤的家奴旺儿那个赌钱吃酒的儿子，她就得嫁，嫁这样人如何指望得上？一个女人指望不上男人必然要从钱财方面寻找安全感。另有些是买来的贫穷人家的孩子，如袭人、晴雯和小戏子们。假若晴雯没死，袭人没被王夫人内定为宝玉的侍妾，当年华老去之时，她们难免不变成大观园中的婆子，就是幸运点儿像赵姨娘那样，当上了"半个主子"，也不过每月二两银子的月钱，逢上人家王熙凤这样有脸的主子过生日还得随个份子，手里拮据得连佛前上个供都要思量半天。更别说女人嫁人后还得生几个孩子，要吃的要喝的，哪里允许她们继续洒脱？

穷的连冬都过不去的刘姥姥看见贾府的螃蟹宴直咂舌不是装出来的，她是真的很惊讶："阿弥陀佛！这一顿的钱够我们庄稼人过一年了。"

真到了那个地步，麝月也就认识戥子了，说不定一文钱都想掰成两半儿花呢，晴雯也舍不得撕扇子了——这是钱买的呀！弄坏了哪舍得再买新的？年复一年日复一日浸泡在这样的光景中，女孩儿们的纯真不见了，只剩下市侩。她们又不识字，不会从圣贤书中领悟人生，慢慢地就会和《小王子》中的大人们那样，以数字衡量一切了：

如果你对大人们说："我看到一幢用玫瑰色的砖盖成的漂亮的房子，它的窗户上有天竺葵，屋顶上还有鸽子……"他们怎么也想象不出这种房子有多么好。必须对他们说："我看见了一幢价值十万法郎的房子。"那么他们就惊叫道："多么漂亮的房子啊！"

灯油和蜡烛都是论斤的，多少钱一斤她们都门儿清。鞋面子是论尺的，买二尺够给孩儿他爹做两双鞋，还能给老幺挤出一双鞋垫来……

倘或你不被生活所迫，有丫头伺候着，金的玉的穿着戴着，吃个茄子要用十几只鸡来配，那么你依然不必算计这些。平时下下棋，写写诗，你的眼睛里仍然满是美好，天上的白云是那么可爱，小草上的露珠是那么晶莹，燕子也知人意，屋里焚的香也有讲究，浪漫无处不在，岁月一片静好，将那纯真模样最大限度地保存着，丝毫变不成鱼眼睛。顶多像王夫人嫌人参不好时那样抱怨几句："卖油的娘子水梳头，自来家里有好的，不知给了人多少。这会子轮到自己用，反倒各处求人去了。"就是这几句叨咕里都透着雍容大方。簪挺粗的人参和指头粗的人参，对于王夫人来说真的区别很大，就如妙玉泡茶用的水一样。

但你若让刘姥姥去辨别"隔年蠲的雨水"和"梅花上的雪"沏出的茶有什么不同,她一定觉得你闲得慌。面朝黄土背朝天整日劳作的人,谁有精力讲究这些呢!"成日家和树林子作街坊,困了枕着它睡,乏了靠着它坐,荒年间饿了还吃它"——吃着木头还有心思跟燕子金鱼说话的人,恐怕确实不大正常吧?与"诗和远方"比起来,"身上衣裳口中食"无疑才是更重要的。

贾府的婆子们当年也是做过丫头的,她们也曾天真烂漫,也曾视钱财如俗物,只是后来被生活唤醒了。自己当家过日子才知道,原来一粥一饭都那么不易。未经世事的姑娘们怎么能理解这些呢?宝玉说女子"出了嫁,不知怎么就变出许多的不好的毛病来",这话说得颇有些"何不食肉糜"的感觉。小公子爷若知道日后"寒冬噎酸虀,雪夜围破毡"的艰辛,怎会不理解婆子们那私存下的半斤灯油、一斤蜡烛中的心思呢?

物质这东西,看得太轻了是脱离生活,太重了又市侩庸俗。看来事事需要平衡,负重前行时也要保持一点纯真,屋后种田,院内栽花,否则丢了生活中的美好,变成"鱼眼睛"就没意思了。

如果贾珠还在

没人愿意提起贾珠,大家都在有意无意地避讳这件事。黛玉初进府和众人相见时,介绍到李纨,老太太说:"这是你先珠大哥的媳妇珠大嫂子。"一个"先"字,阴阳两隔,让人心下暗生凄凉。

一

元宵节,一家子热热闹闹欢聚一堂,饮酒猜谜,连轻易无暇家庭聚会的政老爷也来了。上房里悬了彩灯,设了酒果,备了玩物,老太太、老爷、太太都在,妯娌们也在,宝玉黛玉迎春姊妹,连亲戚家的宝钗、湘云也都入了席……一家子都齐了,谁也不少吧?

正要开席,贾政却发现独独没有贾兰,许是他是看见老太太宠着宝玉,也想起自己的孙儿,也或许是这济济一堂的笑脸,让他忽然忆起早亡的大儿子。不管什么原因,在众人都没察觉的这个晚上,灯火辉煌,佳肴满列,"灯谜大会"就要拉开序幕，贾政突然问了一句："怎么不见兰哥？"

众人这才发现，这么热闹的时刻，做为荣国府的嫡长孙贾兰竟然不在场。而他没来，竟然大多数人都没察觉。

李纨说：因为没人去叫他，所以他不肯来。众人都笑贾兰"天生的牛心古怪"。自己家里的聚会，还要别人去请才肯来，这孩子怎么这样？

贾兰从小丧父，寡母的生活必须如"槁木死灰"，必须严谨端庄，连打扮都不能太鲜亮，更别说可以任意说笑了。一个寡妇，你打扮那么靓给谁看呢，笑那么开给谁听呢？李纨的丫头碧月看见怡红院的欢乐场景，羡慕地说："我们奶奶不顽，把两个姨娘和琴姑娘也宾住了。如今琴姑娘又跟了老太太前头去了，更寂寞了。两个姨娘今年过了，到明年冬天都去了，又更寂寞呢。"一家子人越多，热闹处越显热闹，冷清处越显冷清，怡红院和稻香村是两个截然不同的世界。连丫头都忍不住抱怨太寂寞，幼小的贾兰，就从小生活在这样死气沉沉的空间里，除了听话地在窗下读书习字，他能怎么样呢？这个大家庭是一片温暖的海，他是那块离浪花最远的岩石。谁能时常想起这个一直沉默着的小孩子？

元宵家宴，我就不去，因为你们全都忘了我，没有一个人来叫我——一直被漠视，难免更加生疏和敏感。这份小心思里还有一个孩子渴望的存在感：我故意不出现，大家就会想起我了吧？可是傻孩子，如果不是爷爷发现，别人都不知道你没来，欢宴就在那饮酒猜谜的喜庆中继续下去了，笑声一丝都不会减少。

几年后的中秋节，贾兰长大了些，不再犯小孩子脾气了，他知道了哪种表达更有效。见宝叔写诗得到了老爷的奖赏，他也主动写了一首。无时无刻，这孩子都在努力地给家人留下印象。这个家对于他来说是一个大舞场，他必须努力表现着，才能让大家看得到。

如果贾珠健在，贾兰会是这样吗？珠大爷的儿子，荣府的

嫡长孙,哪个不捧着哄着?一个在充盈的爱中成长的孩子,自然会像宝玉那样,早早地盼着开席,急急地催着要吃,看见豆腐皮包子也要留一碟,有新鲜鹿肉也要弄一块……无所顾忌地把欢乐恣意到底。那才是一个孩子应有的模样。

可是贾珠没了,那条和这个家连接的纽带断了,让本该是一个欢快的,甚至带点顽皮的阳光小子,在角落里长成一个和大家暗中较劲的"牛心古怪"。他越长大,心里的压力就越大,发奋读书、练习骑射,既是为了终有一天能够"戴簪缨悬金印",也是为了让大家刮目相看。

二

李纨不会忘记,当初她是嫁给了一个多么才华过人的佳公子。他玉树临风,温文尔雅,得长辈喜爱,与同辈和气。他们夫妻和和顺顺,她又生了儿子……真是锦上添花般美好。

贾珠的相貌无人提及,但他的妹妹元春能被封为皇妃,弟弟宝玉"面若中秋之月,色如春晓之花",作为他们的哥哥,又是一肚子诗书,十四岁就进了学,"腹有诗书气自华"的他,相貌、气质必定也是出类拔萃,属于不可多得的一流人物。

贾珠的小家庭,本应该是荣宁两府中最幸福的。同辈之中,宝玉、贾环等尚未娶亲;贾珍是丧妻后再娶,尤氏和贾蓉只是名义上的母子,不会有孩子撒娇、夫妻打趣这等琐碎细腻的欢乐;贾琏虽是原配夫妻,可惜凤姐无子。后继有人从来都是家族中的头等大事。若贾珠不亡,妻子李氏就是最让人羡慕的少奶奶。

可惜,鲜活明亮的生活随着他的离去被拦腰斩断,姹紫嫣红被涂改为一片浅灰,余下的只有黯淡,也只能有黯淡。

外人这样评价李纨:"虽青春丧偶,竟如槁木死灰一般,一概无见无闻,唯知侍亲养子,外则陪侍小姑等针黹诵读而已。"

其实，没有一个孤单的人内心不苦，只是他们习惯了默默隐忍，从不言说。

时常闲了，李纨也和小姑子们凑趣起个诗社，却不写诗，只做个"虽不善作却善看，又最公道"的裁判。为何不写呢？贵妃省亲时，她不是也写下了"绿裁歌扇迷芳草，红衬湘裙舞落梅"这样旖旎的句子？可是平常日子她却不写。提起笔，她不能写下"晓风不散愁千点，宿雨还添泪一痕"式的忧伤，也不能写"好风频借力，送我上青云"式的豪迈，带出一丝一毫的情感，都容易让人多想。

占花名，她是霜晓寒姿的梅花，是"黄昏独自愁""凌寒独自开"的那一枝。眼前的姑娘们欢笑着打趣，你是"任是无情也动人"的牡丹，她是"莫怨东风当自嗟"的芙蓉，忽而三姑娘抽到一枝杏花，写着"得此签者必得贵婿"，众人哄笑着恭贺着。这闹腾腾的甘美场面，李纨是否忆起自己待字闺中之时，也有过如此盼望呢？到如今恍若一梦，还是定定神，喝酒吧。

酒也不能多喝，以防失了态不端庄。那一回在桂花树下吃螃蟹，她定是多喝了几杯，竟忍不住透出了心中的冰山一角。当平儿说起凤姐当初陪嫁了四个丫头只剩她一个时，李纨想到了被自己打发出去的贾珠的"屋里人"，她感慨着："你倒是有造化。凤丫头也是有造化的。想当初你珠大爷在日，何曾也没两个人。你们看我还是那容不下人的？天天只见她两个不自在。所以你珠大爷一没了，趁年轻我都打发了。若有一个守得住，我倒有个膀臂。"

时近中秋，正是"自古逢秋悲寂寥"的季节，看看眼前，想想曾经，任是槁木死灰一般，也终有忍不住的时候。触碰到心中最柔软的部分，眼泪就不由自主地下来了。

黛玉的白海棠诗里写道"月窟仙人缝缟袂，秋闺怨女拭啼痕"，可是李纨却只能缝缟袂，不能拭啼痕。众人聚在一起为了寻乐，谁在意一个寡嫂的伤心？见她落泪，刚才还其乐融融的

一群人，只丢下一句"又何必伤心，不如散了倒好"，竟各自走了。那些渴望诉说的话，只能硬生生憋回去。

宝玉挨打时，王夫人因哭出"苦命的儿"想起了大儿子贾珠，叫着珠儿大哭不止，"别人还可，唯有宫裁禁不住也放声哭了。"此时的放声，是压抑了多久的心酸？也唯有借着这时，她心里的苦，憋闷了多年的眼泪，才能像开闸的水一样痛痛快快释放一回。

如果贾珠还在，桂花树下就没有那个把悲伤重新按回胸膛的李氏，她也许会像凤姐那样指着鸳鸯调笑：你和我少作怪，你知道你大爷看上了你，要和老太太讨了你作小老婆呢！

如果贾珠还在，宝玉挨打时就多了一个可以劝解婆婆的能干嫂子。她会像凤姐那样指挥着众人"快把那藤屉子春凳抬出来"让宝玉卧好，再将婆婆扶回房中。

可是她所附属的那个人不在了，她空无所依，连心都是空荡荡的。

三

宝钗不满宝玉将她比做杨妃，气恼地说："我倒像杨妃，只是没一个好哥哥好兄弟可以作得杨国忠的！"她的哥哥薛蟠是个"没笼头的马"，只知道喝酒找乐，里里外外都不行，逼得宝钗放下了喜爱的诗书，又要留心家里的事，又要操心外面的买卖："哥哥打江南回来了一二十日，贩了来的货物，想来也该发完了，那同伴去的伙计们辛辛苦苦的，回来几个月了，妈妈和哥哥商议商议，也该请一请，酬谢酬谢才是。"一位未出阁的富家千金连当票子也认识，人参掺假也知道，可见哥哥靠不靠谱真是有很大不同。

宝玉正好相反，他心里只有春花秋月，完全不理经济仕途，恨得政老爹牙痒痒，动不动就训斥，一言不合就要"叉出去"。

打宝玉时，人越劝，那板子越发下去得快，直到贾母来了，政老爹含着眼泪跪下解释："为儿的教训儿子，也为的是光宗耀祖。"彼时，有希望光宗耀祖的贾珠已去，不将剩下的这个教育好怎么有颜面去见祖宗？

政老爹并非不爱自己的儿子，看见宝玉和贾环站在眼前，一个神采飘逸，秀色夺人，另一个人物委琐，举止荒疏，"忽又想起贾珠来"。一个老父亲，长子死了，剩下的这两个竟没一个让人满意的。神采飘逸的宝玉荒疏学业，怪诞乖张，委琐的贾环更是提不得。倘或有贾珠那样一个好兄长带着，眼前这两个儿子想必不至如此荒疏，老爹爹也可以省些心力吧？再如盖大观园，去平安州这样的事，有珠儿料理着，也不必托付侄儿们。

内心烦忧，难免不发之于外。贾政对宝玉的严厉，是否也有一部分来自于因贾珠早亡造成的焦心呢？哥哥是一棵大树，会掩盖弟弟的光芒，也会分散他们的压力。如果贾珠还在，宝玉爱调制胭脂膏子就让他调吧，爱和燕子金鱼说话就让他说吧，大不了就是这孩子有些性情古怪，离上纲上线地说他辱没祖宗还远着呢。

贾环也不必只盯着宝玉，连丫头的气都生："我拿什么比宝玉呢。你们怕他，都和他好，都欺负我不是太太养的。"还动不动就疑心："我也知道了，你别哄我。如今你和宝玉好，把我不搭理，我也看出来了。"若有个珠大哥哥，宝玉未必是府里的"活龙"，独得全家之宠而遭人嫉妒，且大哥哥管束着调和着，弟弟们之间更加融洽也说不定。

做了贵妃的元春有个能干的哥哥，她临死前还那么放心不下地托梦嘱咐爹娘"要退步抽身早"吗？探春还用愤慨地喊"我但凡是个男人，可以出得去，我必早走了"吗？不得而知。也许，贾珠只是荣国府这座大厦上的一根檩条，未必能担起扭转家族兴衰的大任。只是有他在，至少府里的生气会更多一点，希望会更亮一点吧？

鸳鸯为何远着宝玉？

　　荣国府的丫头一般有两种出路：指给奴才小子做老婆，或者给主子作小。平儿是凤姐为洗白自己硬塞给贾琏的，袭人仗着是老太太的人已经先下手为强，晴雯心意笃定地觉得"早晚在一处"，不成想突然平地起风波把小命给葬送了……自然还是指望不上这条出路的多，像彩霞之流，主子不过是打算配给凤姐陪嫁家奴旺儿的儿子当老婆的。所以"僧多粥少"，给主子作小"当半个主子"成了丫头们心里都想过一过的独木桥。

　　可事有例外，鸳鸯就不想。虽然她是极有可能的一个。为什么说她极有可能呢？大老爷贾赦提出要娶鸳鸯做姨娘的时候，凤姐就暗地里跟平儿说："离了鸳鸯老太太连饭都吃不下的"，可见鸳鸯在老太太心里是个什么地位。

　　有一次宁府的主子奶奶尤氏在老太太这边吃饭，贾母让身边的丫头陪着吃，这个丫头就是鸳鸯。贾母见尤氏吃的是白米饭，因问道：怎么不盛主子的香稻粳米饭？丫头们回道：老太太的饭完了。今日添了一位姑娘，所以短了些……鸳鸯向门外媳妇们道：既这样，你们就去把三姑娘的饭拿来添上，也是一样。尤氏道：我这个就够了，也不用去取。鸳鸯道：你够了，我不会吃的？

你瞧鸳鸯有多吃得开，不光跟尤氏"你了我了"地说话，还让取了探春的饭来她吃，这么说自然是为了完成老太太交办的任务——陪好尤氏。但换一个人行吗？别说不行，连上前凑一下的资格都是没有的。听听怡红院小红的抱怨就知道了："从来眼面前的事一点不做，二爷哪里认得我呢。"平儿让贾琏收房那么长时间了，一次偶然心急，跟凤姐说了句"你太把人看糊涂了，我已经行在先了，这会子又反嘱咐我"。凤姐便说"你又急了，满口你我起来"。可见这些规矩是错不得了。可鸳鸯就可以例外。

鸳鸯不过就是个丫头，怎么就让老太太这么赏识呢？人们觉得不过是尽心尽力服侍得主子好而已。但就如袭人说自己那样："服侍的好是分内应当的，不是什么奇功。"鸳鸯能做上老太太的首席大丫鬟可不只是服侍得好这么简单。

俗语说"近朱者赤"，老太太是整个府里最睿智的人，鸳鸯从小跟着她耳濡目染，早已熏陶得对大小事情洞若观火了。有时她甚至比老太太看得还要透。

老太太喜欢两个远方孙女喜鸾和四姐，要留她们住几天，叫过个老婆子来吩咐："到园里各处女人们跟前嘱咐嘱咐，留下的喜姐儿和四姐儿虽然穷，也和家里的姑娘们是一样，大家照看经心些。我知道咱们家的男男女女都是'一个富贵心，两只体面眼'，未必把她两个放在眼里。有人小看了她们，我听见可不依。"婆子应了方要走时，鸳鸯拦住说："我说去罢。他们那里听她的话。"可见这"观火"的能力，鸳鸯是比贾母还强些的。

什么事都能想到老太太前头，替老太太处理得妥妥当当，这才是老太太倚重她，"离了她连饭都吃不下"的主要原因。连诸事不管的大奶奶李纨都夸她："老太太屋里，要没那个鸳鸯

鸳鸯为何远着宝玉？

如何使得。从太太起,那一个敢驳老太太的回,她现敢驳回。偏老太太只听她一个人的话……那孩子心也公道,虽然这样,倒常替人说好话儿,还倒不依势欺人的。"

贾母那么喜欢鸳鸯,就没替她考虑过日后出路吗?难道等自己归了天让鸳鸯成了"没主子的奴才"?当然不会。和大家一样,贾母自然认为丫头能"当半个主子"比永远做奴才强多了。这半个主子自然是要放在眼珠子似的宝贝孙子屋里的。一是因为"她办事我放心",再也是给服侍自己一场的丫头找个好归宿。大家主老太太通常都有这种心思:《大宅门》里面的白文氏,临终前不就非要把贴身丫鬟槐花指给景琦,她才放得下两下里的心吗?

有人说,老太太不是已经把袭人和晴雯给了宝玉了吗?不错,袭晴二人确实是老太太重点培养的姨太太人选,袭人"有些痴处,服侍贾母,心里眼里只有一个贾母,服侍宝玉,心里眼里只有一个宝玉",晴雯不仅长得漂亮,而且心灵手巧。但论在贾母心里更加妥帖、更加让人放心,这两位自然都不如鸳鸯。凤凰蛋似的宝玉,多一两个侍妾又有何不可?善知主子心思的鸳鸯也未必没把这个日后的可能性看出来。

当宝玉扭股糖似的缠着鸳鸯祈求"好姐姐,把你嘴上的胭脂赏我吃了吧?"鸳鸯并不买账,而是赶紧叫袭人:"你跟他一辈子,也不劝劝,还是这么着。""还是这么着"表示她早知道宝玉有这件癖性。她可不像金钏那样,上赶着问"我这嘴上是新擦的香浸胭脂,你这会子可吃不吃了?"宝玉从小跟着老太太,鸳鸯也从小服侍老太太,她早就对宝玉的脾性了如指掌,知道这个温柔凤凰男是不是真像别的女孩子认为的那样是个宝。

怎么不是个宝呢?你看宝二爷对女孩子有多体贴:晴雯手冷了,他拉过来给暖着,麝月说声头痒痒,他给她篦头,袭人想吃风干栗子,他立马去剥……平日里的豆腐皮包子、糖蒸酥酪之类的精致吃食也都给女孩儿们留着。就连平儿受了委屈,他又是解劝又是撷花簪鬓的。这还不算，平儿都走了，他自己在房里又是落泪又洗了平儿落下的手帕子——做完这些，觉得自己今儿能有机会在平儿跟前稍尽片心真是八辈子修来的，那一通喜出望外。连尤二姐和尤三姐，他也怕和尚的腌臜气味熏了她俩，自己用身子挡在前面。

他对林妹妹更加不用说，一天问八回"妹妹今儿吃了多少饭、夜里睡了多少觉"，又怕她睡出病来存了食、夜间失了困，搜肠刮肚编个"小耗子偷香芋"的故事解闷儿。见妹妹生病，怨自己不能替了她；妹妹生气，恨自己言语鲁莽冲撞了她……就连丫头们想不到的，他怕妹妹生气也替丫头们都想到了。不由得让人觉得被宝玉疼着哄着是真心暖啊！要不怎么女孩子们一个个背地里都存个痴心傻意，觉得跟了宝二爷就是到了天堂一样呢？

透过这些温暖的表象，鸳鸯却比别人多了一份冷静明透：宝二爷可以一边记挂着林妹妹的病应该修个好方子配药，一边见了和湘云一样的金麒麟马上揣起来给她留着；一进屋看见金钏困倦，连忙掏出个香雪润津丹给她喂到嘴里，一出门又见着"画蔷"的龄官身体单薄，担心她心里的煎熬怎么受得住……他也可以在金钏被王夫人一巴掌打在脸上的时候抽身就溜，也能在三日水米未沾牙的晴雯被拖出怡红院时目瞪口呆，一句话都不敢说……

他现在是少年公子哥儿，又长得得人意儿，平日里求姐姐们赏个嘴上的胭脂吃吃，摸索摸索人家姑娘细腻的后脖梗子啥的，也没人想到猥琐这个词，假如这些毛病几十年后"还是这么着"，大腹便便的中年宝二老爷不再"面若中秋之月，色如春晓之花"，也没有了家族最高掌门人的宠爱，却还总想着和年轻女孩儿们厮混嬉笑，那时他和如今"略有个平头正脸的就不放过"的大老爷贾赦又有多大区别呢？

何况鸳鸯本身就是"家生子"奴才，父母老迈，她那对势利兄嫂正如她所说："我若得脸呢，你们在外头横行霸道，自己就封自己是舅爷了。我若不得脸败了时，你们把王八脖子一缩，生死由我。"即便鸳鸯做个得脸的姨太太，她兄嫂那个势利样儿，必定惹得人多嘴杂的荣国府下人们背后开骂，然后下蛆的下蛆，使绊子的使绊子。鸳鸯使着每月五百钱的小丫头，拿着二两银子的月例，生着没完没了的闲气，到那时又能如何呢？赵姨娘给主子添了一儿一女，自己的"舅爷弟弟"赵国基死后也不过是赏了二十两银子的发送，还赶不上袭人母亲的殡葬费呢。这些事，鸳鸯眼睛里看得真真的。聪明如她，又怎么会像别的女孩子那样想着做宝玉"姨太太"的"美差"？所以在大老爷要她做小的时候，她索性放开胆子大闹一场"剪发风波"，表明自己的心迹，不光不能给大老爷做小，就连众人都捧着的宝玉也不行：

我是横了心的，当着众人在这里，我这一辈子莫说是"宝玉"，便是"宝金""宝银""宝天王""宝皇帝"，横竖不嫁人就完了！就是老太太逼着我，我一刀抹死了，也不能从命！

向往宝二爷温存体贴的女孩子们如过江之鲫，鸳鸯冷眼旁观，心里暗暗好笑：这个太阳一样的暖男身上那些"天生成惯能作小服低、赔身下气，性情体贴，话语缠绵"的行为不过是出于性格和习惯，与其他无关。与其让他阳光普照似的分这么一杯羹，最后落个不尴不尬，甚至凄凄惨惨，还不如早些离得远远的。

那些黛玉的"影子"们

翻开《红楼梦》,你会发现很多人都和黛玉相似。

最公认的是晴雯,王夫人提到晴雯相貌时说过:"水蛇腰,削肩膀,眉眼又有些像你林妹妹的",这么一说,王熙凤脑子里立马浮现出一个人来,正是晴雯:"方才太太说的倒很像她"。"晴为黛影,袭为钗副",晴雯和黛玉相似的是相貌和性格,都那么天真直率,嘴上不饶人,又都那么清高自爱,目无俗尘。

黛玉虽然和宝玉从小一桌吃,一床睡,可宝哥哥偶尔开个玩笑:"我就是那多愁多病的身,你就是那倾国倾城的貌。"黛玉立马就撂下脸子要告诉舅舅舅母去,吓得宝玉连央告带赔礼,说要"变个大王八,等她做了一品夫人病老归西的时候,替她往坟上驮一辈子碑去"这才罢了。

物以类聚,人以群分,各人的丫头也带着主人的气质。元春四姐妹的丫头们:抱琴、司琪、侍书、入画,名字中嵌着四姐妹的爱好:琴棋书画;凤姐身边的平儿虽温厚平和,可办事能力必须是一流的,不然怎么跟得上琏二奶奶的节奏?寡嫂李纨的丫头连名字都透着寡净:素云、碧月;夏金桂这样的主子,有个宝蟾那样刁蛮轻浮的丫头倒也合情合理。黛玉身边的丫头紫鹃,不仅体贴细致,虑事周全,更是深知主子的性格。宝玉见她只穿着薄绫袄和夹缎子背心,伸手向她身上摸了一摸,说:"穿这样单薄,还在风口里坐着,看天风馋,时气又不好,你再病了,越发难了。"面对人人捧着的荣国府凤凰蛋,紫鹃并不买账,扔下两句话就起身走了:"从此咱们只可说话,别动手动脚的。一年大二年小的,叫人看着不尊重。"紫鹃对黛玉的了解,真真赶得上一个闺蜜了。

说到自己尊重,不能不提晴雯,贾府的下人们,大概没人比她出身更低了,她是奴才的奴才。原是贾母的下人赖嬷嬷买的,赖嬷嬷带着她出入贾府,因见老太太喜欢就将她孝敬了主子。虽是这样,晴雯却活得绝不低三下四。

当初一起从老太太屋里拨过来的两个丫头:晴雯和袭人,袭人早就和宝二爷初试了云雨,晴雯却从不肯越雷池半步,连过分亲热都不行。

怡红院的丫头们个个不简单。小红为在怡红院不得志郁郁寡欢,四儿得着个机会就拼命笼络宝玉,晴雯可看不上这样的,也不屑于上赶着和宝二爷套近乎。

晚间院里的凉榻上,宝玉拉晴雯坐在身旁,晴雯说:"怪热的,拉拉扯扯作什么!叫人来看见像什么!"见宝玉不放,她又推说去洗澡,二爷一听洗澡又来劲了,要"拿水来,咱两个一起洗"。说到洗澡,晴雯又一个看不上:

罢,罢,我不敢惹爷。还记得碧痕打发你洗澡,足有两三个时辰,也不知道做什么呢。我们也不好进去的。后来洗完了,进去瞧瞧,地下的水淹着床腿,连席子上都汪着水,也不知是怎么洗了,笑了几天。我也没那工夫收拾,也不用同我洗去。

这番话的意思多明显:你们那些鬼鬼祟祟的事,谁稀罕!

这样清高的晴雯,真是和黛玉相似呢!

若说最接近黛玉性格和外貌的是晴雯,那么在气质上和黛玉相似的就是另一个女孩儿了。

那日宝玉路过蔷薇架下，见花下一个女孩儿正蹲在那里用簪子划地，"只见这女孩子眉蹙春山，眼颦秋水，面薄腰纤，袅袅婷婷，大有林黛玉之态。"这个女孩儿就是龄官儿——十二个小戏子中的一个，也是和其他十一个小戏子完全不相同的一个。

"龄官画蔷"是和"黛玉葬花"、"湘云眠芍"、"晴雯撕扇"一样经典的画面。那日她正在伤心，许是贾蔷不留神冲撞了她，她心里又恨又爱放不下，煎熬地拿着簪子一笔一画写了无数个"蔷"字。簪子一笔一笔划入泥土中，心中的幽怨和无奈随着这一笔一画细细流动，能排解出多少呢？

探春在劝赵姨娘时说过："那些小丫头子们原是些玩意儿，喜欢呢，和她们说说笑笑，不喜欢便可以不理她。便是她不好了，也如同猫儿狗儿抓咬了一下子"，这话虽不好听，却是实情。在当时那个社会中，这些被人买来的小戏子，不过是初建大观园时采买的玩器古董、花木禽鸟等众多类别中的一项。

可偏偏龄官的心气和别人不一样。文官乖巧，芳官狂妄，藕官芍官干脆沉浸在戏文里不出来了，豆官葵官等天真烂漫，心无所想，她们都能把大观园视为乐园，独龄官儿不能。在她眼里，大观园无非是个豪华的牢笼——人格不同，眼前的事物绝不相同。这个身为下贱的小戏子心中有着更加广阔的天地，她从不甘愿做个大宅门里的"金丝鸟"。

一个整日闷闷不乐的小戏子，谁能猜透她的心事竟然那么与众不同？就连贾蔷也失了算。蔷哥儿满心欢喜的花一两八钱银子买了雀儿来逗她开心，不想却让她触景伤情。看到笼子里的鸟儿，就像看到自己的身世：你们家把好好的人弄了来，关在这牢坑里学这个劳什子还不算，你这会子又弄个雀儿来，也偏生干这个。你分明是弄了他来打趣形容我们，还问我好不好——她在花下写着他的名字，他却并非她的知己，这让龄官多么悲伤？

"有的人懂你，有的人爱你"。贾蔷属于后一种。见她发怒，贾蔷慌了，连忙把那只刚买来的"玉顶金豆"放了——"放了生，免免你的灾病。"要知道这可是一两八钱银子买的呢！

　　一两八钱银子是个什么概念？小丫头们一个月的月钱是五百钱，袭人、鸳鸯这样顶级丫鬟的月钱才一两银子，赵姨娘给贾府生了一儿一女，混上了"半个主子"的身份，一个月也不过领到二两银子的月钱。对贾蔷来说，一两八钱银子不是小数儿，龄官一个不喜欢，他说放就放了。晴雯撕几把扇子麝月说她作孽，宝玉打圆场说"几把扇子能值几何？"和梨香院这一两八钱银子比比，果真是"几把扇子能值几何"了。

　　即便有人当宝贝似的捧着，龄官还是排解不出满心委屈一腔愁闷。她知道园中再好，终究是人家的地方。贾蔷再好，谁摸得清这大家主族人公子爷的心路？即便两情无猜，谁又料得到将来会有个什么结果？

　　悲伤的人看到的都是悲伤。

　　她性格中那青黛色的忧郁，和无可排解的绯红色心事，怎么就和黛玉如出一辙？龄官画蔷，简直就是黛玉葬花的另一个版本。世上就是有一种人，五官并不很像，气质却神似。一样单薄的身子，一样的多愁神色。想来龄官画蔷时，也是眉尖微蹙的吧？

　　除了龄官，还有一个小戏子被人喊出来"活像黛玉"。

　　宝钗过生日时，老祖宗拿出二十两银子让凤姐安排庆生宴，贾母深爱那作小旦的与一个作小丑的，因命人带进来……令人另拿些肉果与他两个，又另外赏钱两串。凤姐笑道："这个孩子扮上活像一个人，你们再看不出来。"人人都看出来不说，只湘云口无遮拦喊出来：活像林姐姐的模样！

　　有些读者误认为这个小旦就是龄官，其实不然。当时，贾母拿出银子让凤姐治戏酒，凤姐还打趣说"巴巴地找出这霉烂的二十两银子来做东道……这个够酒的？够戏的？"可见唱戏和酒席都是要花钱的，何况宝钗将笄之年的生日，只让家里的小戏班子唱几出戏也欠隆重，不是贾府的待客之道。所以这里出现的十一岁的小旦和九岁的小丑都是外面请来的。看来贾母真是太喜欢林黛玉了，她见了这小旦就打心眼儿里那么爱得慌，自己都不知是怎么回事，想必老太太心里还觉得就是对了眼缘了，还是经凤丫头一提醒才明白过来：哦，原来是和黛玉相似。

在小花枝巷里，小厮兴儿和尤家姊妹闲聊时提到"姑太太的女儿，姓林，小名儿叫什么黛玉，面庞身段和三姨不差什么"——又一个和黛玉相仿的女子。

尤三姐心底明透，敢爱敢恨，虽然一时失足，那多是因为年幼，又跟着母亲姐姐沾染那种环境所造成的，她自知悔恨已晚，一把鸳鸯剑自刎于心爱的人眼前。这等刚烈，如她手中那把宝剑一样，宁折不弯。有着黛玉诗中"未若锦囊收艳骨，一抔净土掩风流"式的彻底。

和黛玉相似的女孩子们，晴雯、龄官、外面请来的小戏子，还有尤三姐，除了那个十一岁的小旦因只出现过一次，着墨太少不知所以之外，另三个皆是清高聪明、出类拔萃、不同寻常的女子。

晴雯不肯同二爷拉拉扯扯，龄官见宝玉凑过来，"忙抬身起来躲避"，窘的宝玉"讪讪地红了脸"，尤三姐更干脆，见贾琏猜她心中所念者必系宝玉，一口就啐过去：难道除了你家，天下就没了好男子了不成！

她们在自己的世界里绝世而独立，面对人人捧着的宝玉心存一分自知两分自重，外加七分与生俱来的孤傲，却能得宝玉另眼相看。

除了同样的美丽、命薄，这几个女孩儿各有自己的独特之处：

人物	和黛玉相似处	相似程度	特　点
晴雯	性格、眉眼	★★★★☆	清高、心灵手巧、痴情
龄官	气质	★★★★	孤高、唱功好、痴情
小旦	戏中扮相	★★★	扮相好
尤三姐	面庞、身段	★★★☆	刚烈、勇敢、痴情

　　不少读者喜欢揣摩曹公的本意，猜他喜欢宝钗和黛玉谁更多一点儿，看看整部书中和黛玉相似的这些女子就明白了，聪明灵秀与众不同的女孩儿都是黛玉的影子。宝钗呢，虽有句"袭为钗副"，可那不过是后人的总结，袭人和宝钗除了见解有几分相似之外，其他地方（如外貌、气质等）无半分相像。倒是跳井死了的金钏——宝钗将自己衣服给她做装裹时说过"她活着的时候也穿过我的旧衣服，身量又相对"，可这也只是身高、胖瘦相仿而已。曹公更爱笔下的谁？一比之下立见分晓。

　　可惜，这些女孩子们除了不知下落者（龄官儿和小旦），就是早夭（黛玉、晴雯、尤三姐），如含露娇花一般，未及绽放就飘摇萎落于风霜之下。

　　宝玉生日群芳开夜宴时，芳官"头上眉额编着一圈小辫，总归至顶心，结一根鹅卵粗细的总辫，拖在脑后"，正是黛玉进府那天宝玉的打扮："头上周围一转的短发，都结成小辫，红丝结束，共攒至顶中胎发，总编一根大辫，黑亮如漆"，引的众人忍不住都说她和宝玉"倒像是双生的弟兄两个。"之后的芳官出家，暗示了宝玉的结局。和黛玉相像的这些女子们皆如昙花一现，是曹公为黛玉之死写下的一个个伏笔。

　　晴雯、龄官、尤三姐如片片花瓣，纷纷杳杳不见踪影，黛玉，是这花魂。

四季美人图

"绛洞花王"贾宝玉初住进大观园时,每日里弹琴下棋,饮酒吟诗,着实心满意足了一段时间。为此他做了春夏秋冬四首即事诗。其实,桃溪柳渡蕉石竹桥再美,怎么比得过人呢?故此宝玉的四首诗中最好的一句莫过于"眼前春色梦中人"。大观园中景有四季,景中人亦有四季。

人面不知何处去,桃花依旧笑春风:黛玉

黛玉是属于春天的。她的心里有团团柳絮飞舞的愁绪,阵阵落英缤纷的缠绵。

黛玉说自己喜散不喜聚,其实,她是对离别比别人有着更深更痛的经历,心里怯了,并非真的本性薄凉。

春日融融,宝玉看见那落红成阵,不忍践踏,用衣裳兜着洒在水里,他以为这就是落花最好的去处,黛玉却说:"撂到水里不好……仍旧把花糟蹋了。那犄角上我有一个花冢,如今把它扫了,装在这绢袋里,拿土埋上,日久不过随土化了,岂不

干净。"

对一朵花尚分外怜惜的她，是对生活有着多大的爱呢。

就连生着气，也还惦念着外出觅食未归的燕子，嘱咐紫鹃："把屋子收拾了，撂下一扇纱屉，看那大燕子回来，把帘子放下来，拿狮子倚住，烧了香就把炉罩上。"这是黛玉式的生活方式，心底如春才会对万物有情。

所以，大观园中姑娘和丫头相处得最具情义的当属黛玉和紫鹃。她们情同姐妹，紫鹃对黛玉的态度早已超越了职责。"替你愁了这几年了，无父母无兄弟，谁是知疼着热的人？"这哪里是一个丫头嘴里说出来的话，分明就是骨肉之间才会有的不放心。紫鹃也是丫头中最"不顾身份"的丫头。对黛玉，她该劝时劝，该说就说。

宝玉要她倒茶，黛玉让她先舀洗脸水，紫鹃连想都不用想："他是客，自然先倒了茶来再舀水去。"宝黛拌了嘴，关起门来，紫鹃先派了黛玉一篇不是："好好的，为什么又剪了那穗子？岂不是宝玉只有三分不是，姑娘倒有七分不是。我看他素日在姑娘身上就好，皆因姑娘小性儿，常要歪派他，才这么样。"

冬日的潇湘馆里，宝钗姐妹和岫烟、黛玉都围坐在一起叙家常，紫鹃倒坐在暖阁里，临窗作针黹。这样的场景，在别处几乎看不见，黛玉是一直将紫鹃当亲人一样看待的。都说得了紫鹃这样暖心的丫头是黛玉的福气，遇见黛玉这样亲昵的主子小姐岂不也是紫鹃的福气？

若不是早经离丧，黛玉一腔温情定会淋漓尽致地洒落在生活中，哪能说出什么"喜散不喜聚"的话来？不仅对紫鹃如此，教香菱作诗就又是一例。宝钗说香菱是"诗呆子"，其实黛玉教诗，一点儿不亚于香菱学诗的一腔热情。又是王摩诘，又是杜工部又是李青莲，她细细地用红笔圈出来，嘱咐香菱"只看有红圈的都是我选的，有一首念一首"，待香菱看完了，又问她感受，耐心和她讨论其中滋味……这时的黛玉才是真实的，暖心的，如春天般温情的姑娘。其余时候，她总在接二连三失去至亲的悲痛中不能自拔，在寄人篱下的小心翼翼中尽力包裹着自己。

桃花落了，她"独把花锄偷洒泪"，柳絮飞了，她说"草木也知愁，韶华竟白头"，因为情深，才更易受伤。无知无觉的人怎么会对一阵落花生出怜悯，对几只燕子牵挂于心？"无情不似多情苦，一寸还成千万缕"，对世间万物的敏感是生命赋予的一种本能，一颗心细成千丝万缕，系向一切好的与坏的，必定生出比别人多几倍的欢喜和忧伤。不是愿与不愿，而是抑不住的自动生发，虽不言说，心却知道。

懂得黛玉这一腔柔情的，唯有一个"看见燕子就和燕子说话，看见了鱼就和鱼说话"的宝玉。这也是黛玉为何将宝玉视作生命的缘故：你好我自好，你失我自失。他俩之间远不止爱情那么简单。

如转眼即逝的春光一样，深情人必定不寿，多年以后，黛玉葬花的地方，必是荒草掩盖了香冢，野藤牵缠着孤魂，唯有那些桃花还在，寂寞无主，却依旧笑春风。

更无柳絮因风起，唯有葵花向日倾：湘云

说起娇憨有趣，没人比得过湘云。她如夏日晴空一般明朗直爽，不带一丝阴云。

和她青梅竹马的二哥哥与新进贾府的林姐姐说起话来没完没了，连理她一会儿都抽不出空来。若是一般的女孩子，嘴上不说心里也恼他几分。湘云正相反，心里不恼，嘴上却说得直接："二哥哥，林姐姐，你们天天一处顽，我好容易来了，也不理我一理儿。"面对这样天真直率的质问，谁还好意思不拉她一起玩呢？

湘云的命运其实还不如黛玉。同样是无父无母，同样是寄

住于亲戚，黛玉尚有疼爱她如命的外祖母，有知她懂她的宝玉。湘云有什么呢？黛玉可以一年的工夫只做了个香袋儿，而湘云在家却是"做活做到三更天，若是替别人做一点半点，她家的那些奶奶太太们还不受用。"两下里一对比，原来寄人篱下也有高山和平地。

和黛玉曲径通幽的心事相比，湘云选择的是大道至简路线。不高兴了就说出来，不开心了就走开。

她喜欢住在荣国府里，跟着老祖宗。在这里可以和姐妹们说笑，写诗，吃酒，醉了在芍药圃红香散乱地睡一觉……办个海棠诗社忘了请她她也不恼，还说"容我入社，扫地焚香也情愿"——朝着喜欢的方向直走过去，没有藏掖，更不端着。家里来接她，她悄声嘱咐着二哥哥：便是老太太想不起我来，你时常提着打发人接我去。她恋着这里的暖，因为这里比家里自由，倘或唯唯诺诺小心翼翼，她宁可得罪了人也不受这个委屈。

宝钗生日，请了一班小戏，谁都看出来那个小旦扮上好似林黛玉。凤姐不说，故意问人，宝钗抿嘴一笑，众人也都知道，只有湘云没心没肺地喊出来。宝玉使眼色，她还恼了：明明就像林姐姐，干吗拦着不让说！宝玉越解释，她越索性把话直倒出来："这些没要紧的恶誓，散话，歪话，说给那些小性儿，行动爱恼的人，会辖治你的人听去！别叫我啐你。"宝玉再不识趣，湘云真就啐出来也未可知。活泼泼一个湘云，就没有什么事她不敢做。

正月里披上老太太的斗篷一跤栽倒沟里，把宝玉的衣服穿上哄着老太太上当，大雪天里要一块鹿肉烤着吃……连宝钗也忍不住说她"好憨的"。这个"憨"字，给了湘云最恰当。心无杂虑才憨，"襁褓之中父母违"，从不知娇养为何物的湘云给自己找到了最合适的生活姿态。她没有柳絮般的缠绵愁闷，而是如葵花一样追逐着阳光，哪里暖就朝哪里奔过去。

湘云别号"枕霞旧友"，如夏日里最绚丽的一片云霞，多姿多彩，却也"人生聚散浮云似"。她似乎还在芍药圃的青石凳上酣睡未醒，转眼间就"云散高唐，水涸湘江"，风雨已来，片云无踪了。

一声梧叶一声秋，一点芭蕉一点愁：探春

和红楼诸女儿相比，探春独有一种"晴空一鹤排云上，便引诗情到碧霄"的豪情，满含着天高意远的秋日气质。她冷静而明透，洒脱而干练。

探春住的秋爽斋，三间相通，大桌案上设着大鼎、大盘中摆着娇黄玲珑的大佛手。唯一有些女子气的是那个汝窑花囊，插的不是花红柳绿，而是水晶球儿的白菊。探春就如这白菊，大气而高雅，虽难以逃离花囊的约束，却始终在奋力地绽放。

贾府家大业大，人多口杂，刁奴蓄险心，鸡飞狗跳的事明处暗处都不少。别人只睁一只眼闭一只眼，保得住自己就行了，只有探春大睁着双眼洞察秋毫，时时思量着如何扭转大局。去赖嬷嬷家赴宴，大家都看见热闹喧天的场面和戏班子，她却看到了赖家花园子的盈利："谁知么么个园子，除她们带的花，吃的笋菜鱼虾之外，一年还有人包了去，年终足有二百两银子剩。"

"三人行"理家之时，李氏是个没才干更没主见的，宝钗是亲戚，不便多说多管，精心谋划的只有探春，她大刀阔斧节流开源，无惧落人抱怨。面对管家娘子们的刁难，三姑娘凝心静气——摆平，然后指着自己的丫头警告刁奴们一通："你别混支使人！那都是办大事的管家娘子们，你们支使她要饭要茶的，连个高低都不知道！"管家媳妇们才看出探春精细处不让凤姐，从此后一个个服服帖帖，再不敢懈怠。探春理家，比起王熙凤协理宁国府时态度安静，效果却丝毫不逊。

面对抄检大观园这样荒唐事，连凤丫头那样厉害角色，也

只敢说一句"太太说的是，就行罢了。"探春却敢甩给王善保家的一巴掌，把话字字如铁地掷出去："该怎么处治，我去自领。"在她看来，抄检绝非偶然一件小事，必是有人故意挑唆，才使糊涂人受此下策。一叶落而知天下秋，精敏的探春正因看出这其中根源和日后的走向，才会声泪俱下地哭道："你们别忙，自然连你们抄的日子有呢！……可知这样大族人家，若从外头杀来，一时是杀不死的，这是古人曾说的百足之虫，死而不僵，必须先从家里自杀自灭起来，才能一败涂地！"可叹她空有一番抱负，却只能眼睁睁看着贾府一步步踱进"日暮秋烟起，萧萧枫树林"的晚秋光景，任是才自精明志自高，也回天无术。

也许没有人能全然明白探春远嫁时的悲苦，"一帆风雨路三千，把骨肉家园齐来抛闪"，她从此要和这个她深爱着的，让她暗暗焦心的家族天各一方，如风筝一样飘飘摇摇断了线，"千里东风一梦遥"。

月明星稀的秋夜，探春也许会披衣起身，向着家乡的方向默默祝祷，听着耳边的风声，似是刚从秋爽斋的梧桐芭蕉上吹拂而来。思念似海，归无舟楫，一腔愁绪无可排解，她只能"诗成自写红叶，和恨寄东流"。

看来岂是寻常色，浓淡由他冰雪中：宝钗

"山中高士晶莹雪"是宝钗最恰当的写照。她含蓄浑厚，沉默端庄，对待生活的态度如山外隐士般淡然超脱。

宝钗住的蘅芜苑"雪洞一般，一色玩器全无，案上只有一个土定瓶中供着数枝菊花，并两部书，茶奁茶杯而已。"青春妙龄的千金小姐闺房，竟是一片万物凋敝的冬日之景。那时因她认为物是为人所用而非其他，每一份讲究都是执念。这样的心性，除了闲云野鹤的岫烟，也只宝钗能有了。

宝钗和岫烟，虽一贫一富，却有着同样的本质。岫烟是处

于贫寒中安之若素，宝钗是生于富贵中淡然处之。芦雪庵联诗一节里，人人穿了名贵的羽缎羽纱大红斗篷，岫烟身着家常旧衣丝毫不卑不馁，谈笑自若，真有些魏晋名士之风了。她提笔写下的那句"浓淡由他冰雪中"，是自身态度的写照，用在宝钗身上也正恰当。

宝钗平时不言不语，事事不露锋芒。可当宝玉自以为悟了禅机，宝钗微微一笑道出了六祖惠能的典故，委婉地告诉他禅之深之厚，非是一两句偈子可以说透的；看了黛玉的药方，宝钗看出了以黛玉之体弱，益气补神也不宜太热，给出了更高明的食疗方子"冰糖燕窝粥"；惜春要画园子图，她又列出了一大堆笔墨工具，连粗碟子要先抹酱再上火烤才不裂开都知道；王夫人要买人参，她又说出参行掺假的把戏，亲自走了一趟"叫哥哥去托个伙计过去和参行商议说明，叫他把未作的原枝好参兑二两来。"不是事情赶到那里，谁知道宝钗懂这许多？

湘云兴冲冲盘算着做诗社的东道，宝钗又一眼看出她的力量不足，策划半天皆不妥当，在心里暗暗替她筹划好了，才小心翼翼和和软软地与她商议："你千万别多心，想着我小看了你，咱们两个就白好了。你若不多心，我就好叫他们办去的。"使受助者不尴尬才可谓之善。若不是湘云对老太太说出"是宝姐姐帮着我预备的"，宝钗绝无意张扬，她始终如冰雪般素淡而清冷。

金钏跳井，三姐自刎，宝钗说：

"她（金钏）并不是赌气投井。多半她下去住着，或是在井跟前憨顽，失了脚掉下去的……纵然有这样大气，也是个糊涂人，不为可惜。"

"天有不测风云，人有旦夕祸福。这也是他们（柳湘莲和尤三姐）前生命定。"

在活生生的性命消亡时，怎么可以这样冷漠呢？可再看她说完这话后做的两件事，似乎能明白些什么。一件是拿出自己的新衣服给金钏做了装裹，另一件是劝母亲兄长丢开对柳湘莲和尤三姐的悲伤，打起精神请一请随哥哥外出归来的伙计。

其实，有生就有死，本是人间寻常事，且那些人已无法挽回，与其跟着一起哀婉叹息，倒不如假装轻描淡写地掠过，使生者少一些悲痛和罪感。"冰冷绝情"的宝钗有着"放下"和"怜取眼前人"的大智慧。

素白花蕊配制的冷香丸、奇草仙藤愈冷愈苍翠的蘅芜苑，皆是宝钗冰雪气质的烘托和渲染。贾母在见了宝钗"雪洞"般的屋子后说道："年轻的姑娘们，房里这样素净，也忌讳。"在这样的富贵场中锦绣堆里，老太太没料到竟有一处素净得如同禅房一样的地方，她隐隐觉出这样的画面似乎暗示着什么，赶紧拿出梯己朝热闹方向布置。可是，宿命岂是人力可以改写的？宝钗注定是冬日冰雪一样的结局，冷清而肃穆。在宝玉出家之后，她将夜夜对着空屋，"冬夜夜寒觉夜长，沉吟久坐坐北堂"，沉静着，端庄着，在冷冷清清中度过一生。

绣春囊，大厦将倾的前兆

日子如丝如缕，一寸一寸织成，偶然间的一个小跳线就能改变了原来的花纹走向。

晚上的怡红院即将熄灯了，赵姨娘的丫头小鹊突然跑来向宝玉说了一句"你仔细明儿老爷问你话"，一时间公子懵了丫鬟急了，这可怎么好？书是背不过来的了，不如装病。就这样，大观园诸多人的命运随着小鹊一句话猛然转了弯。

装病就装病，可晴雯万万不该教宝玉演"吓着了"这场戏。一个众星捧月的"凤凰蛋"竟被夜晚墙上人影吓病了，堂堂荣国府的安保大队是干什么吃的？这边是贾母亲点兵，疾风暴雨查出了二十多个值夜班赌博的人，那边是犯事的下人们求亲央友，托关系想从轻发落。事情还未完，邢王二夫人等也都不敢擅自回房。邢夫人等得无聊，信步到园子里走走，这一走，就遇见了拾绣春囊的傻大姐。绣春囊如一张大幕，将精彩大戏正式拉开。

邢夫人长舒了一口气：终于等到这一天。一直以来，她的地位颇尴尬。一个长房媳妇，地位却在二房之下。弟媳王夫人出身于"四大家族"之一的王家，论势力，比嫁妆，都是她望尘莫及的。且人家是原配，她只是填房。王熙凤抢白贾琏时就说，把我们王家的嫁妆拿出来跟你们贾家比一比，说得极有底气。何况王夫人的儿女也是比不了的，贵妃娘娘元春、宝贝疙瘩宝玉，二房里，就连姨娘生的探春也不一般。南安太妃来了，贾母只让这一个孙女出来见客，惜春是宁府的人这也罢了，长房的迎春竟似有如无。提起邢夫人的夫君大老爷贾赦来，婆婆也是一个劲儿的看不上眼，贾赦都忍不住在中秋时说了个老太太偏心的笑话，更何况她这儿媳，心里能不抱怨？贾琏凤姐这对儿子媳妇倒是无限风光，可人家"捡高枝飞"，说起来都是气！妒火中烧，邢夫人憋得够够的了，可巧遇见了傻大姐拿着绣春囊，真是天遂人愿！

你二房里那么能，鲜花着锦烈火烹油的，怎么如今也出来这个了？一个花园子里，住的是未出阁的姑娘和寡居的奶奶，山石子上竟摆着这么个"宝贝"，我倒要看看你王夫人怎么解释！

于是，邢夫人的心腹人王善保家的拿着绣春囊来找王夫人了。

这王善保家的也是好容易得了这个机会。像她这样的婆子平时是入不了那些丫头们的眼的，这也难怪，宝二爷说的，老女人不过是些鱼眼珠子，连给他吹汤倒茶的资格都没有，所以"素日进园去那些丫鬟们不大趋奉她，她心里大不自在，要寻她们的故事又寻不着，恰好生出这事来"。她和主子邢夫人一样，终于借绣春囊赢得了和对手决斗的机会。

这是一场不公平的比赛。一方有心竞争，另一方却毫不知情。王夫人一片信任地将绣春囊事件交由凤姐和王善保家的处理，丝毫没觉得人家要的是她的好看。丫鬟们就更不知情了，司琪、入画、芳官等人，皆被"杀"了个措手不及。

抄检大观园之前，只有晴雯有心理准备。她已被传唤过一次了,知道有人背后下蛆,也知道自己在怡红院留不住了。所以王善保家的一吆喝"这谁的箱子,怎不打开让搜?"晴雯气呼呼冲出来把箱子兜底一倒——不但有"风萧萧兮易水寒"的悲壮,且和王熙凤说嫁妆时一样,此时的晴雯也极有底气,心里没鬼,怕什么天黑?让你敞开搜!

其实晴雯的箱子搜不搜得出东西来都无妨,已被定性为狐狸精了,搜得出证明领导智商高,搜不出说明敌人太狡猾。欲加之罪何患无辞?

可怜的是入画。一个不言不语的小姑娘,父母不在跟前,她和哥哥边打工边攒钱。兄妹俩好容易攒了一大包金银锞子,却遭受"池鱼之殃"被抄了出来。"官盐变成了私盐"之后,极有可能是被没收了。入画也因此丢了一份人人羡慕的好工作。

小戏子们被撵出去只是个时间问题,看她们聚党打群架的架势就知道了。最关键的人物是司琪。绣春囊保不准就和她有关。早在第二十七回里,小红到山坡上找凤姐时,就遇见司棋从山洞里出来站着系裙子。后来鸳鸯又无意看见她和表弟潘又安在桂树下假山石后幽会。

王善保家的向王夫人献计时说过:"那时翻出别的来,自然这个(绣春囊)也是他的。"现在司琪箱子里又是同心如意,又是情书的,绣春囊倒被这些物件比下去了。

司琪的落网是整个事件的转折点,陡生这么一幕,使本来趾高气扬的抄检方立马矮了气势。迎春的丫头是大房赦老爷家的人,又是抄检专项行动组执行长官王善保家的外孙女。王善保家的从献计,到参与,到看不懂形势被探春抽了嘴巴子,都没到最高潮情节,直到从司琪箱子里搜出情书,王家的才从高潮处以跌落的形式谢幕。一个晚上,她在脸上和面子上双双挨了一巴掌,实在是尴尬,只能自己打着自己的老脸骂:"说嘴打嘴,现世现报在人眼里。"她虽如此,司琪却毫无惧色——前者将虚荣脸面看得比天高,后者已结结实实抱定为爱情殉身的决心。

事情真巧，早晨起来贾府的人们还在议论甄家"自己家里好好的抄家，果然今日真抄了"，原来甄家也曾上演过这种自己抄检自己的闹剧，而后成谶，果然被朝廷治罪抄了家。贾府随后踏着甄家的脚印就跟上来了，急得探春发飙落泪。王善保家的还搞不清状况，一副台前嘚瑟的愚昧相，不揍你揍谁？

去年夏天，府中也是不消停，茉莉粉蔷薇硝玫瑰露茯苓霜等各种折腾，还夹杂着偷盗、私情种种因由。那时主子们都去皇陵为老太妃送殡，倒是平儿拿的主意正："大事化为小事，小事化为没事，方是兴旺之家。若得不了一点子小事，便扬铃打鼓的乱折腾起来，不成道理。"随即轻拿轻放，尘嚣落定。转眼不到一年，就这样乱得人心惶惶起来。

翌日，晴雯死了，司琪没多久也自杀，入画被尤氏领回，不知结果，芳官等小戏子落到两个拐子尼姑手里，不可能有什么好下场。丫头们损兵折将溃不成军，另一方也没得什么便宜。不但王善保家的自己打脸，邢夫人那边出了司琪这位为爱情不顾一切的丫头也弄得没话可说，连王夫人这个总策划都成了众人不敢言说的笑柄，杀敌一千自损八百。何况宝玉为了这事病了一月有余，原是为他而起，绕了一圈又回到他身上来。还不如那夜认真背背书，实在不行挨父亲两句骂也罢了。好过今天这种结果：想出气的生了气，想得脸的打了脸，无畏的赴了死，有情的殉了情，蹦跳的熄了火，清醒的发悲声。整个事件仿佛是个圆，全都自己搬起石头砸了自己的脚。

晴雯出主意让宝玉装病，引出了搜检赌博，老太太生了气众人才不敢回家，邢夫人才会遇到傻大姐，王善保家的才有机会在王夫人面前下蛆；王善保家的一心要拿别人的错长自己的脸，结果挨嘴巴子的是她，抄出外孙女私情"啪啪"打脸的也是她；邢夫人想借此灭灭妯娌的势头，却拿住了自家丫头的错；宝玉装病，果然郁闷成疾病了一场……挖坑的人最先落一身土，这才是最可信的因果。

抄检的闹剧谢幕，幕后的悲剧才刚刚开始。当越来越多的人打起小算盘，越来越少的人顾及大局时，整个府邸就如一个被吸去内力的练武之人，脆弱得连轻轻一巴掌都承受不住。绣春囊虽小，引出了"百足之虫死而不僵，必须自杀自灭"的场景，为稍后的故事打好伏笔。此时，死的死散的散，怡红院中海棠树也枯死了半边，老太太存着的指头粗的好人参，大夫看了说"虽未成灰，然已成了朽糟烂木，再无性力"——宏观上轰轰烈烈，微观上却满目萧然。之后，湘云和黛玉吟出了"寒塘渡鹤影，冷月葬花魂"这样惊心的诗句，妙玉续诗中直接写实：箫增嫠妇泣（中秋家宴时月下听箫，听哭了老太太），随后，连宁福祠堂里的祖先也发出叹气声……这一切，仿佛都在昭示着贾家在下坡路上疾驰而去，再不回头。

张道士为何给宝玉提亲？

端午节前，贵妃赏赐了礼物，又拿出一百二十两银子，叫在清虚观初一到初三打平安醮，唱戏献供。元春为何选在端午节前打醮呢？古人认为，五月是凶月，五日是恶日，所以大家在端午节这天扎艾草、挂菖蒲、点雄黄驱除"五毒"。打醮也是一种请神灵保佑幸福，免除灾难的祈福活动。元春打醮不要紧，打出多少故事来！

清虚观唱主角的是张道士。

张道士曾被两代皇帝称为"大幻仙人""终了真人"，倒不是因为他道行多高，只是因他是当年荣国公出家的替身。张道士很会办事，他一见贾母的面，先念了句"无量寿佛"，即是佛号又是在称呼贾母，祝愿贾母，紧接着就说"别的倒罢，只记挂着哥儿，一向身上好？"不问老太太好不好，却打听宝玉，这里面大有讲究。宝玉是老太太的心尖宝贝，张道士惦记着宝玉更能讨老太太欢心，也为他下一步提亲做好伏笔：

前日在一个人家看见一位小姐，今年十五岁了，生得倒也好个模样儿。我想着哥儿也该寻亲事了。若论这个小姐模样儿，聪明智慧，根基家当，倒也配得过。

张道士自己说："小道看着是八十多岁的人了"，替荣国公出家也快一辈子了，他却修行得这么热衷于在红尘中说亲，这老道是怎么修行的？果然只是个替身的格局。

贾府家大业大，府里经常有些出家人走动：地藏庵的圆心，水月庵的智通，还有个宝玉的干娘马道婆。这些人说是来"看望看望"，或者"送供尖儿"，总之都是一番好意，不过这些好意都不便宜。王熙凤在芦雪庵接贾母回屋吃饭时说："我想姑子必是来送年疏，或要年例香例银子，老祖宗年下的事也多，一定是躲债来了。我赶忙问了那姑子，果然不错。"话虽是玩笑话，姑子来要银子却是真的。年例银子还是小意思，像那马道婆，认了宝玉这个干儿子，逢年过节生日庆典之时来得就更勤了。哪回能让她空着回去？马道婆也有口才，看见宝玉烫了脸，立马编出个"富贵人家孩子总有许多促狭鬼跟着，多有长不大的"谎话来，几句话就骗得贾母一日五斤香油钱。一日五斤，一个月三十日，且是旱涝保收的，这可比刘姥姥打秋风强多了！她再四处转转，看哪位奶奶还能再舍点什么，顶不济还能要几块零碎缎子做双鞋呢！就连赵姨娘这样的，也时常送个几百钱托她在菩萨面前上个供，上供钱虽然每次都照收不误，可究竟上了供没有，只有菩萨知道罢了。像那水月庵、地藏庵的姑子们，都可以在贾府发发财，运气好了还能拐两个芳官、蕊官这样的丫头去使唤。唯有张道士不能。这次的打醮，若不是元春让太监传出话来在清虚观打，张道士还不能近距离接触到贾母等一干人呢。

他一个道士，又不是姑子，不能随意出入贾家的内宅，进都进不去，自然是有多少本事也使不出来的。再说他是荣国公的出家替身，按辈分是贾赦贾政的长辈，也没有做长辈的没事儿给晚辈们请安的理，他只能守着清虚观"修行"罢了。

可是，不甘心啊！

和妙玉一样,张道士出家也非自愿。买替身这种事当然是富贵人家才买的,但是卖给人家当出家替身的就是贫苦人了。张道士贫苦人家出身,或许是和袭人家当年一样,就剩他还值几两银子,没有个看着老子娘饿死的理。所以出家对于他来说只是职业,又怎么会清心寡欲的修行呢?身在清虚观,心在红尘中,张道士好容易等到个打醮的差事,他可是做足了功课的,连夹烛花这类小事都指派了小道士,责任到人。说话很是拿捏得有分寸,一会儿哭一会儿笑,比王熙凤还夸张。和老太太见了面,张道士先提两个人,一个是眼前的宝玉:"我看哥儿的这个形容身段,怎么就和当年国公爷一个稿子!"一个是早就离世的荣国公(宝玉的爷爷):"当日国公爷的模样儿,爷们一辈的不用说,自然没赶上,大约连大老爷,二老爷也记不清楚了。"这俩人都是老太太心上最放不下的——抓住机会,争取给老太太留下深刻印象,真是使出了浑身解数。说国公爷的样子连大老爷、二老爷都不记得了,并不是单纯是带老太太回忆亡夫,还意在亮身份,他说这句话是对着贾珍说的,你的爷爷你不记得什么样子了吧?你的叔叔们也未必记得了,谁记得呢?我记得!我当年那可是国公爷的替身,你们可别忘了我啊!

一晃大半辈子过去了,当年的荣国公驾鹤西去了好多年,人走茶凉是自然现象。张道士可不能等着这层关系慢慢变冷。如果给宝玉提亲成功了,岂不是又和贾府套上一层关系吗?可惜,这事刚说出来就被贾母拦了。张道士马上启动第二套方案:送礼。金的玉的一大堆,"或有事事如意,或有岁岁平安",既吉庆又漂亮,如果能有那么一两件入了宝玉的眼,让他佩带在身上,贾母也好,王夫人也好,岂不就能时常"睹物思人",想起清虚观还有他这个张老道吗?贵人一动念,指不定就时不时送些钱呀物的,再没事儿让宝玉去给这个张爷爷请个安磕个头的,关系不就越来越近了?

"哥儿便不稀罕,只留着在房里玩耍赏人罢了"这本是句客套话，就如南安王妃给宝钗探春等人金玉戒指和腕香珠时一样："你们姊妹们别笑话，留着赏丫头们罢。"谁知宝玉偏偏听不出来，拿过来立马就要送给穷人，眼看一番心血又要付之东流，张道士慌忙拦住，话说得也在理："若给了乞丐，一则于他们无益，二则反倒糟蹋了这些东西。要舍给穷人，何不就散钱与他们。"宝玉听说，便命收下，等晚间拿钱施舍罢了。说毕，张道士方退出去——此时他一定在心里发自真心地念了一句佛。我的小爷呀，可算留下了，真险！

　　一场清虚观打醮，表面上是贵妃娘娘做好事，实则情节迭起。画面从贾府转到清虚观，给了张道士一个大大的特写，却没给他一个心满意足的结局。宝黛二人为提亲的事闹了个天翻地覆，"一个在潇湘馆临风洒泪，一个在怡红院对月长吁"，这位小爷不但不感激张爷爷的情儿，还发誓再也不见他了，老太太也因两个小冤家闹别扭没心思再去清虚观看戏。张道士铆足了劲，却落得如此结果，从此后，他再没出现过，像消失了一样被贾府忘记了。

"宝玉命中不该早娶" 只是个幌子

黛玉初进贾府,贾母就一把搂在怀里"心肝儿肉的"哭个不住,住下后,更是一时一刻都挂在心里,"寝食起居,一如宝玉",把迎探惜三个亲孙女都比下去了。其实,在宝黛初见时,贾母未必不提着一颗心,倘或黛玉和家里那个"混世魔王"相处不好,老祖宗一颗心岂不要拆成两半了吗,可怎么处?直到宝玉说了那句"这个妹妹我曾见过的",贾母才算放下心来:"更好,更好,若如此,更相和睦了。"

一年大,二年小,俩孩子越来越亲密,一似水月一如娇花,谁看了都会觉得这是一对,何况把他俩放在心窝里的老太太呢?要么凤丫头怎么借着茶叶的话头打趣黛玉:"你既吃了我们家的茶,怎么还不给我们家作媳妇?"凤姐是最能揣摩老太太心思的,虽善开玩笑,可她的玩笑都不是随便乱开的。其实何止凤姐,就连小厮们都知道:"他(宝玉)已有了,只未露形。将来准是林姑娘定了的。因林姑娘多病,二则都还小,故尚未及此。再过三二年,老太太便一开言,那是再无不准的了。"

奇怪的是,小道消息满天飞,"官方"却一直不表态。比宝黛年龄小的湘云都名花有主了，他俩还时不时为个什么"金锁""金麒麟"的暗中闹腾着，那层窗纸，谁也不敢碰。后来就连紫鹃都急了，一个"情辞试忙玉"闹了个天翻地覆。

一听说黛玉要回苏州，宝玉"急痛迷心"先死了半截儿。黛玉听见宝玉神志不清了，将刚喝下去的药一概呛出，咳嗽得喘不过气来。这个情形，谁看了心里不跟明镜似的？紫鹃导演的这一出险象环生的大戏，已将宝黛那暗潮涌动的爱情挑到了水面，只还隔着一层薄薄的水草。

可是，宝玉明明连"要去连我也带了去"这样深情的话都喊出来了，众人却都选择了装聋作哑。薛姨妈故作轻松地说："这并不是什么大病，吃一两剂药就好了。"老太太只管哄着宝玉：没姓林的来，凡姓林的我都打走了。王夫人不言语。大家都宁可承认"宝玉本来心实，可巧林姑娘又是从小儿来的，他姊妹两个一处长了这么大，比别的姊妹更不同。这会子热辣辣地说一个去，别说他是个实心的傻孩子，便是冷心肠的大人也要伤心"这样的话。原来紫鹃再急，也叫不醒一群装睡的人。

其实，装睡也是无奈之举。那个社会不允许儿女私情，若挑明了二人有情，别说黛玉一个姑娘家，就连宝玉的名声也不好听，正如袭人所说"二爷一生的名节岂不完了？"何况，宝二奶奶的人选尚未尘埃落定，轻举妄动岂不自乱阵脚呢？

王夫人心目中的儿媳是宝钗，自己妹妹的女儿，又比黛玉随分从时，看她在凤姐小产不能理家时安排的"临时工作组"就有些意思：第一个李纨，虽然尚德不尚才，可毕竟是儿媳，是自己人；探春是她名义上的女儿，虽是庶出，却是一心向着嫡母的，况且也有理家的能力；可是宝钗呢？一个借住的亲戚，她怎么好插手管你贾家的事？这样安排，王夫人很可能是要宝钗提前历练一番的。

贾母的心思人人看得出来。王熙凤和平儿暗地里算家账时说过"宝玉和林妹妹他两个一娶一嫁，可以使不着官中的钱，老太太自有梯己拿出来"——给两个玉儿成婚,贾母早就有所准备了,凤姐这是将两件事当作一笔账来算的。

清虚观打醮时,张道士给宝玉提亲:"前日在一个人家看见一位小姐,今年十五岁了,生的倒也好个模样儿。我想着哥儿也该寻亲事了。若论这个小姐模样儿、聪明智慧、根基家当,倒也配得过。但不知老太太怎么样……"趁这个机会,贾母放出话来:"上回有和尚说了,这孩子命里不该早娶,等再大一大儿再定罢。你可如今打听着,不管他根基富贵,只要模样配得上就好,来告诉我。便是那家子穷,不过给他几两银子罢了。只是模样性格儿难得好的。"

就在说这话的前一天,元春刚赏赐了端午节的礼,黛玉和贾家姑娘们的是宫扇和红麝香珠,宝玉和宝钗却另外多着"凤尾罗二端,芙蓉簟一领"。不但礼物独他俩的一样,多出来的东西一项是丝织品,另一项是竹席,这是多么容易让人联想到床上的一铺一盖啊!心思细敏的黛玉暗中伤着心:"比不得宝姑娘,什么金什么玉的,我们不过是草木之人。"就连宝玉也诧异了:"怎么林姑娘的倒不同我的一样,倒是宝姐姐的同我一样?"

原来,不只王夫人怀着成全"金玉"的心,宫里的贵妃娘娘也是支持"金玉姻缘"的。在贾母看来,事情到这一步倒有些棘手了。所以第二天她借王道士提亲说了那样一番话。细细品味之下,意思很明显:

宝玉的亲事"等再大一大儿再定"——你们最好都别急着提这事;

"只要模样配得上就好"——不要把富贵根基看那么重!未必非要在富贵人家选(比如皇商薛家),模样好的就算没了父母的也行(比如黛玉)。

只要先拖住眼前,再过几年老太太一开言就给两个玉儿做主成婚,这些"金玉之说""端午赐礼"姑且全当它是浮云。

可是"老健春寒秋后热",贾母那么大年纪了,万一有个闪失呢？紫鹃替黛玉愁的没错："无父母无兄弟，谁是知疼着热的人？趁早儿老太太还明白硬朗的时节，作定了大事要紧。"可谁来做定这件大事？挂着金锁的宝钗越来越让众人满意，就连贵妃也开始偏爱她了。宝玉那句自己心里也没底的"你放心"，不过想宽解一下林妹妹的心罢了——你放心，"我心里除了老太太老爷太太，第四个就是妹妹了"；你放心，"活着，咱们一处活着，不活着，咱们一处化灰化烟"……可就连薛蝌和邢岫烟也订了婚，更别说比他俩都小的宝琴早就许给梅翰林家的事了，宝玉的亲事却一直拖着，谁能放心？

其实大家心里都很急。

支持"金玉"的王夫人不敢硬主张，元春也不好太直接，只能用礼物暗示一下。倘若时候不到把事情弄急了，老太太一驳回该怎么处？"百善孝为先"，元春虽是贵妃也不好和祖母争执，何况王夫人呢。可贾母为何也迟迟不开言呢？她在顾虑什么？

婚姻大事理应父母做主，这点倒不足虑，宝玉是跟着老太太长大的，老太太给他做主也说得过去。让贾母心里一直暗暗为难的倒是另一件事：黛玉的身份。

虽说吃穿和贾府小姐们一样，可黛玉毕竟不同于贾家姑娘们，她和宝玉是姑舅表兄妹。只因宝玉是一直在内帷娇养着的，所以他们才得以在一处毫不避嫌，一起作诗饮酒占花名，赏花吃蟹开玩笑都使得。倘或过早挑明这层窗纸，把黛玉许给宝玉，那时还如何能这般相处呢？

宝琴和湘云订婚早，但她们都有自己的家，并没和婆家人住在一起。岫烟和薛蝌订婚之后，连只顾自己的邢夫人还想到要把岫烟接出去住呢，可见这些规矩是错不得的。

试想贾母给宝黛定了亲，黛玉就不再是借住的小姐身份，而是未过门的媳妇，可她又无处可去，只能住在婆家……这样的处境和童养媳有多大分别呢？到那时，敏感细腻的黛玉，想

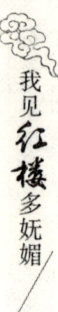

想自己一步比一步更加尴尬的处境,她如何不任眼泪"秋流到冬尽,春流到夏"?

再说宝玉,自幼被贾母宠坏了的,命根子一样的通灵玉还说砸就砸呢,让他没成亲前的几年都不能和林妹妹见面,不闹出点乱子来才怪呢!听黛玉病中对宝玉说的那段话:"我也好了许多,谢你一天来几次瞧我,下雨还来。这会子夜深了,我也要歇着,你且请回去,明儿再来。"这都是仗着兄妹身份遮掩才能做的事,未婚夫妻这样"一天来瞧几次",就连小门小户也不允许呢,何况是贾府这种诗礼簪缨之族?

而且黛玉和宝玉定亲后,她在姐妹中的地位也会有所变化,"林姑娘"成了"二嫂子"。媳妇和女儿的地位可是很不一样的。清虚观打醮时,老太太带着姑娘们一出来,贾珍即吩咐贾蓉:"还不骑了马跑到家里,告诉你娘母子去!老太太同姑娘们都来了,叫她们快来伺候。"平日里,李纨和凤姐为姑娘们服务也是常有的事情。过早的定亲,不但黛玉身份尴尬,还要从被人服侍的千金娇客变成照顾众姐妹的小媳妇,别说目无下尘的黛玉做不来,贾母哪里舍得呢。

且贾母又是个最喜欢玩乐的人,元宵节、中秋节,都是她带着满堂儿孙击鼓传花饮酒猜谜。两个玉儿围在身边是她的"开心果",老祖宗心里一乐,地下的雪也看着更白些,天上的月也觉得更圆些。若早早给他俩定了亲了,必然要互相回避着的,热热闹闹的家宴中,她跟前不是少了眼珠子一样的宝玉,就是少了心尖子一样的黛玉,多让老祖宗扫兴?

"和尚说宝玉命中不该早娶"不过是老太太的借口罢了,她是想拖住众人提亲的话头,等着她的外孙女黛玉再长大一些。那时她再开口促成"木石姻缘",既避免了黛玉的尴尬和委屈,也不会因过早订婚让两个孩子忍受彼此不能见面的相思之苦,还可让宝黛一直承欢膝下,岂不万全?

若抛开书中人物的感受,单就小说情节的创作说,过早地促成这件事也会使后面的情节容易平淡，且脱离了"还泪"故事的本源。可笑在八十回后的续书里，高鹗将贾母写成了厌恶黛玉、和凤姐一起实施"调包计"之人，不知曹雪芹看了会不会像黛玉那样，哭诉一篇《葬书吟》？

宝钗愿做"宝二奶奶"吗?

提起宝姐姐,不少人不喜欢。原因无非觉得她有心机、善表演,或者认为她揣着一颗想当"宝二奶奶"的心破坏"木石前盟"。那么宝钗进贾府,真的是为了一个宝玉吗?姑且说之,姑且听之。

一、和尚的话是真的假的?

宝钗进府后,随之而来的就是"金玉之说",薛家说"金锁是个和尚给的,等日后有玉的方可结为婚姻"。这话让人生疑,和尚平白无故管这些事干吗?

其实细想想,《红楼梦》里的和尚道士是谁?就是茫茫大士、渺渺真人的幻相啊。这二位仙师把通灵玉带入凡间只是顺便,他们的真正目的是促成绛珠草还泪之愿。灵河岸上三生石畔的绛珠仙草,因为得了赤瑕宫神瑛侍者的甘露灌溉才得久延岁月。听说神瑛侍者要下世为人,她正要趁此机会也去人间走一遭,把一生所有的眼泪还了神瑛,以报他的甘露之惠。

既要还泪，总要有个因由，不然，黛玉天天为点子荷包扇坠之类的小事跟宝玉闹别扭，岂不太琐碎不值了？二仙师说过：因此一事，就勾出多少风流冤家来，陪他们去了结此案。既然和尚道士要促成此事，总得做点什么吧？

和《西游记》中暗中保护唐僧的护法伽蓝们一样，和尚道士也是随时关注这一案的动向的。宝玉被马道婆的魔魔法差点害死，仙师们出来救场了。不然，神瑛魂魄归天，故事还怎么继续？泪还怎么还？宝钗有宿疾，也是和尚道士给的海上方，又是四季花蕊又是无根之水的配制冷香丸，好让她吃了，顺顺当当地履行人间的角色安排。

黛玉天生爱哭，却不过是为了小事，小时候这样也就罢了，长成大姑娘还哭哭啼啼的没完总要有点理由吧？不放出"金玉之说"，怎么让黛玉的眼泪从"秋流到冬尽，春流到夏"呢？

这个"金玉之说"简直和《西游记》中那句"吃了唐僧肉能长生不老"如出一辙，一个为"还泪之事"加料，一个为"八十一难"打基础。

二、谁是"有玉的"那个人？

宝钗是个典型的淑女，她是严格按照当时的社会标准来要求自己的。黛玉总想着逗诗才，宝钗却认为作诗这个事情是不值得说的。"金鸳鸯三宣牙牌令"中，黛玉不小心把和宝玉一起看过的《牡丹亭》《西厢记》中的句子说了出来。宝钗劝她："咱们女孩儿家不认得字的倒好。男人们读书不明理，尚且不如不读书的好，何况你我。就连作诗写字等事，原不是你我分内之事……你我只该做些针黹纺织的事才是，偏又认得了字，既认得了字，不过拣那正经的看也罢了，最怕见了些杂书，移了性情，就不可救了。"

连宝琴写的怀古诗，最后两首《蒲东寺怀古》和《梅花观怀古》说的是张生和崔莺莺，杜丽娘和柳梦梅的故事，宝钗也觉不妥，让宝琴"另作两首为是"，还是黛玉给拦下了，说三岁孩子都知道的事，至于么？

遍看《红楼梦》，宝钗时时刻刻是端庄娴雅的，正如她的白海棠诗"珍重芳姿昼掩门"，她就是按此要求自己的。这样一个信奉封建礼教的宝钗，自然认为终身大事理应父母做主，她只怕连心里想一下也是不肯的，何况主动去追求宝玉呢？

更何况，和尚道士虽说"有玉的方可婚配"，这话怎么理解？豪门大户有几人是无玉的？

王熙凤一出场就戴着比目玫瑰佩。岫烟来了没几天，精细的探春见她没有饰物，送她一块碧玉佩，原因是"见人人皆有，独她一个没有，怕人笑话"……看吧，富贵人家佩玉是"人人皆有"的。"浪荡子"琏二爷送给尤二姐的不就是块"九龙佩"吗？还是汉玉呢。有玉的何止一个宝玉而已？宝钗一出场是为"充为才人赞善之职"而来的，那么皇帝、王爷更该有玉了。

薛家是皇商，富而不贵，这也是他家在四大家族中排最末的原因。薛父死后，薛家一年不如一年，薛蟠是个"没笼头的马"，只知道喝酒闹事，没一点儿整理家业的心思，宝钗深知哥哥是指望不上的，所以一直留心针黹家计等事。针黹是女孩儿家该做的，这"家事"可就包括的太多了。提醒该请请伙计们的是她，告诉王夫人外面的人参掺假的也是她……湘云不认识岫烟当棉衣的当票，拿着问人，黛玉等也都没见过，当成一件稀奇物。宝钗为了不让人知道岫烟穷得连衣服都当了，哄她们说那"是一张勾了账没用的"。原来宝姐姐不但认识，还知道"勾账"一说，可见她平日里对家事操过多少心吧。假如宝钗能通过自己让薛家既富且贵，岂不是光耀门楣了吗？可惜……

端午节时，宝玉开了一句玩笑"怨不得他们拿姐姐比杨妃，原也体丰怯热"，宝钗登时恼了："我倒像杨妃，只是没个好哥哥好兄弟做的杨国忠的。"这是抱了多大委屈啊。待选一事自然是不顺心的,不然她早就"好风凭借力,送我上青云"了,宝玉此时拿"杨妃"比她,就如同在一个落地书生面前提状元郎的风光一样,她怎么不恼呢?

谁才是"有玉的"那个人?也许宝钗心里想的和别人并不一样。

三、宝钗和黛玉争过宝玉吗?

宝玉挨打时,宝钗给送了棒疮药,还说了句忘情的话:"别说老太太,太太心疼,就是我们看着,心里也疼。"

在一起时间长了,人非草木焉得无情,只是不是每种情都叫作爱情。湘云和宝玉感情更好,又给他梳头,又穿他的衣服的,无非是好朋友好"兄弟"罢了。

若说送药一节,还有一事需要提一下。后文中琏二爷被大老爷打伤,平儿急急忙忙来找药:"我们听见姨太太这里有一种丸药,上棒疮的,姑娘快寻一丸子给我。"可见薛家的药是医治外伤的良药,别处再不能有的。既有良药,薛姨妈遣宝钗送来也是正理。一则宝玉被打重了,此时只打发个下人送来显得不重视,长辈亲来又太兴师动众的,薛蟠又不便往"女儿国"一般的大观园中来,何况他也不在家,自然是宝钗送来最合适。看见表弟被打成那样儿,一时着急心疼也是有的。和黛玉哭得眼睛肿成桃子一比,宝钗就是个姐姐的姿态啊。

若宝钗真的把黛玉当作情敌,平日里怎么会是那种样子呢?

第二十五回里,宝玉被魇,经和尚道士一番救治平安无事了——闻得吃了米汤,省了人事,别人未开口,林黛玉先就念了一声"阿弥陀佛"。薛宝钗便回头看了她半日,嗤的一声笑。众人都不会意,惜春道:"宝姐姐,好好的笑什么?"宝钗笑道:"我笑如来佛比人还忙:又要讲经说法,又要普度众生,这如今宝玉,凤姐姐病了,又烧香还愿,赐福消灾,今才好些,又管林姑娘的姻缘了。你说忙的可笑不可笑。"这句话是接着宝玉被魇前王熙凤打趣黛玉那句话说的："吃了我们家的茶，怎么还不给我们家作媳妇？"

如果宝钗心里想着与宝玉婚配，还会这么开玩笑吗？

那次，宝钗欲到潇湘馆，忽然抬头见宝玉进去了，宝钗便站住低头想了想：宝玉和林黛玉是从小儿一处长大，他兄妹间多有不避嫌疑之处，嘲笑喜怒无常，况且林黛玉素习猜忌，好弄小性儿的。此刻自己也跟了进去，一则宝玉不便，二则黛玉嫌疑。罢了，倒是回来的妙。想毕抽身回来——知道他俩亲密，宝钗不想打扰。这和黛玉见宝玉拿着金麒麟时对湘云的不放心完全不一样啊。

端午节，宝钗见元妃赏的礼物只有她的和宝玉的一样，"心里越发没意思起来"。这些不都表明宝钗没受"金玉之说"的影响，也没将宝玉放在心里吗？

更有"金兰契互剖金兰语"一回，因黛玉诉说着自己的烦恼："我是一无所有，吃穿用度，一草一纸，皆是和他们家的姑娘一样，那起小人岂有不多嫌的。"宝姐姐为了开她的心，笑着说："将来也不过多费得一副嫁妆罢了，如今也愁不到这里。"这哪里是情敌的相处方式，分明是个暖心的大姐姐在逗忧愁的小妹妹玩儿。

在宝钗眼里，宝玉就是个长不大的孩子，吃人嘴上的胭脂，将"四书"以外的书都焚了，还惯会说些疯话呆话。这样的人，怎么让那个一心想振兴家业的宝钗喜欢得起来呢？

可能她的家庭有意成全"金玉"，毕竟薛姨妈和王夫人是亲姊妹，贾家又是"四大家族"之首。也或者选秀失败后，宝钗也重新考虑过这桩事，但以她的"守拙藏愚、随分从时"，是不会想和黛玉争夺宝二奶奶之位的。对于一切事情，她更愿意"任他随聚随分"。薛蟠有一次说她"见宝玉有那劳什骨子（玉），你自然如今行动护着他。"宝钗委屈得哭了。她不是被戳破心事着急伤心，而是真的感到委屈，一个严守封建道德要求的女孩子，哪里受得了这句话呢？可"树欲静而风不止"，本无心"宝二奶奶"之选的宝钗，一直被"金玉良缘"弄得无法撇清。

　　宝钗这个人物设计，是如牡丹一般大气富丽、如白梅一般冷静超脱的，她"任是无情也动人""淡极始知花更艳"。若说宝钗是千里迢迢戴着金锁直奔"宝二奶奶"的"宝座"而来，真有些"燕雀焉知鸿鹄之志"的意思了，不但太小看了她的心思，也太小看曹公的笔了吧？

"绣春囊"中的误会

宝玉初到"大观园"时,见了那座玉石牌坊,"心中忽有所动,寻思起来,倒像哪里曾见过的一般,却一时想不起那年月日的事了。"他在哪里见过呢?答案是:梦里。梦游太虚幻境时,他见过这样一处"金门玉户神仙府,桂殿兰宫妃子家"般的地方。现实中的大观园正是梦中的太虚境,住的也是几位"神仙姐姐"一般的姑娘。可就这样一个"幽微灵秀地",竟也有见不得光的事情。

那日,贾母的丫头傻大姐在园子里逮蛐蛐儿,在山石后面捡了一个绣着"春宫图"的香囊。邢夫人看见了,吓得一把攥住这个"绣着两个人赤条条的盘踞相抱"的东西,命傻大姐"不许告诉一个人,不然连你也打死",傻大姐连声答应着磕头而去。以这个痴丫头的头脑,想来她是不敢跟别人提半个字的。倘或捡到这东西的是个伶俐丫头呢?保得住守口如瓶?正如王夫人向凤姐哭着说的那番话:若被小丫头们拣着,出去说是园内拣着的,外人知道,这性命脸面要也不要?

贾母整治夜间赌博时说过一段意味深长的话:夜间既要钱,

就保不住不吃酒，既吃酒，就免不得门户任意开锁。或买东西，寻张觅李，其中夜静人稀，趋便藏贼引奸引盗，何等事做不出来。况且园内的姊妹们起居所伴者皆系丫头媳妇们，贤愚混杂，贼盗事小，再有别事，倘略沾带些，关系不小。

果然是过来人，一语道出最关键之处："再有别事，关系不小"，是些什么事呢？老祖宗不好明说。园子里住的都是千金小姐，容不得一丁点儿不严谨。袭人劝王夫人把宝玉挪出来时都说："倘或不防，前后错了一点半点，不论真假，人多口杂……二爷一生的声名品行岂不完了。"少爷还怕被闲话误了名声，何况是未出阁的小姐们呢？

大观园里处处是闺房，这里竟然出现了淫秽之物，如何了得！是谁把这种东西遗落在山石上的？

王夫人首先把怀疑对象定为晴雯，她见眼前这丫头病恹恹有春睡捧心之遗风，上来就给了一句："你干的那些事打量我不知道呢！"晴雯干了哪些事？只怕她自己都不知道。然后又对凤姐说"这几年我的精神越发短了，这样妖精似的东西竟没看见"。

"春睡""捧心"，在王夫人眼里都不是什么好词。春睡是杨贵妃醉酒之后的媚态，捧心是西施生病时的娇弱美姿，这二人均是历史上著名的"狐狸精"，一个导致了安史之乱，一个亡了吴国。晴雯既是这种货色，绣春囊不是她的是谁的？

为了让"清的清白的白"，王善保家的提议抄检大观园，她说："想来谁有这个，断不单只有这个，自然还有别的东西。那时翻出别的来，自然这个也是她的。"一番抄检，晴雯箱子里并没有值得怀疑的东西。她虽然生得好、爱打扮，却是十分清高自爱。她看不上打发宝二爷洗澡，席子上汪着水洗了两三个时辰的碧痕，也不屑于偷偷摸摸先下手为强的袭人，她怎会有这种东西呢？倒是在王善保家的外甥女司琪箱子中抄检出一些让人惊讶的物事：

一双男子的锦带袜

一双缎子鞋

一个同心如意

一封书信

　　打开信一看，真相大白。原来司琪和表弟潘又安早就情投意合，正商量着私订终身呢。按照王善保家的说法"翻出别的来，自然这个也是她的"，那么这香囊定是司琪的无疑了？

　　几天前，鸳鸯去园子里传话，要出来时已是二更时分。微月半天，树影摇动，这样清幽的景致中，鸳鸯无意中听见山石后面一阵衣衫响，再一细看，竟是司琪和一个小厮在那里幽会。幽会到"衣衫响"的程度，可见并非单纯说说体己话儿那么简单了。要说绣春囊是司琪丢的，恐怕连鸳鸯也会相信的。

　　可是，事情却仍有疑点。被鸳鸯撞破之后，司琪"挨了两日，竟不听见有动静，方略放下了心"。再看潘又安，就在"听不见动静"的时候，他吓得逃走了。接着司琪就病了。

　　"鸳鸯闻知那边无故走了一个小厮，园内司棋又病重，要往外挪，心下料定是二人惧罪之故，生怕我说出来，方吓到这样。"这只是鸳鸯自己这么认为的罢了。如果撞破他们的是个别人，也许司琪会不知所措，可这人是鸳鸯，司琪因与鸳鸯相厚，连幽会对象是姑舅表弟这么具体的情况都告诉了她，可见对鸳鸯有多信任吧。既然信任，鸳鸯也发誓不说出去，司琪又因何而病呢？

　　司琪性格极强，做事近乎悲壮。当初为一碗蒸鸡蛋大闹小厨房就让人见识了她的胆气。晴雯芳官她们再狂，也没狂到又砸又摔的份儿上。司琪就敢带着小丫头们冲进柳嫂子的小厨房，吩咐她们"凡箱柜所有的菜蔬，只管丢出来喂狗，大家赚不成。"这一招儿果然挑中柳家的软肋（这个差事是有油水的，不然秦显家的何必又托关系又送礼的想要接任？）吓得柳嫂连忙蒸了鸡蛋送去，全被司琪泼在地上了——不争鸡蛋争口气！

这样一个烈性子的丫头，骨子里颇有些绿珠红拂的品格。她想着：纵是闹了出来，那就死在一处，也不枉了这一片情深。谁知表弟竟这么不男人，一个人悄悄溜了。她因此断定自己看错了人，表弟是个没情意的，连气带恨，这才恹恹成了一病。

那潘又安也好没道理，连个动静都没有你还跑，这不是典型的始乱终弃吗？怎怨得司琪生气？可是，潘又安另有苦衷。

先看他写给司琪的那封信：上月你来家后，父母已觉察你我之意。但姑娘未出阁，尚不能完你我之心愿。若园内可以相见，你可托张妈给一信息。若得在园内一见，倒比来家得说话。千万，千万。再所赐香袋二个，今已查收外，特寄香珠一串，略表我心。千万收好。表弟潘又安拜具。

这信中的内容正和鸳鸯撞见的情形一样，他俩商量着秘密幽会，传信者：张妈。地点：大观园内。而且，这对情侣不止一次互赠过礼物，香珠、香袋都有。既如此，怎说香囊不是司琪丢的呢？

王夫人在刚刚看到那个绣着"黄色"画面的香囊时，第一个反应就是"自然是那琏儿那不长进的下流种子哪里弄来的"。为何这么说？王熙凤一个大家闺秀出身的管家奶奶，她从哪里得来这样东西？自然是闺中蜜意，柔情缱绻时丈夫所赠。凤姐是少妇，司琪还是少女，少妇尚且没那么大脸自己绣个"两个人赤条条的盘踞相抱"的香囊，何况司琪一个姑娘家？她虽和表弟情投意合，脑子里也未必能浮现出那种画面再绣出来，再说，作为缀锦楼的大丫鬟，贴身服侍小姐，又和其他丫头们天天一处玩笑，她什么时候能偷空绣个"小黄人"香囊呢？就不怕别人看见？若说这东西是司琪的，也定然是潘又安拿进来的。

那日傍晚两人正在山石后面私会，不想被鸳鸯惊散。潘又安满心羞惭惧怕，只顾着给鸳鸯姐姐磕头央告，慌乱之中，连带来的香囊掉了也未曾察觉。那香囊，他也许正打算在情浓之时送给表姐司琪，只可惜才刚刚开始就被撞散了，香囊也未及送出就弄丢了。从幽会到被惊散再到傻大姐捡到香囊，足足过了两三日。这期间究竟是没人看见这个东西，一直就在那里扔着，还是被女孩儿们看见过却羞于去捡？谁也不知道。可司琪竟然丝毫没想要出去找找，她的心怎就这么大？原因就是她根本想不到表弟带来这么个"宝贝"物件儿。倘或知道有这么个要命的东西丢在山石后面了，她怎会等了两日没动静就稍稍放心呢？

见潘又安逃走，司琪骂他"是个没情意的"，如果知道表弟逃走的原因是发觉将绣春囊丢在园子里，又无法言说，她是不是会稍稍理解他一下，不至于气成重病了呢？潘又安比司琪年小，少年人一时心乱没了主意也是有可能的，何况丢的那东西又不同于别的。虽有个相熟的张妈，却怎么张嘴让她递话给司琪"把绣着'小黄人'的香囊找回来"？百般无法可想，他急了两日，怀疑那东西早已被别人看见了，捡去了，拿着暗中传扬呢……种种可怕的画面在他眼前晃来晃去，越想越惧，他干脆一走了之。

鸳鸯是个好姑娘，可她万万想不到这件事里面有这么弯弯绕绕的情节——司琪尚且不知，何况是她呢？见病了一个跑了一个，鸳鸯还当全是因为怕自己说出去吓得，心中不忍赶紧过来对着司琪发誓："我告诉一个人，立刻现死现报！你只管放心养病，别白糟蹋了小命儿。"司棋也拉着她哭："你若果然不告诉一个人，你就是我的亲娘一样。从此后我活一日是你给我一日。"若绣春囊是司琪丢的，她定然清楚即便鸳鸯不说，丑事也断乎藏不住了，还指望什么活一日是鸳鸯给的一日？

抄检大观园时探春怒了，她哭着说：这是古人曾说的"百足之虫，死而不僵"，必须先从家里自杀自灭起来，才能一败涂地！——姑娘，你若知道这抄检的目的是为了保住你姊妹们的名声，还会这么气愤吗？和不明就里的司琪一样，人们只看见了明处来势汹汹的抄检，谁也想不到暗处还有个不能与人说的绣春囊。

　　真是造化弄人。绣春囊丢了，潘又安跑了，司琪被撵出园子，他们再没机会说清这其中细密的原委。一对有情人就这样因一个香囊生出误会，一个在外流浪，一个在家怨恨。

　　虽然怨恨过，可痴情的司琪最终还是选择了原谅。当潘又安重新出现在她面前时，她对母亲说：我是为他出来的，我也恨他没良心。如今他来了，妈要打他，不如勒死了我。又说：一个女人配一个男人。我一时失脚上了他的当，我就是他的人了，决不肯再失身给别人的……他到哪里，我跟到哪里，就是讨饭吃也是愿意的。

　　因司琪的母亲不同意这桩婚事，司琪撞墙而亡，潘又安也以死殉情。用悲壮的方式结束自己的感情，这正是司琪的性格，就如她大闹小厨房，和面对抄检的凤姐毫无畏惧时的表情一样。可惜这个刚烈的女子至死也不会知道，当初表弟逃走，是因为丢了那个想要送给她的香囊。

钗黛相加，是互补的人生

《红楼梦》第七回里，周瑞家的因到薛姨妈处回王夫人话去，薛姨妈让她把十二枝宫花儿给姑娘们和凤姐带回去。周瑞家的走了一圈儿，最后一站来到黛玉这里，黛玉不高兴了，她嫌"别人不挑剩下的也不给我"。黛玉的母亲是贵族，父亲是探花出身的巡盐御史，林家也曾是世袭侯爷，哪里在乎这两枝花儿？她争的是礼。在舅舅家借居是客，用餐时都是上上座，凭什么下人送花竟看人下菜碟儿，让贾家小姐们先挑选完才给她呢！这礼挑得对，所以周瑞家的才自知理亏不敢言语。

再看那些花儿，出自宝钗家。因为宝钗"从来不爱这些花儿粉儿的"，薛姨妈觉得白放着可惜了才送人的。就在刚才，周瑞家的到宝钗屋里，宝钗满面堆笑地让座，又陪着闲话家常，还细细告诉她"冷香丸"的药方子。这么一会儿到黛玉这里就吃了冷菜碟，两位表小姐的性格让她没法儿不在心里暗暗对比。

人人都道黛玉有小性子，嘴上尖刻，目无下尘。宝钗呢，品格端方，随分从时，不但湘云做梦都想要这样的一个亲姐姐，连小丫头都愿意找她去玩儿。

钗黛相加，是互补的人生

一钗一黛，人们议了又议，到底也没个定局。其实，这要什么定局呢？

黛玉率真，如人生的少年时代，眼里看的心里想的，不能憋着忍着，就得说出来。即便不能直接说，拐个弯也得让嘴上痛快了。宝钗劝宝玉别喝冷酒，黛玉借着雪雁送手炉的时机，酸酸地说："怎么她说了你就依，比圣旨还快些！"见宝玉和宝钗为杨妃之喻玩儿恼了，忍不住"面上有得意之色"。少年人，谁不曾这样过呢？

年长者调和矛盾时总爱劝解着说一句"他还年轻"。是啊，年轻就是资本，是欲长未长的雏苗，是即将抽枝的幼树，是有着无限上升空间的一片蓝天。所以我们爱率真的黛玉。相比之下年少老成的宝钗就显得不那么可爱了。是宝钗心机深吗？其实不是，只是经历不同。

黛玉从小被父母娇养，倘或金尊玉贵的生活没有倒塌，黛玉会成为一个什么样的人呢？从小多病的她，会不会也是买了诸多替身都不中用，最后只得自己出家，做一个像妙玉一样的庵堂小姐，用着名贵的杯子，喝着"梅花上的雪"烹的好茶。或者像慧娘一样，兰心蕙质，连做个女红都雅得不得了，流传于世，让世人珍藏密敛不舍得用。

可不管怎么讲究，怎么不俗，黛玉那些也还是官宦小姐的闲情逸致而已，她的生活是随意的，没有目的性的。宝钗不同。

宝钗初进贾府时并不打算常住，她随母兄上京来是有任务的：备选为公主郡主入学陪侍，充为才人赞善之职。她的家族使命是让她像元春那样飞上枝头变凤凰，让薛家脱了"皇商"的旧身份，一转身成了皇亲国戚"光彩生门户"。

宝钗做足了准备。你看她多强大，平时虽"罕言寡语"，可不经意间露出的那么一小手就够让人惊叹的。宝玉写诗，她说出"绿蜡"之出处，宝玉参禅，她讲了六祖慧能的典故，惜春要画园子图，她给列出了一系列的工具，最后还加上"生姜二

两,酱半斤"。

黛玉打趣她"要炒颜色吃"实在是外行话,原来"那粗色碟子保不住不上火烤,不拿姜汁子和酱预先抹在底子上烤过了,一经了火是要炸的"。可见宝钗有多精通吧!

看了黛玉的药方子,她又说出了"人参肉桂太多"的话,知道体虚之人益气补神也不宜太热。还给出了滋阴补气的食疗方子冰糖燕窝粥。小小年纪她怎么知道这么多呢?因为她一直都是一个备考书生的姿态的。

宝钗很累。薛父在世时"酷爱此女,令其读书识字",这可不仅仅是"酷爱",而是一番殷切的期望。宝钗如何不知?那小儿女情调的"金玉良缘"怎么入得了她的眼?遗憾的是,这事终究没成。使她在小小年纪,过早经历了大起大落,也就过早地把一切看作风轻云淡了。不仅不爱花儿粉儿的,她的屋子也"雪洞一般,一色玩器全无"。这哪里是个千金小姐的闺房,不知道的还以为是清修的庵堂。那清清冷冷的数枝菊花,还不如冬天栊翠庵如火的红梅热烈。

贾府的人个个有风格。宝玉爱红,身上时常穿着"大红剑袖""血点般大红裤子",黛玉喜欢"掐金挖云红香羊皮小靴""青金闪绿双环四合如意绦"中的精致,王熙凤更不用说,打扮得神妃仙子一般。宝钗处于这样人人锦绣的环境里,却自守恬淡。她的衣裳一色半新不旧,看去不觉奢华。那半旧的蜜合色棉袄,玫瑰紫色比肩褂,葱黄绫棉裙,都透着宝钗的温和和冷静。

衣着是一个人的性格。爱时尚者好热闹,喜奇装者希望被人关注,一味追求棉麻文艺范儿的人,指不定心里正是怕别人说他没风格呢。宝钗都不是,一切随缘,有什么就是什么,如释祖在菩提树下成佛却不刻意茹素一般。她知道每一份讲究都是执念。

金钏死了,王夫人心里一定不舒服,她去劝解,推断金钏不过是"失了脚掉下去的",若果真是赌气投井,那"也不过是个糊涂人,也不为可惜"。尤三姐和柳湘莲一个死一个出家,薛蟠得知后一路哭到家,宝钗却平静地给了一句"天有不测风云,人有旦夕祸福",随后就提醒哥哥该请一请伙计们吃个饭,酬谢酬谢他们了。不少人认为这是宝钗的无情。其实,生死本是人间常事,何必生而欢欣死而悲苦?生命本就是一个圆,从尘埃中生,最后也会到尘埃中去,与其纠结不如顾惜眼前。所以宝钗不悲,却甘愿把自己的新衣服给一个投井而死的下人做装裹。

让不可挽回的人和事随风而去,劝身边的人减轻痛苦,她不是冷酷,是明透。

一番选秀,宝钗已从最初"未到千般恨不消"的雄心向往,经过了"不识庐山真面目,只缘身在此山中"的失败迷茫,最后却归到"及至归来无一事,庐山烟雨浙江潮"的淡薄超然。宝钗学会了"放下",只愿人人岁月静好。

她会在湘云没钱做东道时替她筹办螃蟹宴,会在黛玉病中送去燕窝。她的礼物不分尊卑,挨门送到,连不招人待见的赵姨娘都有份。这些,和她劝解王夫人不必为金钏伤心、劝母亲哥哥不要为三姐湘莲挂怀一样,都是愿众生得安乐。此时的宝钗,是在修一颗菩提心,却被误会成心里藏奸,收买人心。众生皆有情,人心岂需收买?

宝钗早已不再纠结于滚滚红尘中的得失,选秀也好,金玉良缘也罢,不过是过眼烟云,不纠结于舍,不纠结于得,正是大自在。可她在这样的年纪里如此淡定,毕竟少了花季女儿该有的情怀。

黛玉生气时还不忘嘱咐紫鹃等大燕子回来,再把帘子放下来。这是对生活多么热爱!黛玉的爱是具体的集中的,她爱宝玉,为他时哭时笑,一会儿恼了一会儿好了,她惜落花,连宝玉要将花放在水中她都看不上,觉得不如装在绢袋里埋了,让它们随土化了才干净。太过执着往往事与愿违。老太太对刘姥姥说："只两个玉儿可恶。回来吃醉了,咱们偏往他们屋里闹去。"这浸满慈祥爱意的玩笑话却一语成谶,黛玉嘴里的"母蝗虫"喝醉了,果然"扎手扎脚"睡在了她宝哥哥那副"最精致的床帐"上。

与之相比,宝钗总是一副"万缕千丝终不改,任他随聚随分"的表情显得过于淡定。刘姥姥说"食量大似牛"时,湘云喷了饭,黛玉笑岔了气,探春乐到手软,连碗都扣在迎春身上了……贾母、王夫人、薛姨妈也是笑得说不出话来,却没见宝钗是何表情。想来她若忍不住笑了,也只是微微一笑就收住了吧?乡村老妪为求施舍故意的装丑卖乖,不是人人能体味的到那份悲凉。只有经历过挫折和失落的人才会对别人的境况多想一层,少说一句,有着更多的理解和包容。

宝钗像一位历经沧桑的老人,心境平和,清凉如水。这样的她有时还真不如小性子的黛玉让人怜爱。人生是如此的说不清楚,究竟超脱淡然是真味,还是红尘畅快才不负这如花岁月?宝钗有宝钗的根由,黛玉有黛玉的道理。需努力时像黛玉那样勇直热烈,不顾一切,该放手时如宝钗一般超然清净,随方就圆。人若如此,无悔无憾,无处不自在。

当 "横竖是在一处" 落了空

怡红院的丫头中，有两个是老太太指派过来的，一个是袭人，另一个是晴雯。袭人凭借着谨慎努力，终于先暗后明如愿挣上了每月二两银子的月例，成了宝玉的准姨娘。晴雯却惨死在表哥家的土炕上，让多少人为之扼腕，悲叹晴雯之余将恨恨的目光投向了王夫人。的确，晴雯之死，怎么也绕不开王夫人，不是她错疑错怪将晴雯撵出去，晴雯怎会落得如此下场？其实，晴雯之死并没有这么简单。

多数人认为袭人和晴雯都是老太太指给宝玉的"准姨娘"，可细听王熙凤说的这段话，却发现二人身份并不相同："袭人原是老太太的人，不过给了宝兄弟使。她这一两银子还在老太太的丫头分例上领。"你看，袭人的身份还是老太太的丫鬟，不过是派她过来给宝玉使唤。老祖母生怕照看她宝贝孙子的人不尽心，非得亲自挑选个"有些痴处"的，服侍谁眼里心里就只有谁的袭人来才放心。袭人的任务就是把宝二爷伺候得妥妥帖帖的，她人在怡红院，工作关系却还在老太太屋里。晴雯却不同，贾母自己说过：我的意思这些丫头的模样爽利言谈针线多不及她（晴雯），将来只她还可以给宝玉使唤得。这才是准姨娘的身份。老太太是明公正道从屋里选拔出一个各方面都出类拔萃的人给了宝玉的，晴雯连月钱银子都转到怡红院的丫头份例上支领，袭人却只是借调。即便如袭人自认为的那样，"老太太已是将她与了宝玉了"，至少在贾母心中，晴雯才是第一人选，袭人顶多算是备选队员。

贾府里的规矩是"凡爷们大了，未娶亲之先都先放两个人服侍的"，老太太作为一个祖母，未必两个妾室都替宝玉做了主，总要给他老子娘留一个名额才好看。袭人和晴雯也不见得不知道主子对自己工作上的安排，看她俩的表现就明白了。

袭人小心谨慎，处处操心，一副保姆的姿态——这是她分内之事，也是她为日后能够"争荣夸耀"垫的底。再看晴雯，完全一副"副小姐"架势。小丫头们错一点儿半点儿，她要么拿针扎，用指头戳，抄起一丈青来给两下子……好像她才是这里的主人。满眼看看整个怡红院，谁也没有这么牛的脾气。

袭人说她"横针不拈，竖线不动"，王夫人回贾母的时候也提到"我常见她（晴雯）比别人分外淘气，也懒"。有人觉得这是污蔑晴雯——那病中补孔雀裘的不是晴雯吗？再细想想，晴雯在宝玉屋里这几年，除了补孔雀裘，她做过的事确实不多。

往门斗上贴宝玉写的"绛云轩"三个字，二爷回来后立马撒娇："我生怕别人贴坏了，我亲自爬高上梯的贴上，这会子还冻的手僵冷的呢。"宝玉赶紧握住她的手给暖着，两人手拉手一同仰望门上的字，一副时间静止岁月静好的模样。

端午节给宝玉换衣服，失手跌坏扇子骨，宝玉说了几句，她又哭又闹，最后还是宝玉哄着她撕扇子玩儿才算过去。二爷为了哄她开心，顺带着连麝月的扇子也遭了殃，气得麝月说她"造孽"。

其他时间，她在和小丫头抓子儿，按住芳官儿打闹，和碧痕拌嘴……再看袭人，一直勤勤恳恳，又会和气待人，又会见机行事。针线不及晴雯,可人家连丧事上二爷佩戴的素色扇套这种小事都想到了,抽空就给做一个新的。模样不及晴雯,就用温柔大方,小心谨慎来弥补。上至主子们,下至老嬷嬷小丫头们,都是嘴里一口一个"袭人姐姐""花姑娘"地叫着,口碑好得不能再好。袭人和晴雯多么像两个学生:一个处在备考的高三阶段,勤勤恳恳努力争取;一个如已被录取的大一新生,身心放松逍遥自在。

别的不说,只说她俩对宝玉的乳母李嬷嬷的态度就明显不一样。李嬷嬷这人一把年纪不知收敛,不懂进退,搞得宝玉都头疼。宝玉给晴雯留的豆腐皮包子,她拿回家去给孙子吃了,给袭人留的糖蒸酥酪,也被她赌气吃了个精光。相似的事件,结果却天差地别。

豆腐皮包子那回,宝玉问晴雯:"今儿我在那府里吃早饭,有一碟子豆腐皮的包子,我想着你爱吃,和珍大奶奶说了,只说我留着晚上吃,叫人送过来的,你可吃了?"晴雯上来就告状:"快别提。一送了来,我知道是我的,偏我才吃了饭,就放在那里。后来李奶奶来了看见,说:'宝玉未必吃了,拿了给我孙子吃去罢。'她就叫人拿了家去了。"接着又得知枫露茶也被李嬷嬷喝了,气得宝玉砸了茶盅,对沏茶的茜雪一通大吼。其实一碗茶对宝玉有多重要?费心留的包子晴雯没能吃到,这才是让他最窝火的事情。倘若晴雯息事宁人一点儿,倒霉的茜雪也不至于被撵出去。李嬷嬷过后说道:为茶撵茜雪的事打量我不知道呢!既知道枫露茶的前因后果,那豆腐皮包子掺杂其中她定然也是知道的了。李嬷嬷焉得不恨?晴雯被撵时,连园子里好几个老婆子都在趁恨:"阿弥陀佛!今日天睁了眼,把这一个祸害妖精退送了,大家清净些。"不知晴雯无意中得罪了多少人呢!

再看糖蒸酥酪事件。

宝玉命取酥酪来,丫鬟们回说:"李奶奶吃了。"宝玉才要说话，袭人便笑着把话岔开去了。同样的事，袭人处理得轻描淡写，既能哄过宝玉，又一个人都得罪不着，自然人人称赞。

此事如此，彼事也如此。袭人被宝玉一脚踢得吐血，低调地让宝玉"打发小子问问王太医去，弄点子药吃吃就好了"。她怕"闹起多少人来，倒抱怨我轻狂"。晴雯可不管这个，她夜里吓唬麝月着凉了，又是请中医看病，又是找凤姐要西洋药"依弗那"，完全不顾别人怎么看。胡太医给她诊脉时，见到她手上两根指甲"足有三寸长，尚有凤仙花染得通红的痕迹"，误以为是哪位小姐。婆子笑话太医没见识。也难怪胡太医，两三寸长的指甲，怎么也想不到是个丫鬟啊？丫头不需要做事的吗？怎么会留着那么长的指甲？在怡红院里，留着三寸长的指甲的，除了晴雯，没听说有第二人。

绣春囊事件出了之后，无辜的晴雯是第一个被撵出去的人，罪名是"生得太好了"。直接原因是王善保家的告了黑状："宝玉屋里的晴雯，那丫头仗着她生的模样儿比别人标致些。又生了一张巧嘴，天天打扮的像个西施的样子，在人跟前能说惯道，掐尖要强。一句话不投机，她就立起两个骚眼睛来骂人，妖妖趫趫，大不成个体统。"绣春囊关晴雯何事？为何突然之间她就成了"狐狸精"？还不是平时树敌太多，让人看不顺眼吗？"出了名的至善至贤"的袭人再不会有人背后告状。再看晴雯给王夫人留下的第一印象：有一个水蛇腰，削肩膀，眉眼又有些像你林妹妹的，正在那里骂小丫头。我的心里很看不上那狂样子。

即便没有王善保家的告状，晴雯在王夫人眼里也不是"善类"，绣春囊只是个借口，王夫人撵晴雯是迟早的事。老太太听了王夫人关于晴雯得"女儿痨"出了怡红院的汇报，只是感叹了一下，并没有多么惋惜。在金玉满堂的荣国府，美貌的丫头从来不是稀缺资源。实在挑不出来还可以像贾赦似的花八百两银子买一个嫣红那样的呢。所以晴雯被撵也好，真得了女儿痨也罢，对贾府的主子们来说只是平常小事。

可怜天真的晴雯，一直将自己看作宝玉未来的妾室，过早的使用了这尚未到手的砝码，自持过高惹人抱怨，自己却不明所以。"女儿痨"只是王夫人捏造出来的一个谎言，并非晴雯真正的死因。她的判词中有一句"寿夭多因诽谤生"，然而这"诽谤生"的原因却是高调。晴雯幻想中的未来是美好的，她却太低估了人性中的恶。

抄检大观园时，一同被撵出去的还有司琪、芳官、入画等人。这些人中，芳官蕊官藕官出家，司琪为情而自尽——那是很久以后的事情。可见"被撵"并不见得致命。可晴雯只离开怡红院一夜功夫就死了。前两天夜里面对凤姐带领的抄检团队，她虽病着，也还有力气"挽着头发闯进来，豁一声将箱子掀开，两手捉着底子，朝天往地下尽情一倒，将所有之物尽都倒出"。为何才撵出去一天就气息奄奄，次日五更就命丧黄泉？

除了病体未愈之外，最主要的原因是心理落差太大。自从被老太太定为准姨娘，晴雯一直"心比天高"，觉得这辈子都会在宝玉身边。相对袭人的先下手为强，碧痕打发二爷洗澡，席子上汪着水洗了两三个时辰，她都知道，却不屑于这种偷偷摸摸——急什么呢？她和宝玉"大家横竖是在一处"。可惜，单纯的晴雯没料到别人并不单纯。自她从王夫人屋里出来，就已经料到自己在怡红院的地位可能不保，如同后来黛玉听到宝玉的婚事"绝粒"一样，晴雯也是"四五日水米不曾沾牙"。被撵出怡红院的那一刻，她连做一名普通丫鬟的希望也没了，如同经历了一场梦，从被赖大家买来，到给了贾母使唤，再到被指派给宝玉，直至眼前的一切成空……心气高傲又天真的晴雯无论如何也接受不了这就是现实。顷刻间她灰心至极，对未来的期待一下子幻灭，失望和绝望使她心既死，身亦亡。

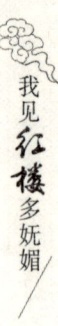

"养小叔子的"究竟是谁?

和中国画讲究留白和以虚为实,以实求虚一样,红楼梦也是如此,"假作真时真亦假,无为有处有还无",欲说还休处处使人猜,这正是它的魅力所在。

第七回时,王熙凤在宁府乐呵了一天,临走却碰上尴尬的一幕。老奴才焦大在那里醉骂:每日家偷狗戏鸡,爬灰的爬灰,养小叔子的养小叔子……这句话让人们猜了又猜,解了又解。爬灰不必说了,可卿"淫丧天香楼"这段已被人们掰开揉碎地分析过了,她死后贾珍连避讳都顾不得,哭得哀哀欲绝,丫头瑞珠碰死,尤氏犯了旧疾……这些小细节都已把真相烘染得毫无悬念。可养小叔子的是谁呢?大多数人把矛头对准了凤姐和贾蓉,说刘姥姥来时,贾蓉向凤姐借屏风那段相当意味深长。

贾蓉:老舅太太给婶子的那架玻璃炕屏,明日请一个要紧的客,借了略摆一摆就送过来。

凤姐:说迟了一日,昨儿已经给了人了。

贾蓉:婶子若不借,又说我不会说话了,又挨一顿好打呢。婶子只当可怜侄儿罢。

凤姐：也没见你们，王家的东西都是好的不成？你们那里放着那些好东西，只是看不见，偏我的就是好的。

贾蓉：那里有这个好呢！只求开恩罢。

凤姐：若碰一点儿，你可仔细你的皮！

两个人打牙犯嘴的不算，贾蓉刚走，凤姐又把他叫回来，叫回来又没什么事——"出了半日的神，又笑道：'罢了，你且去罢。晚饭后你来再说罢。这会子有人，我也没精神了。'"

凤姐倒是愿意借还是不愿意借呢？其实她从贾蓉一开口就打算借给他了。只不过她太喜欢这种让人奉承的感觉了，更想证明"我们王家的东西就是比你们贾家的好"，所以不妨逗着贾蓉多说几句。至于"晚上再来"这句话，无非是一个管家的婶子要吩咐侄子去办些什么事，也许，要贾蓉帮她打探贾琏近日在外面是否"老实"也说不定。倘若真有私情，精明的凤姐必定会做得天衣无缝，岂能当着刘姥姥和诸多下人的面毫不顾及？何况当时在场的还有王夫人的陪房周瑞家的——谁见过这么明目张胆的偷情方式？

再说，"养小叔子"是指和丈夫的弟弟偷情，贾蓉明明是个侄子。凤姐虽然待人严厉，可这盆脏水泼得她也实在冤枉。

至于和宝玉，那就更不可能了，宝玉"扭股糖儿似的"粘在她身上分明是个撒娇的孩子，且也是毫不顾忌场合。退一万步说，即使凤姐愿意养这个小叔子，只喜欢和女孩儿缠的宝二爷也未必肯依呢！

用完了排除法，我们看下一幕，这回的主要人物是贾蔷。对！就是让小戏子龄官忘情地在蔷薇花下痴痴写他名字的那个。

贾蔷第一次出场是这样介绍的："原来这一个名唤贾蔷，亦系宁府中之正派玄孙，父母早亡，从小儿跟着贾珍过活，如今长了十六岁，比贾蓉生的还风流俊俏。他弟兄二人最相亲厚，常相共处。"贾蔷在珍大爷家里长到十六岁，分给他房子让他自己过日子去了，因为怕别人说闲话。

且不说这一段有什么疑点，我们看第五十三回，庄头乌进孝来给贾珍送年货，"这里贾珍吩咐将方才各物，留出供祖的来，将各样取了些，命贾蓉送过荣府里。然后自己留了家中所用的，余者派出等例来，一分一分的堆在月台下，命人将族中的子侄唤来与他们。"

贾珍这个人虽然好色，不过作为一个"代理族长"他还是挺负责的，过年时给子侄们分发年货，让族中人都开开心心过个年。可是，奇怪吗？为何他这么大张旗鼓地给侄子们东西，就不怕人多语杂？还悠悠哉的"靸着鞋，披着猞猁狲大裘，命人在厅柱下石矶上太阳中铺了一个大狼皮褥子，负暄闲看各子弟们来领取年物。"

一个父母双亡的侄子贾蔷，把他领过来抚养，这不正是贾珍让人称道之处吗，为何他遮遮掩掩的怕别人"造言诽谤""诟谇谣诼"？做了好事却拼命隐瞒，这不是贾珍的性格吧？他又不是雷锋。

建大观园时，同样是贾府草字辈的子孙们，贾芸为了谋个差事费尽心机。先是找叔叔贾琏，贾琏是个没谱的，让他白白等着。他等不下去了，又走凤姐这个门路，手里捧着好不容易得来的香料（先是找舅舅赊，舅舅不给，还给了一顿啐啵，后又找邻居借了钱买的），嘴里却斟字酌句地跟凤姐说，冰片麝香是朋友送的（不是买的，一家人特买了东西送礼，不显着生分了吗？）又说：若说送人，也没个人配使这些，倒叫他一文不值半文转卖了。因此我就想起婶子来。往年间我还见婶子大包的银子买这些东西呢，别说今年贵妃宫中，就是这个端阳节下，不用说这些香料自然是比往常加上十倍去的。因此想来想去，只孝顺婶子一个人才合适，方不算糟蹋这东西。

凤姐是个最爱听奉承的，只这句"只孝顺婶子方不算糟蹋这东西"就打到心坎里了。就这样，贾芸绞尽脑汁才算谋了个种树的差事，领了二百两银子。再看看他堂兄弟贾蔷，没见怎么使劲，就有好差事等着呢。贾蔷对贾琏说："下姑苏聘请教习，采买女孩子，置办乐器行头等事，大爷派了侄儿"——大爷即贾珍。你看看，聘请教师、买小戏子、采购乐器，人家轻轻松松就得了三样差事，每一样都远非二百两银子的差事可比。何况还指派给他两个管家儿子供差遣，外加两个清客相公做伴儿——真是人比人气死人。谁让人家有个凡事想着他的"大爷"呢？

何以贾珍处处想着贾蔷，却又不敢明着帮衬他，总怕被人说三道四？一个做叔叔的帮侄儿，他心虚什么？焦大在宁府当差，接触最多的是贾敬、贾珍、贾蓉这三个主子。贾敬已经闭关修炼去了，贾蓉毕竟还在父亲翅膀下讨生活，放肆不到哪儿去。只有贾珍，没有父亲的约束，手里又有大把钱财，想干啥还不是凭自己一时高兴？

凤姐当着众人的面让贾蓉"晚饭后再来"，正说明她心里没鬼。而贾珍的心虚也正是因为他心里有鬼。

贾蔷"比贾蓉生的还风流俊俏"，按遗传基因推断，他的父母定然也相貌不俗。重点来了！贾蔷的母亲恰恰就是贾珍的嫂嫂——如果一个手握家族大权的小叔子，看上了美貌的嫂嫂，暗地里做出些不可说的事，生了个身世不能明说的儿子……只怕这些都是很有可能发生的。

后面的故事可能性就太多了，也许贾蔷之父得知真相又不敢明言被气死了，他母亲心生愧疚郁郁而终，又或者，是一场精彩的"宫斗"让贾蔷父母双双而亡……总之，是遗下个小孩子没人管了。贾珍哪能眼睁睁看着这孩子饿死？也舍不得啊！所以接来同住，可是纸里包不住火，天下没有不透风的墙。何况他自己先揣着颗"疑邻盗斧"的心，自然看谁都像嚼舌根的样子。待贾蔷成人后，虽分给房舍让他自立门户去了，可日后有了什么好事自然忘不了他。

这样一理，焦大的话就明白了。

焦大的醉骂出现在第七回："那里承望到如今生下这些畜生来！每日家偷狗戏鸡，爬灰的爬灰，养小叔子的养小叔子，我什么不知道？"，第九回里就出现了这样的文字：

宁府人多口杂，那些不得志的奴仆们，专能造言诽谤主人，因此不知又有什么小人诟谇谣诼之词。贾珍想亦风闻得些口声不大好，自己也要避些嫌疑，如今竟分与房舍，命贾蔷搬出宁府，自去立门户过活去了。

谁是不得志的奴才？"从小儿跟着太爷们出过三四回兵，从死人堆里把太爷背了出来，得了命，自己挨着饿，却偷了东西来给主子吃，两日没得水，得了半碗水给主子喝，他自己喝马溺"的焦大，如今还得听从其他奴才的指派，半夜里去送人，他才最有理由说自己不得志。两回一对比，真是巧得很！

作为一个跟着荣国公出生入死的老奴，哪承想自己一腔热血维护的主子，竟生出这样的后代来？如何对得起他当年喝的马尿啊！

连外人都知道荣宁两府一年不如一年，家里的奴才们自然更清楚，可谁去老虎头上拔须？只有知道这份荣华富贵来之不易的老奴才才会心疼得看不下去。柳湘莲说宁府"除了门前的石狮子是干净的，只怕猫儿狗儿都不干净"，这话没错，不过别人糊涂昏庸还不至于让焦大不顾一切地哭骂——哪片大林子敢保得住都是好鸟？但一个家族的继任族长若是个毫无底线的人，能不让人心寒吗？族长的肩上担着家族的兴衰，所以焦大的眼睛盯得最紧的就是贾珍，他话头里有所指的两件事也全是关于贾珍——别人的事还真入不了"焦大太爷"的眼。让他痛心的不是哪一个人，而是这个他和贾府老祖宗共同用鲜血换来的家园。可惜，焦大只是个奴才，喊出的那些话非但无人警醒，还换来一嘴马粪，被远远打发到田庄上去了。

石呆子的扇子是块 "试金石"

在《红楼梦》第四十八回里，曹公写着香菱学诗这样雅致的文字，突然插入一段苦恨交织，正邪对立的扇子事件，让人大开眼界。

香菱刚进了园子正要挨门拜访，平儿忙忙的走来——"忙忙的"三个字大有意思。以平儿之端庄，何曾见她焦躁过一点儿？这次却匆匆忙忙，平姑娘心里有搁不下的事了。

原来，琏二爷被老爷打了个动不得，她是来找宝钗寻医棒疮的药的。宝钗向来沉默稳重不多言多语，这次也忍不住问了一句"又是为什么打他？"可见这打挨得奇怪。

平儿正恨得咬牙切齿，见宝钗问冲口而出："都是那贾雨村什么风村，半路途中那里来的饿不死的野杂种……"随即说出了大老爷要强买石呆子的扇子，石呆子死也不卖，贾琏弄不来，贾雨村却倚仗权势把扇子没收后给送了来，大老爷因此打贾琏的事。

平时只看见平儿对琏二爷淡淡的，以为她心里就真的只有一个凤姐，却原来琏二爷受了伤，文静温和的平姑娘连"野杂种"这样的词也骂出来了——几把扇子试出了平儿一直深藏不露的浓浓爱意。

是什么扇子值得这么大动干戈呢？据说那扇子"全是湘妃，棕竹，麋鹿，玉竹的，皆是古人写画真迹"，共有二十把，全是孤品存世"不能再有的"，所以贾赦一心想要，看着"家里所有收着的这些好扇子都不中用了"。

以贾赦的心性，未必是真爱什么文雅字画的扇子，家里并不是没有好扇子，只是看了人家的就觉得自己的入不了眼了，不过是为了一个占有欲。贾赦非要买扇子和当日薛蟠非要买香菱的情形极为相似，同样是强买，同样是碰见了"痴"人。

薛蟠的处理方式很简单，把冯渊"打了个落花流水，生拖死拽，把个英莲拖去"。论家事，冯渊比石呆子强多了，家里小有产业，还有家奴在主人死后告状。论势力，贾家又比薛家更胜一筹。石呆子是个"穷的连饭也没的吃"的主儿，纵然有事谁替他出头？想把扇子弄到手还不容易？或给他设套，或让官府栽派他，就是硬拿过来料也无妨，在贾赦看来方法实在是太多了。

可贾琏偏偏"不开窍"，要买扇子是春天的事情，到贾雨村把扇子送来已经是十月间了。贾琏不是没才干，送林黛玉回苏州料理林如海丧事，去平安州办理机密大事……贾府里不少重要的事物都是他在负责，可就是买不来这几把扇子。归根结底，他和薛蟠不是一样的人。

石呆子虽是个穷人，琏二爷却并未打算欺压他，而是"好容易烦了多少情，见了这个人，说之再三……拿出这扇子略瞧了瞧"。烦人作情又说之再三，只为"略瞧了瞧"，连细看看都不能，贾琏的这种买扇方式，在贾赦眼中就是无能。贾府大老爷是什么人？买平民几把扇子竟这样大费周折还没到手！

何况大老爷这几日正心情不好。在这之前，刚发生了一件让他十分恼火的事：鸳鸯拒婚。贾赦想讨贾母的贴身丫鬟鸳鸯做妾，又是让邢夫人去好话说服鸳鸯，又是亲自对鸳鸯的哥哥金文翔下命令。没想到鸳鸯宁死不从，老太太得知后还说了为夫纳妾的邢夫人一顿。两府里都知道大老爷碰了个灰头土脸，不仅丢尽颜面，还因此更不受贾母的待见。

而且，鸳鸯拒婚中还有一个小细节。贾赦放出话去说："她必定嫌我老了，大约她恋着少爷们，多半是看上了宝玉，只怕也有贾琏。果有此心，叫她早早歇了心，我要她不来，此后谁还敢收？"说鸳鸯看上宝玉是出于常情，府里想给宝二爷做屋里人的丫头实在太多了，把贾琏也一并说上，也许只是疑心，也许夹杂着一点儿直觉。鸳鸯跪在老太太面前哭诉时说："大老爷说我恋着宝玉……我是横了心的，当着众人在这里，我这一辈子莫说是宝玉，便是宝金、宝银、宝天王、宝皇帝，横竖不嫁人就完了！"这段话里只说宝玉却一字未提贾琏。事后，她见了宝二爷不理不睬，却愿意为琏二爷把老太太的东西偷出来当银子使。

贾赦的疑心有没有道理，只有鸳鸯自己知道罢了。其实不管鸳鸯有无此意，贾赦的逻辑就是：不是心里有了人她为什么不从我？既有人除了这俩还能是谁！

宝玉是府里的"活龙"，老太太的心尖子，谁敢怎样？贾琏可是自己的儿子，打骂随心。正巧贾雨村这个时候送来贾琏买不来的那几把扇子，恰似火上浇油。再听宝钗那句话："这又是为什么打他？"有这样暴戾又没道理的父亲，想来琏二爷无缘无故的打没少挨吧，连亲戚都问出"又"字来了。

看看可怜的石呆子，就越发现平儿的话说得真对。那贾雨村果然是个"杂种"，并没有人托他办理此事，他自己为了讨好贾府，钻营到消息后主动出手，诬陷石呆子拖欠官银，用卑鄙的手段夺人所爱。

石呆子说过"要扇子先要我的命"，不把人逼到山穷水尽，扇子怎能轻易到手？贾琏是深知这一点才不肯强买的。对贾雨村来说，这正是他向贾府大老爷巴结的好机会。当初他断冯渊被薛蟠打死的案子时，人命关天的事都挡不住他施展谄媚，何况几把扇子呢？"一句变卖家产赔补官银"说得轻巧，石呆子经历了多少曲折情节，有过多少冤屈血泪，只有贾雨村最清楚。据平儿说，"那石呆子如今不知是死是活"，其实就算没有官府的万般刁难，只扇子被夺一事，视扇如命的石呆子继续活下去的可能性也不大。

这样残忍的手段，贾琏不是想不出，只是他尚存的良知不答应，这也正是他和父亲贾赦在本质上的区别和矛盾的根源。面对父亲的质问："人家怎么弄了来？"想想石呆子的下场，再看父亲竟然视雨村的无耻狠毒为本事，他实在忍不住回了一句："为这点子小事，弄得人坑家败业，也不算什么能为！"这句话如同这黑色闹剧中擦出的一点火星，闪出了一丝人性的光亮，也瞬间点燃了贾赦一直窝着的怒火。平儿说："这是第一件大的。这几日还有几件小的……都凑在一处就打起来了。"这话只说对了一半，扇子事件并不是"第一件大的"，而是一个导火索，是贾赦泄愤的一块遮羞布。

同样一件事，有人只盘算输赢，有人会考虑对错。

石呆子的几把扇子竟是一块"试金石"，各式各样的人生姿态在扇面前一一现形：贾赦的贪婪丑陋和雨村的卑鄙无耻，贾琏的正直善良和平儿隐藏的深爱，还有爱物如痴不顾性命的石呆子的执拗，和那"匹夫无罪怀璧其罪"的社会环境。

贾雨村：那年路过智通寺

《红楼梦》第二回中，被革职的贾雨村郭外闲游，信步来到一个"山环水旋，茂林深竹之处"，这就是智通寺。按说这么个清幽的地方，庙宇也该像模像样才是，何以却是"门巷倾颓，墙垣朽败"呢？其实，"色即是空，空即是色"。像栊翠庵那样别致清雅、花木掩映的庙宇只是我们俗人眼中的大好景观，世外高人往往不在意这些。看那茫茫大士和渺渺真人，入世时不就幻化成癞头跛足的疯癫模样吗？

可惜甄士隐那样"神仙一流的人品"世间没有几个，贾雨村这种的却偏多。智通寺那副对联：身后有余忘缩手，眼前无路想回头，雨村见了虽也觉得"文虽浅近，其意则深"，又推测"其中想必有个翻过筋斗来的也未可知"，然而走进去他却大失所望：不过一龙钟老僧在那里煮粥，这景象真是和"翻过筋斗来的"不挨边儿。不过既然进都进来了，不妨打个招呼说句话吧？于是问那老僧两句，却是"齿落舌钝，所答非所问"。老僧老得牙也没了，舌头也不好使了，说话也到三不着两的。在贾雨村看来，这就是个老糊涂啊！真是扫兴！

不过话说回来，老僧齿落舌钝是真，所答非所问却未必。为何这么说呢？先看那雨村是何人？他当年得了甄士隐的资助，进京中了进士，后又选官升官平步青云。从葫芦庙中寄宿的那个卖文卖字的穷儒，摇身一变成了知府老爷。此时的雨村，自然是"春风得意马蹄疾"风光无限了。如同刚上任的大部分官员一样，雨村自然也是非常想出成绩的，新官上任三把火嘛！可他这三把火烧得有点猛了，一门心思想搞业绩、出风头，完全不知"低调"二字是怎么写的。"虽才干优长，未免有贪酷之弊，且又持才辱上"，这样的同事谁能喜欢？果然，不上两年便被上司参了一本，说他"沽清正之名、结虎狼之属"，被革职回家了。他装作嬉笑自若的样子，实际却是"宝宝心里苦，但宝宝不说"，十分后悔愤恨。

悔的是，好不容易做了官，一不小心又弄丢了。恨的是，周围这些人自己不进步也不让别人进步！他们分明就是羡慕嫉妒恨好吗？你恨我，我更恨你，雨村从春风得意一下子陷入了各种恨当中。但是他想：别低头，王冠会掉，别颓废，坏人会笑。于是装作若无其事的样子去看山看水。走吧，世界这么大，我得去看看。游山玩水的同时，结交几个钟鸣鼎食之家，翰墨诗书之族，于面子上又过得去，又挣了旅费，多潇洒！

假若雨村真的是在意于山水之间，野趣之乐，满可以找个清净的小山村去"支教"啊，可是他不。他一共教了两个学生：一个江南甄家的甄宝玉，一个姑苏林家的林黛玉。甄家是谁？是比贾家还强大的"光接驾就接了四次"的名门望族。林家又是谁？盐务老爷、贾家女婿林如海的府邸。你看他在名山大川之间走来走去，也还是走不出向往权贵的那点子心思。

这样的一个雨村，见老僧不仅岁数一大把，还贫到煮粥充肠之时，已是满不放在眼里了，又如何听得懂他那一番慧言禅语呢？以雨村当时的心态，即便遇见的是茫茫大士、渺渺真人，听到的是《好了歌》，也会觉得是疯言疯语无稽之谈吧？

话不投机。

于是，你熬你的锅中岁月，我寻我的杯里乾坤。不耐烦的雨村从庙里出来，想找个酒馆喝上几杯，正遇见冷子兴。"这雨村最赞冷子兴是个有作为大本领的人"。冷子兴有什么大本领大作为让雨村"最赞"呢？他是古董行的成功商人，虽不是贵族，但也算得上是土豪啊！

走出冷清清的破庙，进了热闹的酒馆，雨村都不用想，潜意识就替他选择了。看什么"缩手、回头"的对联？听什么老和尚"答非所问"的神经叨叨？喝着小酒，和土豪谈论着富贵场中的新闻，想起刚才那颓败破庙中搅动着的粥锅，他摇头笑了笑。

酒喝好了，又听到一个"都中奏准起复旧员"的好消息，雨村自然心花怒放，喜不胜收。缩什么手？回什么头？他心里盘算着：想办法弄一封林老爷给贾老爷的"工作介绍信"才是正经事！

一切如愿以偿，贾雨村又做了知府。这次他可不是那个只顾出成绩不懂人情世故的愣头青了。手下门子的一张"护身符"让他明白了官场的水有多深。面对昔日恩人甄士隐女儿英莲被拐的案子，他思忖再三，还是觉得和贵族搞关系比杀人偿命的国法更加重要，于是大笔一挥胡乱结了案，再写信给被告的姨丈，也就是刚为他谋了复职候缺的贾政，告诉他"令甥之事已完，不必过虑"。你瞧，此时的雨村已经完全掌握了"为官之道"。从此后，他再也没有了"回头"和"缩手"的机会，只能在这条不归路上越走越远。

智通寺里那个老僧，冷眼看着"你方唱罢我登场"的碌碌世人，仍然淡定地搅动着一锅粥。你不问，他不答，你问了，他答了，还得看你有没有一颗能听懂箴言的清净之心。

多年以后，贾雨村身穿囚服项戴枷锁之时，会不会想起他曾经路过一个叫作智通寺的地方，遇见过一个煮粥的老和尚，对他说了几句他当时听不懂的话？

宝玉挨打，青春的分水岭

宝玉是在女人堆里长起来的。

祖母当他是心尖子肺叶子眼珠子，时时放不下。连湘云穿了男装，老太太也错认成宝玉，一连声地喊："宝玉，你过来，仔细那上头挂的灯穗子招下灰来迷了眼。"吃饭睡觉更得老祖宗亲眼看着才放心，迎探惜三个孙女都要靠后站，贾环更提不着。自从黛玉来了，这才有个能和他比肩的人。

母亲王夫人也为他操不完的心，不光千叮咛万嘱咐，顶没事儿了还得给几丸补药，让"袭人打发吃了再睡下"，她恨不得宝玉一下子长得又高又壮才放心。母亲在担心什么？王夫人心里有处旧伤。她曾对袭人说：先时你珠大爷在，我是怎么样管他，难道我如今倒不知管儿子了？……我已经快五十岁的人，通共剩了他一个，他又长得单弱，况且老太太宝贝似的，若管紧了他，倘或再有个好歹，或是老太太气坏了，那时上下不安，岂不倒坏了。所以就纵坏了他。王夫人承认自己"纵坏了他"，心里却想着：即便是纵坏了这一个，也不能像上一个那样，样样争气却早早离世。白发人送黑发人给她带来的伤痛，是一生都揭不掉的痂。再细听听王夫人的口气:"我何尝不知管教儿子,先时你珠大爷在,我是怎么样管他"——贾珠的早慧和早亡,焉知不是和过严的管教、过力的读书有关呢?所以对宝玉的态度上,王夫人宁可纵坏了他,也要宠着疼着。小儿子读不读书不是什么大事,只要在老爷面前充充爱读书的样子就可以了,让他平平安安地长大成人,娶妻生子,自己老来有靠才是重点。

除了祖母疼,母亲爱,还有一个日夜陪伴他身边的乳母:李嬷嬷。李嬷嬷将宝玉从小带到大,吃的喝的样样得过问,即便宝玉大了,她还时时去操心:一日吃多少饭?睡多少觉?这个乳母看来不算是不尽心的。可李嬷嬷带孩子只管吃饱睡好这些杂务,完全不管宝玉怎么长,更不会讲故事说道理寓教于乐。她的撒手锏就是搬出政老爹来吓唬:"你可仔细,老爷今儿在家,提防问你的书!"人又贪婪,看见枫露茶也要喝,看见豆腐皮包子也拿回家去,惹得上下不待见。这样的人,指望她去调教孩子怎么可能靠谱呢?

唯一对宝玉有过正确引导的是元春。"长姐如母",宝玉三四岁时,已得大姐姐手引口传,教授了几本书,数千字在腹内了。可惜元春不是嫁与平常人家,不能时常回娘家规劝父母,教导幼弟。她去了"那不得见人的去处",只能不时带信嘱咐:"不严不能成器,过严恐生不虞。"这两句话真是深知父母,一句说给一腔溺爱的母亲,一句说给太过严厉的父亲。爱和管要并行,就如阴阳需要平衡是一个道理。可惜,父母全没听进去。

贾政公事一箩筐,与儿子相处的时间不多,见了面也没有耐心谆谆教导,一言不合就要"叉出去"。他是宝玉身边唯一刚厉的"阳",却经常照不见他。而那些团团包围着宝玉的"阴",提供着无限包容和关爱,柔得不能再柔,软得不能再软。宝二爷就在阴柔无尽的环境里做着一个宝宝,一个天真到只愿意看见身边这个小圈子的宝宝。

他拒绝长大。可成长是一生的功课，是一道道绕不过去的关口，谁也不能例外。宝玉的身边悄悄地发生着变化，在搬入大观园的第一个端午节前后尤为明显。

贵妃赏赐了过节的礼物，只有宝姐姐和他的一样，林妹妹为此忧心忡忡；清虚观的王道士又提了亲，更让人心烦意乱。接着，在母亲房里和金钏调笑，导致金钏被撵……宝玉不明白，怎么忽然间一切都不对劲了？

端午节过后的第二日，湘云来了，老太太一句话说得再明白不过："如今你们大了，别提小名儿了。"一切的一切，都因为"你们如今大了"，不能像小时候一样了。

小时候和丫头玩笑，"姐姐""姐姐"地叫着，猴在身上吃人家嘴上的胭脂，那都算不了什么，大了可就不行了。可宝玉不懂，仍把金钏的耳坠子一拨，送颗香雪润金丹到她嘴里；仍把金麒麟替湘云揣起来——彼时湘云刚刚订婚，若是未婚夫不了解宝玉的为人，单看他送一个和湘云佩戴的堪称"一公一母"的金麒麟，会怎么想？宝玉天真，别人未必"无邪"。

看见黛玉哭了，宝玉不觉就伸手要给她擦眼泪，黛玉忙向后退了几步，说道："你又要死了！作什么这么动手动脚的！"之前两人可不是这样的。一桌吃，一床睡，午间也在一处歪着，躺在黛玉的榻上，枕着黛玉的两个枕头，说个黛山林子洞小耗子偷香芋的故事解闷儿，妹妹还为他擦去脸上的胭脂膏子……如今大了，为妹妹擦擦泪珠都不可以了。

众人都知道"如今大了"，只宝玉还甘甜地做着一名少年，全然不顾急匆匆流淌的岁月已经把他逼到自由的角落里去了。他尚自热热闹闹地说着"呆话"，说什么文死谏武死战根本不值得，不如让姐姐妹妹厮守着就死了，再让她们的眼泪流成大河漂去幽僻之处，那才是死得其所。

这样天真的少年，他只看得见身边的一草一木，哪里有闲心去丈量外面的高山大川？他只喜欢和燕子金鱼说话，哪里愿意应酬贾雨村这种官油子？对于宝玉来说，长大就意味着抛掉本真，变得世故，就意味着得时不时将自己摆成一个固定的架势，去与那些无聊人周旋，这些太让他反感。不得已了，只能应付。所以贾政教训他："方才雨村来了要见你，叫你那半天你才出来，既出来了，全无一点慷慨挥洒谈吐，仍是葳葳蕤蕤。我看你脸上一团思欲愁闷气色。"老父的眼睛竟如此犀利，不光看出他是应付，又一眼看出他此时的思欲愁闷气色！那时宝玉正刚刚得知金钏投井而死，五内俱焚，怎么不"一团思欲愁闷气色"？

接着忠顺王府来人索要蒋玉菡，更让贾政暴跳如雷。宝玉一定又不懂，他只是找了个契合的朋友一起玩耍玩耍而已，大家何至于小题大做？蒋玉函也好，当日的秦钟也罢，他们有什么分别吗——他完全想不到会因此得罪了政府重要官员，有可能造成的重大后果。江湖险恶，要求被众人捧着长大的宝玉"门儿清"这些，对他来说是个巨大的不情愿。

越是条件优越，人就越容易懒惰。宝玉可以不虑身后事，贾环却一直有危机感，你看环三爷长了多少心眼！他知道将"和丫头调笑"说成是"逼淫母婢"可以成功地挑唆父亲，还可以顺带衬托自己多么知事明理。可宝二爷还傻傻地认为"我的世界很美好"，多么讽刺？人人都在长大，只有他还抱着童年的罐子不肯松手。挨打，是他为拒绝成长付出的代价。

可惜的是，这一顿暴打并未取得任何效果。宝玉身边"柔软的爱"又一次将他拉回他想要的那个世界。老太太将政老爹结结实实骂了一顿，又下了"特保"指令：命人将贾政的亲随小厮头儿唤来，盼咐他："以后倘有会人待客诸样的事，你老爷要叫宝玉，你不用上来传话，就回他说我说了：一则打重了，得着实将养几个月才走得，二则他的星宿不利，祭了星不见外人，过了八月才许出二门。"从五月初到八月底，宝玉足足有四个月时间诸事不理，只在家里和姐妹们厮混——有人打一顿，接着就有人给甜枣。不仅如此，一顿打还换来了宝玉最喜欢的事情：那么多女孩儿为他哭泣落泪，虽未流成大河，也足以遂心遂愿了——"我便为这些人死了，也是情愿的。"

宝钗和湘云忍不住劝他放下这些，为将来做个打算，反劝得他"除《四书》外，竟将别的书焚了"。一顿板子得到了这个结果，不知政老爹知道了会不会吐血？而宝玉，似乎也从未想过他这一世的责任。姐姐元春在宫里周旋，妹妹探春在家里谋划。父母生他，就是为了让他为春花秋月而悲，为那些人而死的吗？其实宝玉不是不负责任，他只是从未想过这些，他一直在孩子的角色里不肯出来。

神瑛侍者注定与常人不同，棍棒无效，他却有自己开悟的时候。在梨香院，宝玉怀着一颗"人人都会喜欢我"的心去找龄官唱曲儿，发现龄官就是花下"画蔷"的那个人，又看到她和侄子贾蔷的意思，这才明白了一切，也忽然顿悟：原来一切皆有定分，"我竟不能全得了。"

知道"不能全得"，是宝玉丢掉孩子气的第一步，这份成长不是父亲打出来的，也不是亲朋劝出来的，而是被一名小戏子嫌弃出来的。无论如何，他青春懵懂的思维以这个夏天为分水岭，流向了更多分支。他发现生活比原来复杂了，他必须想一些原来没有想过的事情。虽然，他仍抵触地站在成长的门前，不肯推门而入。

不显山不露水的管理人才

贾府里光下人就几百个,级别不同,待遇不同,还有那服侍过老一辈的仆人,脸面比年轻主子还大,加上主子们各人性格不同,习惯不一,当家可不是件容易的事。何况那些"办事办老了的"管家娘子们,都是"全挂子武艺"的,稍微有一点儿不当之处,不但不服,还要编出许多笑话来取笑。在这样复杂的情况下,似乎只有王熙凤这样的才镇得住场面了。

宁府的当家奶奶尤氏心慈面软,下人们骄矜不服管束:遗失东西、做事推诿、滥支冒领、苦乐不均……都成了常态了。秦可卿死后,贾珍见实在不成样子,求了凤姐前来治理,凤姐铁手腕一抖,人人服服帖帖。看她那些招数:一是分工明确,各司其职;二是不管有脸的没脸的,犯了错误一例处置,三是严上加严,狠上加狠。有个不长眼的下人迟到了,不仅"打了二十大板,革了一个月银米",而且"明日再有误的,打四十,后日的六十"。这样的高压态势,谁敢不服?心里再骂娘,脸上也不敢显出来。

怨不得周瑞家的提起凤姐时褒贬参半:"凤姑娘年纪虽小,

行事却比世人都大呢。如今出挑得美人一样的模样儿,少说些有一万个心眼子。再要赌口齿,十个会说话的男人也说她不过。就只一件,待下人未免太严些个。"

就这样一个厉害主子,心里竟然也有怕的人。平儿说过:"你们素日那眼里没人,心术利害,我这几年难道还不知道?二奶奶若是略差一点儿的,早被你们这些奶奶治倒了。饶这么着,得一点空儿,还要难她一难,好几次没落了你们的口声。众人都道她利害,你们都怕她,唯我知道她心里也就不算不怕你们呢。"这话她是对荣国府办事的媳妇们说的,这些人究竟有多棘手,可见一斑。

若说比凤姐厉害的,要数三姑娘探春了。凤姐小产,家务事落到了李纨、探春、宝钗三人身上,大奶奶是个没心路的,赵姨娘的兄弟赵国基死了,吴新登家的心里明明知道这个丧葬费的标准,却闷住嘴不说,只告诉一声就"垂手旁侍,再不言语",这是有心试探新理家班子的能力了。李纨毫无经验,只想起袭人这个例子:"前儿袭人的妈死了,听见说赏银四十两。这也赏他四十两罢了。"

"听见说赏了四十两"就也赏四十两,李纨这个的办事态度也够轻率的。还是探春精细,问她家生子奴才和买来的奴才有何分别。吴新登家的还装糊涂,探春笑着就把话撅下了:"你办事办老了的,还记不得,倒来难我们。你素日回你二奶奶也现查去?"

见吴新登家的闹了大红脸,那些媳妇子们这才知道自己打错了算盘,原以为探春不过是年轻姑娘,不以为意,谁知道这姑娘比凤姐的精细不差什么。

探春理家,比凤姐多了几个优势,一是她识文断字,各种账目记录都可亲自过目,二是她本是家里的娇客,想出些俭省法子可以放手实施。而凤姐是贾家的媳妇,只能说添的话说不得减的话。正如园子要包给人管理时,平儿所说:"我们奶奶虽有此心，也未必好出口。"平儿虽是为凤姐开脱，却也是实情。媳妇和姑娘确实不一样，她不像探春，一接手可以立即下令蠲免了不少重复开支，又把花草树木都交给人整理，省心又省钱，若凤姐这样，难免落个不疼惜小姑子们的口声。

探春这主意初看不错，细看竟也有弊端。那些婆子们得了管理权，比得了永远基业还厉害，照看得谨谨慎慎，一根草也不许人动。莺儿就因为掐了些柳枝鲜花编花篮，被婆子指桑骂槐排揎了一顿。小厨房的柳嫂子也抱怨管果树的婆子们："一个个的不像抓破了脸的，人打树底下一过，两眼就像那鳖鸡似的。"看来银子是省下了，这矛盾也出来了。

相比于凤姐的狠，探春的精，有一个人更深谙管理之道。她就是平儿。

"治大国如烹小鲜"，既不能太咸，也不能太淡，不能操之过急，也不能松弛懈怠，只有恰到好处，才能把事情办好。平儿虽不识字，却懂得这里面的道理。

"玫瑰露引来茯苓霜"一节里，荣国府"热闹"得不像话，偷盗、栽赃、打架、徇私……一桩不了一桩。凤姐病着，把贴身丫鬟平儿忙了个脚不点地。

彩云偷了王夫人屋里的玫瑰露给了环哥儿，林之孝家的不管青红皂白，先将负责小厨房的柳嫂子的女儿柳五儿拿下了。凤姐病得七倒八歪，也不及细查，简单粗暴地就下了令："将她娘打四十板子，撵出去，永不许进二门。把五儿打四十板子，立刻交给庄子上，或卖或配人。"可怜柳五儿，一个如花女孩儿无辜受屈，眼看着就要因一瓶玫瑰露将命运改写了。别说拉出去配人，就是这四十板子以五儿之娇弱也未必挨得下来，那时就不只是错受惩罚，而是蒙冤殒命。

小厨房是个肥差，早有人盼着把柳嫂子除去给自己腾窝儿呢。所以一些人殷勤地给平儿送东西，又说着好话奉承。这是平儿跟随凤姐多年第一次当权管事，面对那些礼物和奉承她竟毫不动心,只是悄悄查明玫瑰露一案确实与柳五儿无关,还了她一个清白。

这事若交到凤姐手里,仍脱不了一个"狠"字,她要把"太太屋里的丫头都拿来,虽不便擅加拷打,只叫她们垫着瓷瓦子跪在太阳地下,茶饭也别给吃。一日不说跪一日,便是铁打的,一日也管招了。"还说"虽然这柳家的没偷,到底有些影儿,人才说她。虽不加贼刑,也革出不用。"可见王熙凤平日里都是这种"宁可错杀一千绝不放过一个"的处理方式,怪不得惹得人人咬牙切齿。后来连她自己都后怕地跟平儿说:"人恨极了,暗地里笑里藏刀,咱们两个才四个眼睛,两个心,一时不防,倒弄坏了。"

相比之下,平儿温和冷静,不动声色地就把事情料理得妥妥帖帖了。她把五儿放回,让柳嫂子依旧当差,将林之孝家的私自安排的厨房管理员退回,告诉她:"大事化为小事,小事化为没事,方是兴旺之家。若得不了一点子小事,便扬铃打鼓的乱折腾起来,不成道理。"等于委婉地告诫了"不嫌事大"的林之孝家的一下子。对于盗窃者和窝主,她想的更加周到,玫瑰露在赵姨娘屋里,折腾出赵姨娘来难免伤及探春的颜面。何况探春此时正当家管事,自己的生母成了赃物窝主,这叫她怎么处理合适呢?深了不行浅了不是,所以平儿并未打算把这事公布出去,只要悄无声息遮掩过去就得了。可偷盗的行为又不能不管,于是将闹起事来的彩云、玉钏儿叫来说明原委,好使她们知道"不是我们查不出来,是怕'打老鼠伤了玉瓶'"。一番言语,说得彩云自惭形秽,主动承认了偷露行为。

这样的结局,不知好过"太太屋里丫头全部在太阳底下跪瓷瓦子"多少倍!

芦雪庵烧烤那回,平儿丢了虾须镯,明明已经有婆子找到了失物和小偷,平儿却不声张,同样选择了息事宁人。只悄悄说给怡红院,找个机会把偷东西的坠儿撵出去就完了。为的也是成全别人的脸面。

若以为平儿只是一味地心慈手软那就错了。迎春的累丝金凤被奶妈偷去赌钱，奶嫂还捏造假账说迎春使了他们的钱，对于这样的刁奴才，平儿厉害得很，一眼看出她们"能过去就不打算赎"的本意，告诉她："趁早去赎了来交与我送去，我一字不提。""赶晚不来，可别怨我。"

旺儿迟迟不交来凤姐的利息银子，平儿也发话了："问着他（旺儿）那剩下的利钱，明儿若不交了来，奶奶也不要了，就越性送他使罢。"这种软中带硬的方法，比凤姐一味动怒堵狠又高了一层。

怎么身为丫头的平儿倒比凤姐、探春都要高明呢？正是因为她身份低微，和下人们接触的多，知道他们心里想什么怕什么；且因她处事柔和，不像凤姐那么严厉，所以底下的人有一星半点儿的错处也不妨她。如小厮兴儿所说："小的们凡有了不是，奶奶是容不过的，只求求她去就完了。"

论起管理手段来，凤姐如火，烈焰熊熊狠毒老辣；探春如灯，明察秋毫精细周密；平儿如水，至善至柔清澈明透。火烧得过头，难免玉石俱焚，灯开得太亮，没有余地易生嫌隙，而水虽看似柔弱，却最能以柔制刚、涤污荡垢，也最是润物细无声。

"俏平儿情掩虾须镯"的另一面

虾须镯一案也算得上《红楼梦》中"大案要案"之一了。为此,小丫头坠儿被晴雯撵出了怡红院,脸面全无地丢了工作。表面上看,这个案子的前后也算是清晰了——被盗者:平儿,偷盗者:坠儿,检举者:宋妈。可细看之后却发现这个案子似乎另有隐情。

事件起于"芦雪庵联诗"。这年冬天,荣国府忽剌巴儿一块儿来了好些亲戚,宝琴、岫烟、李纹、李绮这"一把子四颗水葱儿"般的女孩正和大观园中这些人年纪相仿,能玩儿到一处。宝玉随即撺掇贾母接了湘云来也一处热闹。本来就兴高采烈了,老天又善解人意地下了一场大雪,不赏雪联诗还等什么?诗还没做,湘云这个最会玩的就开始算计那块鹿肉了。归根究底,是鹿肉惹的祸。偏巧这功夫平儿来了,见如此有趣,也乐得玩笑,因此褪去手上的镯子要"先烧三块吃"。吃尽了兴再带镯子,却发现少了一个。前后左右乱找一番,踪迹全无。要说这个坠儿肯定是个初犯,不然她不会现放着两只镯子,偷一个还给剩一个,从这一点就看出坠儿还只是个稚嫩的孩子,不过一时糊涂罢了。

还说当时的情形。这时候凤姐也在场，见平儿的镯子丢了一只，她笑道："我知道这镯子的去向。你们只管作诗去，我们也不用找，只管前头去；不出三日，包管就有了。"听这话，凤姐似乎对这起盗窃案了如指掌。难道她真的知道作案人是谁？我想，她之所以敢夸下海口，不过是"艺高人胆大"，即使当时不知道，凭她的权力和本事也不难把这件事调查清楚吧？

案情很快明了了，出乎意料的是，判案结案却和凤姐并没多大关系。

怡红院窗下，平儿悄悄对麝月说："那日洗手不见了，二奶奶就不许吵嚷，出了园子，即刻就传给园里各处的妈妈们小心查访。我们只疑惑邢姑娘的丫头，本来又穷，只怕小孩子家没见过，拿了起来也是有的。再不料定是你们这里的。幸而二奶奶没在屋里，你们这里的宋妈妈去了，拿着这只镯子，说是小丫头子坠儿偷起来的，被她看见，来回二奶奶的。我赶着忙接了镯子，想了一想：宝玉是偏在你们身上留心用意，争胜要强的。那一年有一个良儿偷玉，刚冷了一二年间，还有人提起来趁愿，这会子又跑出一个偷金子的来了。而且更偷到街坊家去了。偏是他这样，偏是他的人打嘴。所以我叮咛宋妈，千万别告诉宝玉，只当没有这事，别和一个人提起。第二件，老太太、太太听了也生气。三则袭人和你们也不好看。所以我回二奶奶，只说：'我往大奶奶那里去的，谁知镯子褪了口，丢在草根底下，雪深了没看见。今儿雪化尽了，黄澄澄的映着日头，还在那里呢，我就拣了起来。'二奶奶也就信了，所以我来告诉你们。你们以后防着她些，别使唤她到别处去。等袭人回来，你们商议着，变个法子打发出去就完了。"

平儿这一席话说得有里有面，听得怡红院的公子丫头感激不尽。可是，这篇缘由和当初凤姐的信心十足一对比，是不是显得有些出入呢？以凤姐之精细，会让平儿几句话瞒哄过去？

以平儿之忠，会为了包庇怡红院而对主子撒谎？这几乎是不可能的。所以，凤姐势必是知情的，而且会知道得很详细。那她为什么会让平儿出面来结案呢？

我们且看这个案子之前的一件小事：第四十五回中，荣国府老奴赖嬷嬷进来请贾母等人赏脸吃酒席，正赶上王熙凤要"开除"周瑞的小子，赖嬷嬷就给求情了："奶奶听我说：他有不是，打他骂他，使他改过，撵了去断乎使不得。他又比不得是咱们家的家生子儿，他现是太太的陪房。奶奶只顾撵了他，太太脸上不好看。依我说，奶奶教导他几板子，以戒下次，仍旧留着才是。不看他娘，也看太太。"赖嬷嬷点醒了凤姐，精明的凤姐一下子明白了自己原来的决定是多么错误了。

而这一次，恰恰又事关怡红院。怡红院的丑就等于贾宝玉的丑，进而等于王夫人的丑。如果将这个案子公事公办，走个"明手续"，不但像平儿所说的，袭人等不好看，宝玉脸面搁不住，岂不是连王夫人也会被赵姨娘等一些人"说起来称愿"了吗？聪明如凤姐，怎会让同样的错误犯两回？

即便凤姐觉得坠儿不过是个小丫头，这件事也没必要考虑那么大干连，平儿也不会不提醒她吧？

"玫瑰露茯苓霜"一案里，凤姐不满宝玉胡乱应承瞒赃，定要细细追究："依我的主意，把太太屋里的丫头都拿来，虽不便擅加拷打，只叫她们垫着磁瓦子跪在太阳地下，茶饭也别给吃。一日不说跪一日，便是铁打的，一日也管招了……"平儿在一旁就劝凤姐了："何苦来操这心！'得放手时须放手'，什么大不了的事，乐得不施恩呢。依我说，纵在这屋里操上一百分的心，终久咱们是那边屋里去的。没的结些小人仇恨，使人含怨……如今趁早儿见一半不见一半的，也倒罢了。"一席话，说得凤姐儿倒笑："凭你这小蹄子发放去罢。我才清爽些了，没的淘气。"

从这一前一后两件事来看，凤姐不但对虾须镯一案是知情的，还可能就是她在主办。叫平儿暗中结案不过是为了顾及王夫人这个顶头上司的面子。

或许，当宋妈检举了坠儿交回镯子的时候，凤姐和平儿之间就有这样一段对话：

"竟会是怡红院的坠儿？这也奇了，而且叫我也难办了。岂不是碍着宝玉的脸面和太太的脸面？让赵姨娘那起人知道了又该称愿了，太太岂有不生气之理？若宝玉因这个事儿一时不自在了，岂不连老太太也着急，岂有不埋怨我之理？上次周瑞儿子的事多亏赖嬷嬷提醒，不然太太表面上虽不好说什么，心里岂有不恼我的？这会子又出了这个事儿，办的严了，那起糊涂人倒说是偷了咱们的东西才这个样儿，不严办，坠儿那小蹄子也断乎留不得了，岂不为难？"

"奶奶这等英明，怎么这点子小事儿就为难了？依我说，奶奶竟装个不知情，我只告诉怡红院的人这镯子是坠儿偷的，因怕宝玉等人难堪，我没声张，也没回奶奶，只叫她们日后拿个错儿，悄悄地打发出坠儿去就完了。"

凤姐笑道："让我装个不知道，你去做情买好儿？亏你小蹄子想得出来！也罢，就凭你去调停去就完了，我乐得省心还不得罪人呢。"

于是乎，就有了我们看到的"俏平儿情掩虾须镯"事件的表面一幕。

"好狠心的嫂子！"

在那个"黄花满地，白柳横坡。小桥通若耶之溪，曲径接天台之路"的会芳园里，王熙凤刚刚从可卿房里出来，猛不防一个人突然从山石后头出来"请嫂子安"，这人就是瑞大爷。

看凤姐那反应就知道，瑞大爷这请安的姿势是不同寻常的："凤姐儿猛然见了，将身子望后一退"——请安请得都快撞上人家鼻梁骨了，瑞大爷应该是喝得有点儿高了吧？若不然，料他也没那么大胆子这么不知死活地"请安"。

平儿曾笃定地对贾琏说"她（王熙凤）醋你使得，你醋她使不得。她原行的正走的正"，平儿是没看见凤姐对贾瑞的这一幕。

在会芳园里，面对贾瑞色眯眯的双眼，王熙凤两次"假意含笑"说贾瑞"你是个聪明和气的人"，又说"一家子骨肉，说什么年轻不年轻的话"，还关切地劝他："快入席去吧，仔细他们拿住罚你酒。"说得贾瑞脚下绵软，身子都快要飞起来了，一边走一边恋恋不舍地回头看她，凤姐又"故意把脚步放迟了些儿"。

听她那话"怨不得你哥哥时常提你，说你很好。今日见了，听你说这几句话儿，就知道你是个聪明和气的人了"，说明她和贾瑞是第一次单独见面说话，之前只不过彼此知道是一家子而已，并没有过什么交流。正因为彼此不甚了解，贾瑞才色胆包天敢来招惹心机手段比常人深三尺的凤姐。

平儿说他是"癞蛤蟆想吃天鹅肉"，其实这时的贾瑞并没指望一定会吃上"天鹅肉"，他不过是酒后色心起，"癞蛤蟆"想试探下"天鹅"。"水晶心肝玻璃人"的凤姐焉能看不出来？不过，紧走几步不理他不就完了吗？光天化日在宁府的花园子里，难道他敢对荣国府的管家少奶奶怎样不成？可凤姐不。她觉得既然猎物自投罗网，那就不如试试手段。

一个怀着猫逗老鼠的心思想要玩弄人于股掌之中，另一个却痴心傻意给个棒槌就认作针了。看他俩那些两差头的对话——

凤姐说："这会子我要到太太们那里去，不得和你说话儿，等闲了咱们再说话吧。"在贾瑞听来，这就是邀请啊！原来嫂子是想和我聊天的，只是赶得不巧此时没空而已。那我可以去她家里"请安"了！嫂子明明告诉我说"一家子骨肉，说什么年轻不年轻的话"的！

揣着一腔子昏头昏脑的热情，贾瑞几次去了荣府，恰巧凤姐都往宁府探望可卿去了。若这时他肯回头，也许还有一线生机，偏偏这瑞大爷色迷心窍，将祖父年迈、家族伦理、品行道德……种种该想到的事情一发忘了个干干净净。有那句"一家子骨肉"作借口，他激动得满心里只剩了一句话：见嫂子，见嫂子，见嫂子。

凤姐正和平儿说着"这畜生合该作死"，贾瑞就又来了。有一个细节非常有意思：王熙凤"急命人快请进来"，她急什么呢？游戏开始了，她怀着一身"绝技"正期待着上场呢。

贾瑞先问："二哥哥怎么还不回来？"言外之意是：你丈夫

好狠心的嫂子！

191

怎么不来陪你？

凤姐儿答："不知什么原故。"言外之意是：他的行踪也不告诉我。贾瑞再自行理解一回，就成了"原来他们夫妻没那么亲密，空子有的钻"。

贾瑞笑道："别是路上有人绊住了脚了，舍不得回来也未可知。"——你的丈夫也许在外面有人呢，你在屋里做出点什么事来也不算对他不起。

凤姐儿："也未可知。男人家见一个爱一个也是有的。"——贾琏如此，你也未必是个好鸟儿。

贾瑞："嫂子这话错了，我就不这样。"

凤姐笑道："像你这样的人能有几个呢，十个里也挑不出一个来。"王熙凤这句说的是反话：你这种作死的畜生也很少见。贾瑞却理解成了凤姐在夸他，喜得抓耳挠腮，心痒难耐，进一步探问"要常过来陪凤姐说话儿解闷儿"。凤姐太会拿捏人的心理了，她说贾瑞"比贾蓉两个强远了。我看他那样清秀，只当他们心里明白，谁知竟是两个胡涂虫，一点不知人心"。

听听，"一点不知人心"，这话怎不让人浮想联翩？所以贾瑞听了凤姐说"你该去了"时，心都要化了。这不就是恋爱中的姑娘卷起小拳头一边捶打一边喊的那句"你真坏"吗，瑞大爷骨酥心颤、口齿绵软地说了句："好狠心的嫂子！"到这时，一条鱼拼命地咬着钩，甩都甩不开了。

贾瑞何以被王熙凤攥得牢牢的，一步步往死路上寻呢？或许和贾代儒也有些关系。

贾瑞是和宝玉一辈的贾家男丁，早早地没了父母，跟着祖父贾代儒生活，也算是个苦命孩子。都说"隔辈亲"，可到了贾代儒老先生这里，"隔辈亲"成了"隔辈严"。兴许是儿子早亡，代儒将"望子成龙"的心思一丝不落地转移到了孙子身上，"不许他多走一步，生怕他在外面吃酒赌钱有误学业。"贾瑞的祖父和宝玉的祖母真是两个极端，老太太是一味地疼爱，把孙子捧在手里都怕化了，代儒却是严肃刻板到底，一言不合就罚跪、不许吃饭。

爱之深，责之切。贾瑞在这样的环境中成长，想必童年也快乐不到哪儿去。代儒年纪一大把，还要负责贾家学堂的教育工作，能放在孙子身上的时间恐怕不多。互不沟通，难免不通。宝玉在政老爹手里除了挨骂之外还说不上三句话呢，何况这对祖孙，一个严肃，一个顽劣，那代沟就不是一般的深了。

贾瑞二十来岁的年纪，一没工作二没成家，一边帮着祖父料理学堂一边读书，算是个"半工半读"。祖父对他的指望是"学业有成"，不过贾瑞实现的几率恐怕不大。在贾芸千方百计求着琏二叔凤婶子给自己安排个差事时、在贾芹赶着骑着大叫驴带着小和尚道士们往家庙里去时，贾瑞在干嘛？他在勒索学堂的子弟们请他。贾家搞教育的代儒老先生对自己亲孙子的顽劣行止一字不知，只怕他的教育方式未必有多高明。

贾瑞一夜未归时，祖父不光打了他三四十板子，还不许吃饭，最重点的是"令他跪在院内读文章，定要补出十天的工课来方罢"。明知他在说谎，却不查明原委，只让补十天的功课，这根本就是只打算治标不打算治本啊。

宝钗说过"男人们读书不明理，尚且不如不读书的好"，代儒却信奉"管他明不明理，读书进学最重要"。他为贾瑞的人生只规划了一条路：从十年寒窗到一举成名。完全不想如果此路不通该往何处去。或许在代儒的心里这条路是一通到底的。怎么能不通呢？"不雕不能成器"，我这不是每天都在不懈努力地雕琢他么？代儒为贾瑞筑起了一道道严厉的堤坝，不许这样、不许那样，却忽略了只堵不疏难免不泛滥成灾。

学堂拉帮结派的，打架闹事的，乱搞龙阳的，加上薛蟠这个"呆大爷"兴风作浪，瑞大爷正好浑水摸鱼多得些便宜——只怕这就是他唯一的快活时光了。日日严肃刻板的家庭生活带来的郁闷，只有在这个热热闹闹的学堂里才能偷摸得到些发散。

贾瑞的一腔子坏水儿就是这样越积越多的。

他的渴望也越来越多。其实此时的凤姐也在渴望。他们一个渴望发散满腔憋闷，和二十岁年纪里时时撞人心坎的过多的荷尔蒙，一个渴望畅快淋漓地一展手段。两人在会芳园一遇可谓是"一拍即合"。

凤姐约下贾瑞起更时分在西边穿堂等他，冻了他一夜。文中说"凤姐见他自投罗网，少不得再寻别计令他知改"，其实，贾瑞的活路，只停留在会芳园巧遇之时。那时他们的对话尚未挑明，也无人听到。等到了荣府里，王熙凤和贾瑞说了那些调笑的话以后，贾瑞就注定是死路一条。以凤姐之精明，她肯和一个猥琐小叔子说那些话，绝不是盼他知难而退，而是为他安排好了奈何桥之路。

即便贾瑞顿悟了悔改了，正如凤姐所说，他们是"一家子骨肉"，过年过节平常日子，哪能这辈子见不着面了呢？既见面，岂不尴尬？何况岂止尴尬？有这么个听过自己说那些"酥人骨头"的话的本家小叔，能保得住他不往外胡吣？传出去一点半点，人多口杂，好说不好听，凤姐的名声何在？既如此，不如叫他死。

在二十四节气中，"冬至"过后将进入一年中最寒冷的气候，也就是人们常说的"数九寒天"。可卿病重，大夫说"怕冬至"，凤姐奉贾母之命去探病。她看望可卿是冬至后的第三天，也正是在这一夜，她设计让贾瑞在外面冻了一夜。没想到贾瑞仗着年轻气血旺竟然纹风没动，接着凤姐又使出了更狠的招数：继续约他，这次不仅让贾蓉贾蔷吓唬他，还安排下人兜头浇他一桶屎尿。

贾蓉贾蔷又临场发挥，讹了贾瑞五十两银子，知道他拿不出现银，连笔墨都准备好了让他打借条。之后的贾瑞过的是这种日子："贾蓉两个又常常的来索银子，他又怕祖父知道，正是相思尚且难禁，更又添了债务，日间工课又紧，他二十来岁人，尚未娶亲，迩来想着凤姐，未免有那指头告了消乏等事。"

孙子陷在这种煎熬里，代儒仍是一字不知的，他只是在纳闷，怎么好端端一个人无缘无故就病了呢。久病不起，大夫让吃"独参汤"，代儒这时只得去荣府"扣富儿门"了——年迈老衰的祖父，为了家里这根唯一的独苗已是什么都顾不得了。王夫人是慈悲的，她吩咐王熙凤找些人参给他："救人一命，也是你的好处。"可凤姐才不想找什么人参呢，她只"将些渣末泡须凑了几钱，命人送去"——好容易将他整惨，就有现成的人参也不给他！若贾瑞得知这一切，是不是还会再喊一句"好狠心的嫂子"？

贾瑞死了，从他迈出给嫂子"请安"的那一步开始，就注定是一步步把自己往阴曹地府里请。怨天怨地不如怨他自己，二十来岁的人满可以分辨好歹了，他却不能，后来开了窍"想到是凤姐顽他"，却依然忘不了他那"好狠心的嫂子"。这样的人说他咎由自取也不为过。

可是细想想，倘若他从小有父母管教，祖父是不是可以不那么严厉？倘若他有个疏通心事的渠道，会不会不那么一味往网里撞？倘若他在会芳园喝多了遇见的不是凤姐而是别的嫂子，会不会只是挨上几句骂，领个"酒后昏了头"的罪名也就丢开手了？可惜生活中没有如果。

贾代儒这一支血脉绝后了。荣宁两府门前的大石狮子依然威武，厅堂里的灯火依然辉煌，凤姐更加杀伐决断不逊于男人。几年以后，探春喊出了"须自杀自灭才能一败涂地"的话，其实自杀自灭的程序早就已经开始了。

宝二爷最喜欢哪个丫头

　　作为贾府中的"明星"人物，宝玉怡红院中的资源自然都是最好的。不说院里那芭蕉仙鹤，屋里销金嵌宝，只看他的丫鬟们，一个个都似水葱儿似的，还不是最好的例子吗？四儿是个不起眼的小丫头，还生的有"十分水秀"，何况袭人一干人呢。

　　宝玉认为"天生人为万物之灵，凡山川日月之精秀，只钟于女儿，须眉男子不过是些渣滓浊沫而已"，他对女儿们是何等偏爱！怡红院中，让宝二爷最喜欢的是谁呢？先看他屋里都有谁。

　　袭人自然是第一个，老太太把她拨过来就是看她忠心厚道，凡事妥帖。袭人也不负托付，事事为宝玉想得周到。大到命根子似的通灵宝玉，她每晚临睡摘下来用手帕包好，第二日戴就不那么凉了，小到扇套、汗巾子这些随身物件，也是她心里想着手里做着，更别说春夏秋冬四季的衣服，哪一套不是袭人搭配？若是跟政老爹出去，还不能穿得太华丽，得想着拿一套半新不旧的衣履给二爷穿，否则老爷必说过于奢靡不知节俭。

> 宝二爷最喜欢哪个丫头

一年到头，别说怡红院的银钱出入，事物安排，就是光一个宝二爷，袭人的工作量就实在不少。宝玉虽然读书不成，却是个最有品位有情趣的人，袭人若没点儿审美能力，光是衣服鞋子搭配只怕就不能达到二爷满意呢。怨不得李纨都说"这一个小爷屋里要不是袭人，你们度量到个什么田地！"

宝玉也离不开袭人。袭人过年时回家一天，宝玉就跑了去找她，又给她留着"糖蒸酥酪"，又是让她"就家去才好呢"，那情形简直难拆难分。

可是，宝玉虽离不开袭人，却只限于生活中的依赖。袭人自己也知道"伺候的好那是分内之事，不是什么奇功"。这话说得明白，一个丫头，不会伺候主子要你何用呢？

可分明有个丫头，就是不会伺候主子的，得到的还不是一般的受宠，她就是芳官。原是小戏子出身，自然比一般的丫头更伶俐些。她一来，连麝月、秋纹、碧痕这几个都得靠后站，更别说四儿、春燕她们了。

芳官受宠，主要是因为主子的颜值控。芳官在戏班子里是正旦，当是十二个小戏子中最貌美之人。宝玉生日那次，晚上大家要开夜宴，"当时芳官满口嚷热……头上眉额编着一圈小辫，总归至顶心，结一根鹅卵粗细的总辫，拖在脑后。右耳眼内只塞着米粒大小的一个小玉塞子，左耳上单带着一个白果大小的硬红镶金大坠子，越显的面如满月犹白，眼如秋水还清。"这段描写是不是和宝玉刚出场时有几分相似——"头上周围一转的短发，都结成小辫，红丝结束，共攒至顶中胎发，总编一根大辫……面如敷粉，唇若施脂。"所以众人看来都说"他两个倒像是双生的弟兄两个"。

确实，芳官有很多地方和宝玉相似，不只是相貌。袭人说芳官儿"你也学着些服侍，别一味呆憨呆睡。"要是知道怡红院那种潜在的不可越位的规矩，就知道袭人这话有多真心了。当初小红就因为给宝玉倒了一碗茶，遭碧痕秋纹一顿好骂。四儿是宝玉和袭人闹别扭时"变尽方法笼络宝玉"才得到近身伺候的机会的。面对这么个人人想争先的环境,芳官竟然全在憨玩,一点儿学习的心思都没有。她也不想想,戏班子已经散了,这样一直玩儿下去就可以过一辈子吗?眼前有宝玉宠着,一会儿取个名字"耶律雄奴",一会儿又是"金星玻璃",划拳行令喝酒……这样的日子自然好,可一辈子长着呢,哪能一直这么好混。芳官这个好不虑后的心态,和宝玉那句"我能和姐妹们过一日是一日,死了就完了,什么后事不后事"多么相似。

都说"袭为钗副,晴为黛影",作为三大主角之一的宝玉岂可没个相似的人?芳官即是。宝玉喜欢她,其实是在喜欢另一个自己。

这样说来,芳官是宝玉最喜欢的丫头了?若不是,难道还有谁比喜欢自己更喜欢的人吗?有:晴雯。

王熙凤说过:"若论这些丫头们,总共比起来,都没晴雯生得好。"荣国府几百人,晴雯是个尖儿。宝二爷去宁府赴宴都想着晴雯爱吃豆腐皮包子,和珍大奶奶撒谎说自己晚上吃,实际是拿回来给晴雯留着的。为撕了扇子俩人拌嘴,宝二爷不仅赔了不是,还把扇子尽着让晴雯撕了个够。

说起晴雯确实有几样出众的地方:心灵手巧、做事爽利、模样标致……不过,要说宝玉只是因为容貌喜欢晴雯的,那就太小瞧二爷的品位了。在他对晴雯的喜爱中,颜值只是附加值。会巧结梅花络子的莺儿难道不心灵手巧?跳槽到凤姐身边的小红难道做事不干练?何况,论温柔体贴晴雯不如麝月,比细致妥当也不及袭人,一个怡红院里,唯一和主子拌嘴又哭又闹的就是她。连宝玉也承认"满屋里就数她磨牙"。可磨牙归磨牙,晴雯在宝玉心里的分量谁都比不了。

晴雯被撵,宝玉千方百计出去看她,心里惦着她一夜都没睡好。第二日和老爷出去应酬回来,对贾母说"骑马颠了骨头疼",其实是想早些回屋探听晴雯的消息。路上他一会儿摘冠带，一会儿脱衣服，那时八月时节，能有多热呢？为的是让身边跟着的麝月秋纹先把衣服送回去，他好细细向小小丫头打听晴雯的情况……这些心机全为一晴雯。

难道和宝玉初试云雨情的不是袭人吗？难道和宝玉最玩儿得到一处的不是芳官儿吗？袭人说过：那晴雯算个什么东西……她纵好，也灭不过我的次序去。但是，晴雯真就越过了怡红院第一大丫鬟袭人，成了宝二爷心里最重要的丫头了。她凭的什么？

第二十五回里，宝玉初见了小红，见这丫头容貌俏丽举止利落，就留了心，想点名唤她来使用，却没叫她来，因为"又怕袭人等寒心"。一个做爷的，怎么倒怕起做丫头的来？

这是宝玉和别的主子的不同处，他是天上下来的护花使者，让哪个女孩子不高兴了他都不愿。难道把小红提上来使唤，袭人就会不开心吗？宝玉自然知道，这又不是没有过的事儿。

第二十一回里，湘云来了，和黛玉同住。宝玉大清早起来就去她姐妹屋里"叫早儿"，还在那屋里洗了脸才回来的。一进屋，袭人就恼着呢，说："从今以后别再进这屋子了。横竖有人服侍你，再别来支使我。我仍旧还服侍老太太去。"这里面既有想劝诫宝玉"姊妹们和气，也有个分寸礼节"的意思，也有那么一点儿服侍二爷是她的专职，别人代劳了就不高兴的小心思。

第三十四回里就更明显了。宝玉挨打后，"心下记挂着黛玉，满心里要打发人去，只是怕袭人，便设一法，先使袭人往宝钗那里去借书。"之后，他拿了几条旧手帕让晴雯给黛玉送去。

宝玉何至于这样怕袭人呢？原来就在这一日，宝玉对黛玉说出了那句感天动地的情话："你放心。"黛玉含泪而去，宝玉竟痴痴呆呆未醒过神来，把前来送扇子的袭人当作黛玉，说了一句"睡里梦里也忘不了你！"待他醒过腔来，才看清是袭人，

"羞的满面紫胀，夺了扇子，便忙忙地抽身跑了。"

袭人做为一个最贴身的丫头，她太了解宝玉了。宝玉在她面前无所遁形，有些事难免尴尬。更何况，自从"初试云雨"后，袭人视宝玉为终身依靠，替他思前虑后，总不免逢着机会就劝诫几次。

人都有一个特性，喜欢找舒服的人，待在舒心的地方。麝月、秋纹等虽也妥帖，可她们是袭人一群里的，她们知道的事，难保袭人不知道，袭人知道了，又难免不劝几句——总是太过在意，才会过于干预。

晴雯则不同，她虽和袭人一样是老太太屋里过来的，却没那么多想法儿。看遍怡红院的丫头，谁不叫袭人一声"姐姐"？唯独晴雯不叫。不只因为年龄，还因为身份。

在晴雯眼里，宝二爷就应该是这样的宝二爷，他做什么自有他的道理，不用做任何改变——爱一个人，连他的缺点都爱进去，这样的爱才纯粹。所以晴雯除了做自己该做的那点儿事，闲了或和姊妹们抓子儿赢瓜子儿玩，或拿几吊钱去抹骨牌，完全不是袭人那种"先天下之忧而忧"的人。自己轻松着，周围的人自然也跟着轻松起来了。

晴雯又是个没心机的，不高兴了就吵闹一阵，嘴里有什么说什么。这样人虽然言语锋利些，却是不用设防的。她简单、明快，不会藏着掖着。

宝玉不思上进，晴雯也从不替自己打算，"痴心傻意，只说横竖是在一处"。她从不给自己定什么奋斗目标，时刻想着往上攀。也不想显摆自己的能量，给柳五儿安排个工作啥的。更不会瞅准机会就表现自己。她给二爷披个衣，递个水，完全出于本心，而不是想做给谁看，更不是有什么企望。

唯有这样，才会将一片纯真最大限度地保留着。也唯有这样，才能让人接触起来最舒服。即便恼了，哭了，闹一场，也是直抒胸臆，绝对没有任何掺杂。

宝玉和黛玉是精神上的知己，和晴雯则是心灵中的一致。"物以类聚，人以群分"，不是一类的人，再温存体贴、妥当周全，也只能停留在生活中的相契相合，到不了对方心里那处最深的地方。

怡红院的丫头，宝二爷最看重的是磨牙的晴雯，不是因为她容颜最美，身形最俏，也不是因为她心灵手巧，做事爽利，亦不是全因她和黛玉的那几分相似，宝玉喜欢的，是她的世界中那一片纯白的美好。

三个"二木头"

把人冠以"木头"的称号,真是生动而有意思。迎春是最著名的"二木头"了,连奴才们背后都说她"戳一针也不知哎哟一声",可见她有多木吧!

桂树下吃蟹写菊花诗那回,诗做完了大家都三五一群玩乐:黛玉钓鱼,宝钗拿着桂花蕊掷水,探春几个一起看鸥鹭,唯独迎春"又独在花荫下拿着花针穿茉莉花"。有声有色的美人图中,忽然来了这么寂静的一笔。二小姐似乎被人们忽略惯了,她自己也浑不在意,穿着茉莉花的时光就是让她沉浸其中的最美的时光——干么要和大家一起呢,独个一人不好么?迎春的世界一直是这样的,别人爱干啥干啥,我不管。就算奶母偷了我的累丝金凤,也是"她送回来我就收着,不送来我也不要了",气得探春不要不要的,丫鬟绣橘也愤愤不平:这样下去,"将来连姑娘还骗了去呢!"——果然一语成谶。

被人偷走的累丝金凤恰如迎春命运的伏笔。当贾赦要把她嫁给孙绍祖,连叔叔贾政都觉不妥,贾母也不太满意,可亲事还是成了。不知为何这一家人对二姑娘的婚事竟然都不怎么上心，叔叔见"劝谏过两次，无奈贾赦不听，也只得罢了"。贾母更奇怪，只淡淡说一句"知道了"。为何如此冷淡呢？这些孙女外孙女中，元春自不必说了，"但凡不好也没这段大福"；探春聪敏有才干，是和凤姐一样"裙钗一二可齐家"的人物；惜春虽小，却有自己的主意，说不要入画就是不要，任谁劝说也无济于事，说出家就出家，八头牛也拉不回来；黛玉是老太太的心尖子，才情品貌都高，又生了一张巧嘴，一颦一笑都得人意儿。只有迎春，几乎没任何出众的地方，整日默默无闻的，人们已经习惯了她的无声无息，所以连亲祖母都没有对她的事特别在意——被边缘化了的人，她的世界一直冷寂无声。连湘云定了亲，府里都传来各种祝愿声，迎春的亲事却听不到任何声音，只说孙家"娶亲的日子甚急"，迎春就闷声不响地嫁过去了。难道是真如孙绍祖所说"你老子使了我五千银子，把你准折卖给我的"？

准折也好，嫁人也罢，迎春一定觉得：父亲是这样安排的，我又有什么法子？自此，二小姐过着"好不好，打一顿撵在下房里睡去"的日子，实在难以忍受了，也不过回娘家时哭着和婶子王夫人诉诉苦——只是诉苦而已，丝毫没有自己的打算。还不如宝玉，说的话虽然孩子气："我昨儿夜里倒想了一个主意：咱们索性回明了老太太，把二姐姐接回来，还叫她紫菱洲住着，仍旧我们姐妹弟兄们一块儿吃，一块儿玩，省得受孙家那混账行子的气。等他来接，咱们硬不叫他去。由他接一百回，咱们留一百回，只说是老太太的主意。这个岂不好呢！"他还知道帮着想办法，而当事人迎春，竟从来没有过这种意识，仍然是丢了累丝金凤的那种心态"送回来我就收着，不送来我也不要了"。鸳鸯身为一个丫头都可以为自己而战，破釜沉舟绝不妥协，二小姐迎春却只一味地"木"着。估计面对孙绍祖的摧残，她除了忍耐别无他法。孙绍祖确实是恶棍一个，但假如他娶的是夏金桂，保不准死的是谁呢！

迎春在孙家受辱，王夫人是这么劝她的："已是遇见了这不晓事的人，可怎么样呢"。是王夫人心狠吗？不是，说这话只是因为她们的思维一致——王夫人是另一块"二木头"。

老太太曾对宝钗说，"你姨娘可怜见的，不大说话，和木头似的，在公婆跟前就不大显好。凤儿嘴乖，怎么怨得人疼她。"——恰好，这王夫人在娘家和夫家的排行也都是第二。"木头们"的特点不只是不爱说话，"木"还有另一层含义，就是脑子和榆木疙瘩一样：做事拎不清。

不声不响的王夫人很低调，每日里不声不响的，看着赵姨娘闹腾得十分不像了，才说一句"我几次三番不理论，你们越发得了意了"。同为出身于"东海缺少白玉床，龙王来请金陵王"的四大家族之一王家，她却和打扮得宛如"神仙妃子"一样的侄女王熙凤大不相同。王夫人最不喜欢乔妆艳饰，所以看到晴雯这种会打扮的就不顺眼，袭人那样"粗粗笨笨"的倒十分和她的意。你看她拉着袭人那份亲热，满口里叫着"我的儿……你方才和我说的话全是大道理，正和我的想头一样"。像找到知己一样。尤其在袭人向她告密后，她从自己月钱里拨出"二两银子"给袭人，把她立为宝玉的预定妾室。她认为她是十分了解袭人的：这丫头忠实老成，一心一意服侍主子，不会魅惑男人，更不会和宝玉"乱了分寸"。那个"妖媚惑主"的晴雯，得赶紧把她弄出大观园去！至于晴雯出去没多久就死了，那也正好，这样的狐狸精死不足惜。

袭人和晴雯是贾母同时指给宝玉的，"一撵一留"，不仅算是给老太太留了面子，也让她自己松了一口气：这下好了，终于合我心意了。可事实是怎样呢？是一个大写的讽刺。最先跟宝玉"初试云雨情"的是袭人；平时装睡哄宝玉引逗的也是袭人——宝二爷可不止和一个丫头"捣鬼"，晴雯曾经笑话过他："记得碧痕打发你洗澡，足有两三个时辰，也不知道做什么呢。我们也不好进去的。后来洗完了，进去瞧瞧，地下的水淹着床腿，连席子上都汪着水，也不知是怎么洗了，笑了几天。"又是"两三个时辰"，又是"水淹着床腿"，这真的只是洗澡吗？晴雯心里都明白，只是十分不屑。尽管身为下贱，可是她骄傲着呢！虽然"你们那瞒神弄鬼的，我都知道"，可我依然只是尽我的本分就完了。所以，为宝玉带病补好孔雀裘的是晴雯，和宝玉清清白白"枉担了虚名"的也是晴雯……如果王夫人知道这些内幕，会不会狠狠给自己两巴掌？古人说"女子无才便是德"，真是大错特错，一个人连事情的真相都掌握不了，弄不好就好心办成坏事，德从何来？

第三块"二木头"是谁呢？

此人仍然排行第二，仍然拎不清，仍然有着无底线顺从的个性。她就是尤二姐。有人说尤二姐不"木"啊，你看她和贾蓉调笑时多欢腾！又是"顺手拿起一个熨斗来，搂头就打"，又是把砂仁"嚼了一嘴渣子，吐了他一脸"，这画风，简直太生猛！

尤二姐外面看着确实不木，她的木全在骨子里。

尤二姐本来不姓尤，是母亲改嫁给尤家后才改的。她的人生悲剧很大一个原因是因为母亲。尤老娘太贪财！当初把女儿指给皇粮庄头张家，是看到张家的显赫（皇粮庄头是给皇帝管理私人田产的负责人），后来张家没落了，她天天念叨着要退婚。改嫁到尤家是为什么书中没有交代，只怕也是因为前夫家"没落"了。这个尤老娘只要有钱又有快活日子过，其他的都可以忽略不计。就这样，尤二姐和尤三姐慢慢变成了男人口中的一对"尤物"。

尤二姐很听话。母亲要退婚，她就觉得应该退婚，母亲喜欢钱，她就接受了前来"接济"的姐夫，后来姐夫说把她聘给贾琏做外室，她也十分愿意。书中对尤二姐有一句评价非常贴切："二姐是水性的人"，她就如同一杯水，放到方的容器里就是方的，放到圆的容器里又成了圆的——这心中的木然才是最要命的。

在小花枝巷里，凤姐一番生动的表演赢得了尤二姐的信任，她又依依顺顺地跟着凤姐进荣国府去了。估计小花枝巷的下人们：鲍二一家人、两个丫头等，眼睁睁看着主子尤二姐一步步走向深渊是痛心疾首的，可在大奶奶王熙凤面前，她们纵然看得透却是谁也不敢多说。

进府后的尤二姐变成了一个十足的可怜虫，连头油没了都不敢言语。就这样，丫鬟善姐还时不时地找茬给她几句冷言冷语呢。不招人待见的赵姨娘都敢甩怡红院正当红的丫头芳官一巴掌，教训她几句，尤二姐却在一个不起眼的小丫头面前丝毫不敢摆主子身份。一个主子奶奶，连瓶梳头油都不敢让丫头去领，只由得丫头"送来我便收下，不送来我也不要了"。这种处事方法，简直又是一个迎春的翻版。

最不该"做姑娘时便和姐夫不妥"，又不该让贾琏偷娶到外面，做一个"敲不得"的锣儿，更不该听了凤姐一番"亲热话"就认定了她是个知己，一心一意跟她进府——"知己知彼，百战百胜"，拎都拎不清，胜算从何来？

这三块"二木头"中，除了王夫人有显赫的娘家支撑着，能年复一年地木着过日子，其他两位，一个被"中山狼"摧残至死，一个被"母老虎"逼迫身亡，可叹！

"无才便是德"是要女人懂得内敛，不是不知，而是不争，心中天地纵横，却和着细水长流的节拍，柔中带刚，人格才会有支撑。

怡红院背人处那些故事

宝玉是府里的"活龙",人人捧着他,正是"人红是非多",他的怡红院也沾带着热闹非凡。这院子里点缀着山石,种着芭蕉海棠,廊上鸟鸣声声,松下仙鹤闲闲,屋里更是精致得不得了,这么清幽雅致的院落,内中光景可并不简单,背后总有那么几处故事耐人寻味。

第一件是小红的故事。这个女孩子和别人不同,她不是服侍宝玉而来的,却是派来看屋子的。大观园建成到元春省亲之后的一小段时间内,宝玉等并未入住,却要有人打扫收拾着,小红就是这时被派定专管怡红院的。后来贾府尊贵妃旨意,让姐妹们和宝玉住了进来,小红自然而然就成了宝玉的丫头。

宝玉身边的丫鬟看上去和气一片,实则等级森严。第一等的是老太太给的,如袭人、晴雯,这两位中袭人因为做事周全妥帖,又高于晴雯,如怡红院中的负责人一般。冷眼细看,这里敢和袭人顶撞拌嘴不服约束的只有一个晴雯,并不是只因为她性子太直,身份也是原因之一——同是贾母派来的。下面的还有麝月、秋纹、碧痕……这样数下去,总也数不到当初看屋子来的小红。

一个伶俐丫头,做的只是些浇花喂鸟烧水借喷壶替人描花样子的活儿,她能甘心?瞅准机会给宝二爷倒了一次茶,却被秋纹碧痕两个"兜脸啐了一口",又骂了一顿。其实,小红受气的时候,宝玉倒在心里琢磨着要点名唤她近身使唤的。只是怕袭人这些人不高兴。一个做主子的,行动会考虑到奴婢,这正是宝玉不同别人之处,心细如丝,体贴如水。除此外,他还考虑到一个问题:只和小红见过这一面,万一她以后的行为举动远不如这第一印象呢?指名叫人家上来服侍,总不能又退回去吧?看看整个荣国府,还没有无缘无故被退送的下人呢。

这小爷想再观察下小红。所以"早起来也不梳洗,只坐着出神。一时下了窗子,隔着纱屉子,向外看得真切,只见好几个丫头在那里扫地,都搽脂抹粉,簪花插柳的,独不见昨儿那一个"。宝玉在暗中寻找昨日给他倒茶的那个丫头。找来找去找不到,又不好明说,"便趿了鞋晃出了房门,只装着看花儿,这里瞧瞧,那里望望,一抬头,只见西南角上游廊底下栏杆上似有一个人倚在那里,却恨面前有一株海棠花遮着,看不真切。只得又转了一步,仔细一看,可不是昨儿那个丫头在那里出神。待要迎上去,又不好去的。"

好容易找到了却不敢过去,毕竟同这丫头不熟,迎上去说些什么呢?这犹犹豫豫之间,就有人催他进去洗脸了,终究没和小红说上一句话。不久后,小红就跳槽到了凤姐身边。倘若她不走,再机缘巧合让宝玉瞧见一回,说不定就在怡红院站住脚了,以她的聪明机敏,上升到仅次于晴雯的位置也不是没可能。

原来小事中也有缘分。宝玉想让小红来服侍,小红也想伺候宝二爷,可惜,全挡不住"无缘"二字。袭人晴雯等只看见小红被琏二奶奶要走了,哪里知道宝二爷曾反复考虑过近侍的和远处的各个丫头的面子,生出的这么些曲折情节呢?

第二件说说坠儿。坠儿给人印象不深，唯一让人记住她的事就是偷了平儿的虾须镯被撵出去了，这孩子真是人小胆大。其实，看看她之前的做事风格，就对她偷镯子不那么意外了。

小红和贾芸暗生情愫，给他们牵线的就是坠儿。小红的手帕子在贾芸手里，贾芸故意把另一块自己的手帕让坠儿给她带来。坠儿连想都没想就答应了——这是小红那块吗？万一不是呢？自己岂不是被人家暗中利用了？坠儿可没这些心眼子，也不想有。她和小红在滴翠亭里说着手帕子的事，小红又让她把另一块手帕给贾芸送去，她也是想都没想就答应了。这丫头怎么心这么大呢！听她说的那句话："便是听了，管谁筋疼，各人干各人的就完了。"多么孩子气！这个坠儿一直是不虑后的。正因为她是个孩子，才会在平儿放下的两只金镯子中只偷一只。

复杂的环境中容不得半点儿疏忽，何况是做出这样的错事来？镯子事发，坠儿被晴雯用簪子扎了一顿手，撵出去了。对外公布的原因是她"太懒"，相比于"偷盗"的罪名，这个罪名在保全怡红院的面子上也给坠儿留了面子，不知有几人得知坠儿出去的真实原因。

坠儿的不同版本罪名，正和"玫瑰露"一案相似，还是关联着怡红院。因为这里人多事务轻松，小厨房的柳嫂子想把自己的女儿柳五儿送来当差。柳家的和芳官最熟，拜托她和主子说这事，所以上赶着她，又是奉迎说好话，又是开小灶儿的。芳官也有情义，把宝玉的玫瑰露转手全给了五儿了。柳嫂又给侄子送露，顺便从娘家带回茯苓霜。谁知王夫人屋里正好丢了玫瑰露。一番折腾，柳五儿成了贼，被关起来了。若不是平儿明察秋毫，她就被凤姐"打四十板子，立刻交给庄子上，或卖或配人"了。平儿虽查明原委，这原委却是不能说的。原来是赵姨娘求彩云偷了露给环哥儿去了。要说这环三爷这爷当的也真是窝心，宝二爷的丫头都有玫瑰露去送人，他想尝尝却只能拜托丫鬟给偷。露虽得了，事情也倒腾出来了，怎么收场呢？

不光他们在琢磨，平儿也在琢磨。赵姨娘是探春生母，把她的丑事抖搂出来三姑娘岂不生气？想来想去，还是让宝玉认了"罪"就完了。这一案对外公布的情节是：宝玉要和玉钏彩云要东西，她俩故意怄他，说太太不在家不敢拿。宝玉便瞅她两个不提防的时节，自己进去拿了出来。这样一来，事情就这么过去了。

怡红院的这些背后的故事不止这些，不过全是为了面子一张罢了。说得好听叫"大事化小，小事化了"，说直接点和掩耳盗铃有什么区别呢？

人多口杂的荣国府里，小道消息传播如风，连八字没一撇的"柳五儿要进怡红院"这样的事，二门上小厮都能知道；小花枝巷的尤二姐藏那么严，凤姐也得到消息了……瞒人，哪那么容易？不过糊弄自己罢了。贾府里一向把面子看得比天大，才会出现这些"版本不一"让人啼笑皆非的故事。

"窥一斑而知全豹"，太重面子工程是贾府管理中的硬伤。只因这种观念掣肘，"胳膊折了袖里藏"，才导致下人里身份高的不容易下来，小红这种身份低的更不容易上去，所以"有脸的不服管束，没脸的不能上劲"，以及种种不能尽数的人事弊端。若都和焦大似的那么直接把丑事扯着脖子一喊，抖落到阳光底下晒一晒，让犯错者"吃点辣子出出汗"，只怕风气就好了。

红楼梦中的"帮闲"

贵族们时常闲了,总要有一些人帮着打发时间的。这群人就叫作"帮闲"。史上最有名最成功的帮闲大约要数高俅了,他帮闲的主子是宋神宗第十一子、哲宗的弟弟端王赵佶。凭着高俅奉迎乖巧的本事,深得端王信任,后来哲宗病死,赵佶做了皇帝,成为宋徽宗,高俅就成了第一宠臣。别小看帮闲这个职业,除了必须投其所好,还要有自己的拿手本事。高俅最擅长的是蹴鞠,不光如此,他字写得漂亮,诗词歌赋的功底也不差,还会使枪弄棒,属于综合型人才。

《红楼梦》中的一群"清客"也类似于"帮闲",不过比"帮闲"要文雅些。严格说来,"帮闲"的范围更大,包括陪着富家子弟唱曲儿、饮酒、打球,有时也免不了宿娼赌博之类的,而"清客"只是帮闲的一种,更倾向于文化方面,比如吟诗作对写字画画等。可无论是哪方面的,无非都是陪着主家打发闲散时光,不过是雅俗之分罢了。

第八回里,宝玉要去宝钗那里,路上遇见了两个清客相公:詹光(沾光)、单聘仁(善骗人)。听名字就不是什么好鸟儿,再看他俩的言行更是谄媚到不行：

一见了宝玉，便都笑着赶上来，一个抱住腰，一个携着手，都道："我的菩萨哥儿，我说作了好梦呢，好容易得遇见了你。"说着，请了安，又问好，唠叨半日，方才走开。

这俩人本是陪着政老爹闲谈的，若是正经亲戚朋友，应属宝玉的长辈。可是他们的身份是清客，属于"文帮闲"一流，自己就觉得上不去台面，所以一见了宝玉又搂又抱的，还请安问好，嘴里叫着"菩萨哥"，真把宝玉当神仙了一样。见个宝玉，至于吗？

刘姥姥对凤姐说过"凭他怎样，你老拔根寒毛比我们的腰还粗呢！"话虽粗糙，理却不差。像凤姐、宝玉这样的贵族，连寒毛也不必拔，说句话就能成就一件事，贾芹管理小和尚道士不就是个例子吗？凤姐一句话，他就从贾府银库上支出白花花二三百两银子来，登时雇了大叫驴，自己骑上，一下子就志得意满了。若不如此，贾芸怎么三番五次去怡红院请安？宝玉一个心血来潮让李嬷嬷将贾芸叫进来，小红听见了说芸哥儿应该推辞了才是，李嬷嬷说："他又不痴，为什么不进来？"看不见秋纹跟着宝玉给老太太、太太送了一次桂花，又得衣服又得钱的？

清客们也是存了这些心思，要不然陪着东家谈天说地的干什么？清客们又要懂得多，又要有分寸，一点儿不能留存自己的性格，要一味地顺着主家说，还不能太露骨，说起来也是个技术活儿呢。

宝玉要去家塾里读书时，政老爹冷笑道："你如果再提'上学'两个字，连我也羞死了。依我的话，你竟顽你的去是正理。仔细站脏了我这地，靠脏了我的门！"众清客相公们都早起身笑道："老世翁何必又如此。今日世兄一去，三二年就可显身成名的了，断不似往年仍作小儿之态了。天也将饭时，世兄竟快请罢。"这话说得不但让贾政宽心，还替宝玉解了围。

除了这些，遇见节骨眼上，他们也必须有帮着出个主意的能力。大观园建成，贵妃还未来游幸，题匾额对联吧，又怕不合贵妃的意，不提呢，偌大园林空无一字，必定寥落无趣。这时，清客们就出主意了：各处匾额对联断不可少，亦断不可定名。如今且按其景致，或两字、三字、四字，虚合其意，拟了出来，暂且做灯匾联悬了。待贵妃游幸时，再请定名，岂不两全？

先做些临时的灯匾联挂上，花柳山水也有意趣了，贵妃见了有不满意的也可再改。何况计算下日程，待一切完备也差不多年前年后了，正是赏灯之时——后来朱批准奏的元妃省亲日期恰是元宵节，更显了清客们这一"灯匾"之招的妙处。

清客们出谋划策，又陪聊陪玩儿，图什么呢？自然有他的好处。除了东家给的吃喝赏赐，还能暗中说人情得好处。或者有大项目的时候，帮着引荐人、跑个腿，都不是白干的。

建大观园之前，贾蔷负责下姑苏聘请教习，采买女孩子，置办乐器行头等事。和他同去的就有单聘仁，卜固修两个清客相公。贾琏听了笑道："这个事虽不算甚大，里头大有藏掖的。"真是一语中的，没有大的藏掖，那两位相公干什么去？他们能得以同去苏州，自然是东家信任。这份信任可是凭着灵活的头脑和灵巧的舌头争取来的。和主家闲谈时很多情况都得"现挂"，不机灵点儿行吗？好在做贾政的清客要轻松得多。可即便这样，他们也有出现危机感的时候。游大观园时，贾政提议大家先做些对联，"若妥当便用，不妥时，然后将雨村请来，令他再拟。"这群相公们赶紧赔笑说："老爷今日一拟定佳，何必又待雨村。"言外之意却是：东家你这是不相信我们的实力啊，这一群人就比不上个贾雨村？

可真到了展才的时候，他们还得拿捏分寸看明情况。宝二爷进园子来了，清客们立马猜着政老爹有意试他的才情，所以纵有好对联也不能说，"只将些俗套来敷衍"。什么"叠翠"

"锦嶂""赛香炉""小终南",个个都是老套的不能再老套的词。这样才能衬托出宝玉那句"曲径通幽处"的大方气派。无论什么时候,让主家高兴才是第一位的,这是他们需要时刻谨记的。

就如《金瓶梅》里著名的帮闲应伯爵,虽和《红楼梦》中的清客有所不同(不是以文娱人,而是吃喝嫖赌样样陪着),不过这"会来事儿"的基本功却是一样的。有一次西门庆收礼得了两包鲥鱼,送了伯爵两条。鲥鱼确实是难得的美味,可两条鱼能有多大?你看应伯爵那番话说的:昨日蒙哥送了那两尾好鲥鱼与我。送了一尾与家兄去。剩下一尾,拿刀儿劈开,送了一段与小女;余者打成窄窄的块儿,拿他原旧红糟儿培着,再搅些香油,安放在一个磁罐内,留着我一早一晚吃饭儿,或遇有个人客儿来,蒸恁一碟儿上去,对房下说,也不枉辜负了哥的盛情……江南此鱼,一年只过一遭儿,吃到牙缝儿里,剔出来都是香。好容易!公道说,就是朝廷还没吃哩。不是哥这里,谁家有?

这番话说得多漂亮:给了家兄一条,又给了出嫁的女儿一段,说明我人品很好,尊敬兄长疼爱晚辈;剩下的不舍一下子吃完,留着慢慢享用,一是此物太珍贵,二是我因感激之情不忍心一下子都吃完。

这番表演虽然用力过猛,可深得西门大官人这种土豪的欢喜。下次再有鲥鱼,也忘不了再给应伯爵这个又尊长爱幼又懂得感恩的"兄弟"两条吧?

话说的好听不仅要口才好,还要对主人的心思了解得透透的,才能有效果。其实,在《红楼梦》中,不仅仅是这帮清客们,很多人都来贾府"帮过闲"。

刘姥姥二进荣国府时,怀着一腔子感激之情,把家里最好的瓜果菜蔬扛来了:"这是头一起摘下来的,并没敢卖呢,留的尖儿孝敬姑奶奶姑娘们尝尝。姑娘们天天山珍海味的也吃腻了,这个吃个野意儿，也算是我们的穷心。"

不料老太太不仅是天天山珍海味的吃腻了，还在锦绣富贵里待腻了，"正想个积古的老人家说话儿"，刘姥姥就被周瑞家的和平儿撺掇着做了一回老太太的"帮闲"。这正是周瑞家的和平儿的好心，在老太太跟前晃一眼不会白晃呢！

刘姥姥虽是乡村老妪，却见多识广，又是个极心思聪慧的老太太。一见面，先叫一句"老寿星"，这个称呼不近不远，只高不低，瞬间把二人身份上的尴尬化解了。不然，这样穷呵呵的亲戚赶着老太太叫"亲家"岂不是高攀？连王夫人也未必高兴吧？

接着就说故事，一个"大红袄白绫裙的小姐偷柴草"，又一个"九十多岁的老奶奶因吃斋念佛有了孙子"，把老太太、王夫人都听住了，宝玉更是信以为真，骂着茗烟去找那白绫裙的茗玉小姐的塑像。

逛园子时，刘姥姥又是念佛说园子比乡下的年画还好，又是夸赞惜春是个神仙托生的。鸳鸯眼尖，一下子看出刘姥姥的"帮闲"潜力——她能把老太太哄得合不拢嘴。所以吃饭时，鸳鸯暗中安排："天天咱们说外头老爷们吃酒吃饭都有一个篾片相公，拿他取笑儿。咱们今儿也得了一个女篾片了。"（篾片是帮闲的另一种称呼）。刘姥姥也心里明白不用人多说，一句"老刘老刘食量大如牛"把欢快气氛推到了最高点。

刘姥姥的帮闲才能不仅仅体现在逗笑功夫上，她更善于"暗中表达"。在黛玉屋里看见要糊窗子的轻纱"软烟罗"，她叹道："我们想它做衣裳也不能，拿着糊窗子，岂不可惜？"贾母马上接口说要给她两匹。

见饭桌上的小面果子玲珑剔透，她拣了一朵牡丹花样的笑道："我们那里最巧的姐儿们，也不能铰出这么个纸的来。我又爱吃，又舍不得吃，包些家去给他们做花样子去倒好。"老太太又立即许诺"你家去我送你一坛子，先趁热吃这个罢"。

从不说我要这个、要那个，刘姥姥一边儿称赞贾府的富贵，一边放大自己的无知，却是效果最好的"打秋风"方式。回家时，她得了比上次的二十两银子多好几十倍的东西。

　　作为帮闲，除了帮主人打发闲散时光，还少不了顾问这一作用。巧姐发热，刘姥姥给出主意："小姐儿只怕不大进园子……一则风扑了也是有的，二则只怕她身上干净，眼睛又净，或是遇见什么神了。依我说，给她瞧瞧祟书本子，仔细撞客着了。"照做之后，果然奏效。凤姐见姥姥见识不差，索性连女儿的名字也托她给取了。刘姥姥又一次显示自己的乡间学识，起了一个"以毒攻毒以火攻火"的名字：巧姐。说是以后"一时有不遂心的事，必然是遇难成祥，逢凶化吉，却从这'巧'字上来"。巧姐后来被卖到妓院，刘姥姥卖房卖地赎她出来，用实际行动证实了她亲自取的这个名字的好处。

　　和贾政的清客不同的是，刘姥姥虽然充当了一回"篾片"，尝到了大甜头，却没有在这条路上就此走下去，若她时不时来请请安，像马道婆之流似的各房里转转，看见鞋面子也要两块，只怕也能丰丰足足的过日子，可是她不肯，她更愿意踏踏实实凭自己的双手过庄稼人的小日子。这样人怎会不知恩图报？

　　这个乡间贫穷的老婆婆，不光是比詹光、单聘仁、卜固修这些相公们强，连族中那些走关系爱便宜的"奶奶"们都不及她的人格有体面。

　　宝玉在学堂里为秦钟打架时，小厮茗烟就透出过一个璜大奶奶，说她："只会打旋磨子，给我们琏二奶奶跪着借当头。"后来璜大奶奶到宁府时，贾珍问尤氏："今日她来，有什么说的事情么？"可见这位璜大奶奶来宁府是经常"有什么说的事情"的。说些什么事呢？无非是告难求助吧。族中这样的想必不只璜大奶奶一人。谁不知贾府泼天的富贵，随手一挥就够小门小户过日子的了？只是有人艰难无奈时才奔走一回，有人却把它当成了职业。

《金瓶梅》中西门大官人死后,他的第一帮闲兄弟应伯爵组织了一个薄情的祭奠会,七个帮闲每人一钱银子,办了一桌最低档的祭礼,之后各自改投各自门。虽说帮闲俗而清客雅,可只怕贾府那些"善骗人""不顾羞"之流,连这份薄情都不会有。

《品花宝鉴》中说:上等清客是那种不能做个显宦与国家办些大事,遂把平生之学问,奔走势利之门的。第二等的要有十样要诀:一团和气,二等才情,三斤酒量,四季衣服,五声音律,六品官衔,七言诗句,八面张罗,九流通透,十分应酬。三等的,要考过童生,略会斯文,是半通,会足恭、巴结内东,钻头觅缝打秋风。政老爹的这些清客们,连三等也算不上,主家得势时他钻头觅缝找便宜,败落时他落井下石也说不定。贾府成年养着些这样之人,也是时运该败之相。

从细微处看贾府败落之源

薛家有个六十多岁的伙计张德辉，趁年下回家之时，他自己谋划着"今年纸札香料短少，明年必是贵的。赶端阳前我顺路贩些纸札香扇来卖。除去关税花销，亦可以剩得几倍利息。"薛蟠正好挨了柳湘莲的打，打算跟着张德辉一起出去一趟，名为做买卖，实则想出去躲躲羞。虽是如此，薛蟠这次的打算倒也有些道理，他想，虽说是皇商，自己却连戥子算盘都没摸过，更别说地土风俗远近道路都有哪些物产了——呆霸王竟然被柳湘莲打出些积极心态来，也算是这一顿揍没白挨。不管是赔是赚，这是薛蟠做的唯一一件正经事，这就比贾家大多数人都强多了。

看看荣国公宁国公那些后代，正如冷子兴所说："生齿日繁，事务日盛，主仆上下，安富尊荣者尽多，运筹谋划者无一。"

生齿日繁，是说人口越来越多。凤姐也对王夫人提过："如今丫头也太多了，保不住人大心大，生事作耗，等闹出事来，反悔之不及。"其实何止是丫头太多了，凤姐过生日时，老太太提议凑份子，有这么一幕：

赖大之母因又问道："少奶奶们十二两，我们自然也该矮一等了。"贾母听说，道："这使不得。你们虽该矮一等，我知道你们这几个都是财主，分位虽低，钱却比他们多。你们和他们一例才使得。"众妈妈听了，连忙答应。

这里面有两个重点，第一，赖嬷嬷比少奶奶们的钱还多，第二，老太太的话说完，"众妈妈连忙答应"，可见这样的奴才并不止赖嬷嬷一人。这里面定有张德辉那样有心路善经营的，只怕也夹杂着些詹光（沾光）、单聘仁（善骗人）这样的。除了这些，普通下人就更多了。贾府的奴才们谁不盘算着把儿女安排进来捧个好饭碗？像柳五儿这样的，身体弱做不了什么事，她家的打算是让她进怡红院混个闲差，不仅可以挣月钱，"便是请大夫吃药，也省了家里的钱"。柳家能这样打算，必定是贾府里闲差不少。奴才大了，配成双又衍生出小奴才来，像鸳鸯、紫鹃等，都是"家生子"奴才。人越来越多，大家族却有不能破的规矩，连薛家也是一样。夏金桂多嫌着香菱，气得薛姨妈说叫个人牙子来把她卖了，宝钗一旁拦住说："咱们家从来只知买人，并不知卖人之说。妈可是气的糊涂了，倘或叫人听见，岂不笑话。"不落魄到等银子吃饭谁拉得下脸来卖奴才？不管他内囊空不空，面子是不能不顾的，这也是"生齿日繁""事务日盛"的一大根源。

俗语说的，"一个和尚挑水吃，两个和尚抬水吃，三个和尚没水吃"，人愈多，事愈杂，等靠扯皮风气越重。宁国府就是例子，秦可卿葬礼上，遗失东西、临期推诿、滥支冒领……王熙凤稍一整理就理出一大堆问题。可卿葬礼上反映出来的这些，不也正是荣宁两府的弊病吗？只是程度不同罢了。

奴才们"人大心大"，为自己打算是正常的，所以就有了做了官的贾家奴才赖尚荣，发了财的薛家奴才张德辉，连周瑞家的女婿冷子兴也把古董生意做得风生水起的。他们的正经主子们在干吗呢？

贾敬在烧丹炼药，做神仙梦；贾赦一味好色吃酒收集小老婆，连他亲娘贾母都说他"官儿也不好生作去，成日家和小老婆喝酒"。大老爷对事务不热心，"谱儿"却最大。只在家里高卧，凡有芥豆之事，贾珍等或自去回明，或写略节。原来他当的是皇帝，批批略节这样的"奏章"就行了。偶尔想起什么来，立即"传旨"给下面人进来"面奏"。看贾赦在家里的模样，就知道他在官场是如何了。必定也是摆着谱儿不干事儿，就像如今一些端着架子不作为的领导一样，凡事不经手，甚至不过目，闹笑话是早晚的事，振兴家业的事就别指望他了。

贾政倒是兢兢业业，却又缺乏灵活。而且"一向不惯俗务"，家里的事全凭别人料理，闲暇时只和清客谈讲。殊不知日常生活一应杂事里全是学问，一句"不惯俗务"其实正是没这份能力。

贾珍更不必说，脑子里的酒色比贾赦有过之无不及。贾赦是"略有个平头正脸的就不放手"，贾珍是连儿媳妇都不放手，这样一肚子杂碎的人，能指望他什么？

他们难道都不虑后的？也不是。

中秋节时合家欢宴，贾赦说过"咱们这样人家，原不比那起寒酸，定要雪窗萤火，一日蟾宫折桂，方得扬眉吐气。咱们的子弟都原该读些书，不过比别人略明白些，可以做得官时就跑不了一个官的"。——仗着祖宗的功绩，官也有，钱也有，愁什么呢？

主子不愁，奴才却有愁的。和国公爷一起出生入死的焦大忍不住了就开骂："哪里承望到如今生下这些畜生来！"容易得到的人不会珍惜，只有知道这份富贵来之不易的老奴才才会心疼得看不下去。

后生里面，倒有几个能干的。琏二爷是头一个，去平安州办理机密大事的是他，送黛玉回苏州料理林如海丧事也是他，建造大观园种种事务更是少不了他的份儿。可贾琏虽说有些才干，却只想守着家里的"金盆盆"就满足了，丝毫没有大作为的志向。何况他有贾赦那样一个只知私欲的老子，为几把扇子买不来就能把他打个动弹不得，"子不教父之过"，这样的父亲能教给他什么？琏二爷不但不能得益，只怕还要时时琢磨如何躲避老爹那毫无道理可讲的棍棒，再有几个"多姑娘"这样的在眼前晃，他哪里还有心思顾别的？

宝玉简直是和政老爹如出一辙的"不惯俗务"，连黛玉都说："我虽不管事，心里每常闲了，替你们一算计，出的多进的少，如今若不省俭，必致后手不接。"宝玉脑子里过都没过一下，开口就是："凭他怎么后手不接，也短不了咱们两个人的。"真是如他自己所说："我能够和姊妹们过一日是一日，死了就完了。什么后事不后事。"

环哥儿还小，况且他跟着赵姨娘，脑子里填满了"大家都欺负我不是太太生的""想法儿治宝玉一下子才出气"这些鸡零狗碎，纵是长大了怕也有不了什么出息。

贾蓉贾蔷倒是在学习着办事。建大观园时他俩一个负责监造金银器皿，一个下苏州采买。委以这样的重任不是因他们多有才干，而是这俩人和珍大爷关系最近。他俩事还没办，倒先学会了"人情世故"，一个悄问凤婶子，一个悄问琏二叔"要什么东西顺便弄来孝敬"，反正不是自己的钱乐得送人情。贾琏已经看出来采买一事"里面大有藏掖"，一个十几岁的孩子未必能胜任，可碍于珍大哥的面子也不好多说，又有凤姐旁边撺掇，这五万两银子的大宗采买就由一个讲价钱会经济一概不知的贾蔷去负责了。还美其名曰，不过是个坐纛旗儿，自有底下的人懂，殊不知外行管理内行从来都是大忌。更可笑同去的还有单聘仁、卜固修两个清客相公，这画面多像一只小山羊带着两只老狐狸？这五万银子有多少藏掖只有天知道罢了。单此一件事就看出贾府用人轻率，银钱散漫。

其余族人贾芸贾芹等，家境贫寒，读书不成，都想着指靠贾府这棵大树混碗饭吃。一个让老妈出马找凤姐要了个管理和尚道士的事情，一个千方百计送礼奉承得了个种树的差事，对于他们来说已经很心满意足了。

女人里面，凤姐是个女将军，差伐决断不让男人。面对一日比一日大的亏空，她能想到的也不过借当和拿着银子放利钱这两种办法。贾府广有田地，收租子是最大的经济来源。黑山村庄头乌进孝一次就送来一个车队的东西，和折合粮食牲口的银子两千五百两，却还不够贾珍过年用的。田庄土地是靠天吃饭，旱涝不定，收成不稳，那么为何没有一个人像张德辉那样筹谋着做些生意呢？

因为身份。商居"士农工商"四民之末，堂堂皇亲贵胄去经商做买卖，岂不太失身份？薛家是紫薇舍人之后，也是官宦之家出身，现如今做的是皇商，专门为皇家宫廷采办物资的，可到底沾一个"商"字，在四大家族排名最末。在当时这种观念中，贾府怎么可以自轻自贱去做生意呢？连薛家都"只知道买不知道卖"，不然就"被人笑话"，何况贾家？

到后来，谁都不难看出家里的架子是在强支撑，可子孙们一不能经商，二不想读书，只等着世袭的现成官儿来做，等着祖宗保佑着再发一笔大财，这样的思路怎么能不垮呢？宁府里夜宴之时，在"佩凤吹箫，文花唱曲，喉清嗓嫩，猜拳行令"的纵情欢乐中，忽然祠堂中传来一声叹息，看时无人，却听见槅扇开阖之声。一片阴森森的鬼气打断了热腾腾的欢笑声，真是让人唏嘘惊恐。

宁荣二公用血汗挣下的一场荣华富贵，后人却个个不知珍惜。纵情纵欲胡作非为的，只求自保偷空揩油的，事不关己闲散度日的……怎能让祖宗在天之灵安息？

贾府的败落，贵妃薨逝、官场复杂是外部原因，正应了"忽喇喇似大厦倾"这句话；而子孙处优养尊不知进取却是实实在在的内部根由，以他们内心的格局对应一个悲惨结局简直天经地义——"好一似食尽鸟投林，落了片白茫茫大地真干净"。

那一场 "占花名"

《红楼梦》中有两处对人物结局最明显地透露，一为"游太虚"，一为"占花名"，前者关乎命运，后者兼说性格。"游幻境"已被说了又说，此处只说"占花名"。

占花名是年轻人喜欢的玩法，往日跟着老太太、太太吃酒自然不会想到弄这个。为热热闹闹玩一次占花名，曹雪芹让宫里一位老太妃薨逝了，老太太、太太皆每日入朝随祭，宝玉生日正好家长都不在，这才有了满纸生香的占花名。

大家只注意到宝钗是第一个抓的，却容易忘了开场的人：晴雯。"晴雯拿了一个竹雕的签筒来，里面装着象牙花名签子，摇了一摇，放在当中。又取过骰子来，盛在盒内，摇了一摇，揭开一看，里面是五点，数至宝钗。"占花名里没有晴雯，只给了她一个开场，这是第六十三回，到七十七回晴雯已死，她的命运很快就已了局，也就不必在这里隐透了。

宝钗抓出来的是冠压群芳的牡丹，诗句为"任是无情也动人"。诗出于罗隐的《牡丹花》，除了这一句，还有两句也挺有意思，一句是"芙蓉何处避芳尘"。芙蓉是黛玉抽到的花签，从容貌上看，钗黛环肥燕瘦各秉绝世姿容，比才情，两人也是旗鼓相当。探春在给宝玉的信札中也说过"慕薛林之技"，可见薛林二人从来就是不相上下的。而黛玉孤标傲世，不如宝钗随分从时，故此连小丫头子们都大多更喜欢宝钗，牡丹的人气盖过了芙蓉，使芙蓉不知"何处避芳尘"。

这首诗中还有另一句：辜负秾华过此身。这是"韩弘砍牡丹"的典故。只从字面意思看，让人联想到宝钗那"雪洞一般"的屋子，和"不爱花儿粉儿"的性格，纵然艳冠群芳，她骨子里却有一种天生的淡然，以至老太太看到她住的屋子时直说"使不得"。为何使不得呢？连寡嫂李纨住的都不是"雪洞一般"的屋子，宝钗一个最好年华的闺中女儿，竟喜欢这种寡素的调子，老人家心里觉得不吉利。可是，贾母的担心正是宝玉出家后宝钗的结局。她最后还是一人独守终老。

这支花签还注曰"在席共贺一杯，随意命人，不拘诗词雅谑，道一则以侑酒。"于是宝钗命芳官唱一支曲子，芳官唱的是《赏花时》，这是《邯郸记》中何仙姑唱给吕洞宾的几句，她嘱吕洞宾速去速回，因为她在等他回来。"等待"，是宝玉出家后宝钗后半生的宿命。

下面是探春掷骰子，她抽到的是瑶池仙品的杏花，一看这签，探春就羞红了脸，直让"蠲了这个，再行别的"，因为那上面写着"得此签者，必得贵婿"，可她到底是被众人灌了一杯酒，又强拿着手掷了骰子。看她这一签的过程，全是自己不愿而受人强迫。签上诗云：日边红杏倚云栽。这和宝玉在太虚幻境看到的"海边大船上一个美人掩面哭泣"的风格多么相似。日边红杏谓之高，海边大船谓之远。后来探春被迫远嫁，虽然身份高贵却与家乡相隔万里，她的不情愿正如此时被人灌酒和强行掷骰子一般。

第三个是李纨。她掷出一支梅花签，写着"霜晓寒姿"，诗为：竹篱茅舍自甘心——正合李纨的身份与心态。贾珠早亡，她一人带着贾兰，虽处膏粱锦绣，却如槁木死灰一般。一个活人，怎会心如死灰？可那些心中烦难她又能对谁说呢？

霜晓寒姿的"晓"字有两个意思，一是"早晨"，一是"知道"，在李纨这一签上，我更愿意用"知道"来解释。荣国府寡居的大少奶奶从来是一副标准的守节姿态，可这里面的寂寞和凄清也只有如霜般冰冷的岁月知道罢了。

李纨的签还有一个细节，与宝钗和探春的"在席共贺一杯""大家恭贺一杯"不同，她这根签上注云："自饮一杯，下家掷骰。"这杯酒得她一人喝干，无人陪饮，更突出寂寞来。李纨说："我只自吃一杯，不问你们的废与兴。"这也是她的处世风格：不管闲事，只求自保。

湘云抽到了海棠签，题着"香梦沉酣"四字，诗为：只恐夜深花睡去。黛玉趁机打趣她醉了酒在石头凳子上睡着的事。这支签与"湘云眠芍"对应不必细说了，我们看看出处，是苏轼的《海棠》：东风袅袅泛崇光，香雾空蒙月转廊。只恐夜深花睡去，故烧高烛照红妆。

崇光、香雾、月廊、夜深、高烛、红妆，不由让人联想起新婚洞房之夜的情景。湘云自幼父母双亡，她是十二金钗中订婚最早的一个，可是，才刚刚"厮配得才貌仙郎"转眼就"云散高唐，水涸湘江"，终是"薄命司"中的一号。

这一签注云：掣此签者不便饮酒，只令上下二家各饮一杯。巧的是黛玉是上家，宝玉是下家。这二人双饮，像不像新婚交杯酒？可是，宝玉却只喝了半杯，黛玉"将酒全折在漱盂内了"。他俩的婚姻到底是镜花水月一场空。宝玉和宝钗只有半世姻缘，而"质本洁来还洁去"的黛玉，从未走入婚姻之中。

接着麝月掷出了荼蘼花。苏轼有诗云："荼蘼不争春，寂寞开最晚。"这两句简直是麝月的最好写照。读这两句诗，就不由想起元宵节时那个场景：袭人病了，晴雯、绮霰、秋纹、碧痕都寻热闹，找鸳鸯琥珀等耍戏去，只有麝月在怡红院守着，她说"满屋里上头是灯,地下是火。那些老妈子们,老天拔地,服侍一天,也该叫她们歇歇,小丫头子们也是服侍了一天,这会子还不叫她们玩玩去。所以让她们都去罢,我在这里看着。"她是怡红院里最低调的丫头,从来不争不抢,却体贴细心周密。

麝月抽的这支签让宝玉的心头一沉,"愁眉忙将签藏了",这个情节和清虚观打醮佛前点戏时,贾母的"不言语"如出一辙。那日佛前点的第一出戏是《白蛇记》,是汉高祖斩蛇方起首的故事,预示"创业",隐喻国公爷一辈,第二本《满床笏》,是后代尊荣富贵之喻,当老太太满心欢喜地问第三本时,却是《南柯梦》,万事成空之兆。麝月掷出的韶华胜极却"开到荼蘼花事了"的签,正隐着那句话:"物极必反,月满则亏"。在贾府衰败之后,群芳散尽,麝月是最后一朵陪伴在宝玉身边的荼蘼花。

香菱的并蒂花有些让人困惑,她被薛蟠抢来做了屋里人,难道还称得上是"联春绕瑞"、"连理枝头花正开"吗?其实这要看站在谁的角度来看。香菱最初也是千金小姐,三岁时被拐走,辗转流离受尽屈辱,日日在忐忑中度过。被薛家强买后,不再遭受打骂,又得以和宝钗这样待人暖心的姑娘相处,她如同一棵泥坳中的兰花被移进了温室,在等待暴风骤雨的不安中忽然迎来了风清月明——到此时可怜的香菱终于定了心神。薛姨妈不肯薄了她,明公正道的摆酒请客让她做了薛蟠屋里人。看遍红楼,为收屋里人摆酒的似乎就她一个。贾琏收秋桐只是派人用顶小轿子接来就完事,平儿收房只怕更简单,薛蟠要宝蟾时,也不过暂让香菱跟夏金桂睡,给他二人腾出地方来就得了。

薛蟠虽资质粗俗,可香菱这样一个苦人儿从没对命运有过多大奢望。有个安定的家,有些容易相处的人她就知足得很。薛蟠被柳湘莲打了一顿时,香菱哭得眼睛都肿了,可见她是真把薛蟠当成自己的"真命天子",把薛家当做自己的家的。噙惯了苦味，如今得到一点点甜她就满心欢喜。

除此之外还有一层意思，"连理枝头花正开"是朱淑真的诗，下一句为"妒花风雨便相催"，夏金桂娶进门后，狠命折磨香菱，正是"自从两地生孤木"（桂），致使香魂返故乡。

黛玉"风露清愁"的芙蓉签不必多说，水中仙子一样出尘不染，正是"除了她，别人不配作芙蓉"。签上的诗"莫怨东风当自嗟"上一句是"红颜胜人多薄命"，这个意思也太明显了。签上注云：自饮一杯，牡丹陪饮一杯。这是整个占花名中的第二次双人对饮，这一次宝钗和黛玉都饮了酒——牡丹和芙蓉，恰似一对姊妹签。

当袭人掷出了"武陵别景"，也就离散场不远了。宝玉一直认为和黛玉、袭人这几个人会是始终不分开的，岂知黛玉泪尽而逝，袭人是"优伶有福，公子无缘"。武陵人是《桃花源记》中的人物，那世人不到之处的桃花源本是"避秦时乱"的场所，袭人在贾府败落之时，辗转姻缘却和蒋玉菡结为连理，躲过了一场"乱事"。那时的她会不会想起今日之签上那句"桃红又是一年春"？本已委身宝玉，却不得不和蒋玉菡又是一度春，不管袭人愿与不愿，这是从宝玉拿她的松花汗巾换了蒋玉菡的大红汗巾时就注定了的。

这一签的酒是最热闹的：杏花陪一盏，坐中同庚者陪一盏，同辰者陪一盏，同姓者陪一盏。于是探春、香菱、宝钗、晴雯、黛玉、芳官都陪她喝了酒。正是最欢洽时，薛姨妈派人来接黛玉了，众人散场。薛姨妈不接宝钗却接黛玉，可见是真心疼惜这无父母的孩子了。而除此之外，是不是也隐藏着"黛玉一去，群芳皆散"的结局呢？不敢妄度。

一场占花名恰似贾府微缩的命运，在热闹中恣意欢笑着，正是鲜花着锦烈火烹油，却忽然就散场了。叹息之中唯一慰藉的是，她们曾以最美好的姿态存在过。